KB164743

나의 열여섯 살을 지켜준 책들

나의 열여섯 살을
지켜준 책들

모험하고 갈등하고 사랑하기 바쁜 청소년들에게

곽한영 지음
부산대학교 일반사회교육과 교수

일러두기

책에 실린 글은 2021년 12월부터 2022년 7월까지 네이버 프리미엄 콘텐츠 스튜디오에서 '우리가 사랑한 책들'이라는 제목으로 연재했던 원고를 다듬고, 내용을 보충하여 다시 정리하였습니다.

'이야기로 지은 집'으로 초대합니다

〈공각기동대〉라는 일본 SF 애니메이션이 있습니다. 뇌를 전자장치인 '전뇌'로 바꾸고 네트워크에 접속하여 살아가는 것이 일상이 된 미래 사회의 이야기입니다.

애니메이션 속 청소부는 아내와 이혼하여 사랑하는 딸을 더이상 만나지 못하게 된 상황을 동료에게 푸념하며 가족사진 한 장을 들이밉니다. 그 순간 느닷없이 들이닥친 경찰 특수 부대원들에게 체포되고 말지요.

알고 보니 그는 전뇌를 해킹당하고 모든 기억이 조작된 채 테러리스트의 협력자로 활동하고 있었던 것입니다. 동료에게 들이밀었던 가족사진에는 그와 강아지의 모습만 찍혀 있습니다. 그는 결혼한 적이 없고 당연히 사랑하는 딸도 존재하지 않았던 것입니다.

이 작품은 인간이라는 존재가, 인간의 자아가 '정보'로 이루어져 있다는 점에 주목하고 있습니다. 이 애니메이션의 영어 작품명은 〈*Ghost in the Shell*〉입니다. 인간의 육체는 그저 껍데기(shell)일 뿐이고 진정 인간을 인간이게 하는 것은 그 안에 담긴 정신(ghost)인데 그건 정보의 결합체라는 사실이지요.

하지만 과연 무의미하게 조각조각 난 정보들로 '정신'이라는 결합체를 이룰 수 있을까요? 정보는 마치 실에 꿰어진 서 말의 구슬들처럼 '이야기'로 줄줄이 엮여 있을 때 비로소 의미를 지닐 수 있습니다. 그런 뜻에서 저는 '인간은 이야기로 지어진 집'이라고 바꿔 말해 보고 싶습니다.

청소년기는 어엿한 성인으로 성장해 나가기 위해 끊임없는 학습을 이어나가는 시기입니다. 국어, 영어, 수학, 사회, 과학… 정말 많은 정보를 매일매일, 매달 매년에 걸쳐 무지막지하게 머릿속에 밀어넣게 되죠. 그 정보들은 아무런 의미 없이 단지 중간고사와 기말고사, 수능 시험의 문제를 풀기 위해 머릿속에 떠돌아다니는 조각들인가요?

그렇다면 그것은 여러분의 진정한 성장에 도움을 줄 수 없습니다. 몸과 마음의 급격한 성장이 이루어지는 시점에서는 최대한의 정보를 끌어모으기보다 그것들을 통해 구성되는 존재, '나는 누구인가?'라는 질문에 답하는 일이 더욱 중요합니다.

그래서 다시 한번, 이야기의 중요성이 부각됩니다. 다른 사람들은 어떤 이야기를 갖고 살아가나 기웃기웃 구경하고, 내가 어떤 이야기를 좋아하고 어떤 이야기를 못 견뎌 하는지 알아가야 하죠.

그것이 바로 '나'를 알아가는 과정입니다. 감동적인 인생 이야기를 만나면 나도 그렇게 살고 싶고, 가슴 뛰는 사랑 이야기를 만나면 나도 뜨거운 사랑을 하고 싶다고 생각하며 '나'를 만들어가는 것입니다.

이야기는 저의 불안하고 혼란했던 청소년 시절을 지켜줬습니다. 몸은 커졌지만 마음은 달라지지 않은 내 모습을 어색해하고, 날로 커져가는 주변의 요구와 기대에 부응하는 일이 힘들고 짜증스러운 것은 여러분만 겪는 일이 아닙니다. 청소년기를 지나는 사람이라면 누구나 겪는 그 힘든 시절, 저에게 손을 내밀어준 것은 많고 많은 이야기들이었습니다.

『15소년 표류기』와 『로빈슨 크루소』를 읽으며 모험을 꿈꾸었고, 『플랜더스의 개』와 『행복한 왕자』를 읽으며 타인을 돕는 삶의 가치를 배웠습니다. 『해맞이 언덕의 소녀』를 읽으며 두근거리는 이성과의 만남을 상상했고, 『오즈의 마법사』와 『메리 포핀스』를 읽으며 불가능한 일들을 넘어서는 마법의 힘을 믿게 되었습니다.

철부지였던 지난날 『프랑켄슈타인』과 『데미안』을 읽고 인간이 지닌 근원적인 고독이라는 심오한 철학적 질문을 고민하게 되었고, 『갈매기의 꿈』과 『어린 왕자』를 통해 의미 있는 삶을 위한 자유로운 사고의 중요성을 깨달았습니다.

그리고 이 모든 고민의 시작에는 『키다리 아저씨』가 있었습니다. 수많은 편지로 이루어진 그 소설에서처럼 저 역시 청소년 시절 내내 먼 곳에 있는 친구, 선배, 누나와 편지를 주고받았습니다. 무너지고 자포자기할 뻔했던 스스로를 다시 일으켜 세울 수 있었습니다. 글 쓰는 일을 직업으로 삼게 된 것도 그때 수없이 썼던 편지들 덕분이라고 생각합니다. 이 책을 쓰게 된 계기도 캐나다에서 『키다리 아저씨』의 초판본을 발견하며 비롯되었습니다. 정말이지 제 스스로를 '이야기로 지은 집'이라고 생각하지 않을 수 없었습니다.

이런 이야기가 가장 절실한 시점이 바로 청소년기입니다. 속살을 드러낸 채 돌아다니는 달팽이처럼, 미처 껍질이 덮이지 않은 피부가 가장 다치기 쉬운 시점이기 때문입니다. 그 연약함은 부드럽고 유연하여 더 크고 놀라운 성장에 필요한 조건이 되는 한편 쉽게 상처받고 피 흘리고 뜨겁게 내리쬐는 태양열에 말라비틀어질 수 있는 위험한 요소이기도 합니다.

그 시절의 저를 지켜준 것은 이야기로 지은 집, 책으로 만들어진 성이었습니다. 껍질을 벗은 투구게의 허물처럼 지금의 저에게는 추억으로 남은 책들이지만 이제 막 청소년기에 들어선 여러분에게는 자신을 지키고 더 자라게 할 수 있는 갑옷이 되어주지 않을까 하는 생각에 이 책을 쓰게 되었습니다. 책 제목이 『나의 열여섯 살을 지켜준 책들』인 이유를 이제 아시겠죠?

다른 한편으로는 여러분처럼 한참 사춘기에 접어든 우리 집 둘째, 열여섯 살 영훈이에게 들려주고 싶은 이야기들이기도 했습니다. 제가 겪은 십 대의 방황과 위험한 함정들을 조금이라도 피해 갈 수 있기를 바라면서요.

그런데 책을 쓰려고 자료를 모으고 글을 정리하며 새로운 사실을 알게 되었습니다. 이 이야기를 읽는 지금의 저에게도 여러분

못지않게 가슴 흔들리는 구석이 많다는 걸, 어린 시절 보지 못하고 느끼지 못했던 걸 이제야 알 수 있다는 걸 깨닫게 되었습니다.

어른은 더이상 성장하지 않는 존재인 줄 알았는데 오만한 생각이었던 모양입니다. 이 책은 청소년들뿐 아니라 이미 오래전에 책을 읽은 어른들에게도 멋진 여행을 선물해 줄 것입니다.

서점에서 이 책을 고르고 책장을 펼쳐주신 여러분께 감사합니다. 소개해 드릴 책들의 내용을 이미 다 알고 계신 분들도 오래되었지만 여전히 새로운, 낡았지만 놀랍고 감동적인 이야기 속으로 페이지를 넘겨가며 걸어 들어오시기를 권합니다.

이 책의 첫 장 『데미안』 편에서 문을 열고 여러분을 기다리고 있겠습니다.

2023년 5월
곽한영 올림

차례

3장

선의와 사랑으로 관계 맺기

4장

끝없는 모험과 상상력의 세계

데미안

"새는 알에서 나오려고 투쟁한다. 알은 세계다."

어린 왕자

"네 장미꽃을 위해서 네가 보낸 시간 때문에 장미꽃이 그렇게 소중해진 거야…."

갈매기의 꿈

"우린 자유로울 수 있어! 비행하는 방법을 배울 수 있어!"

로빈슨 크루소

"나도 저렇게 독립해 살아봤으면…."

1장

마침내 마주한
내 안의 갈등

헤르만 헤세
Hermann Hesse

『데미안』

충돌하는
두 세계

에밀 싱클레어는 독일의 작은 마을에 사는 소년으로, 그의 가정은 매우 엄격한 기독교 신앙의 영향 아래에 있었다. 에밀은 늘 정돈되고 밝은 생각을 가진 학생이었지만 학교에서 폭력적인 친구 크로머를 만나며 처음으로 갈등을 경험한다. 한편 신비한 친구 데미안이 나타나 문제를 해결해 주며 에밀과 데미안은 친구가 된다.

독특한 생각을 가진 데미안은 주체적인 인물로 에밀에게는 멘토와 같은 존재다. 데미안의 어머니 에바 부인까지 만난 에밀은 점차 넓은 세계에 눈을 뜬다. 그 영향으로 에밀은 그간 당연하게 여겨온 가정의 권위와 자신을 둘러싼 사회의 틀에 의문을 제기할 수 있게 되었고 문제를 극복해 나가는 힘까지 얻게 되었다.

에밀은 여기서 더 나아가 데미안조차도 자신을 억압하는 제약으로 느끼고 그에게서 벗어나기 위해 방황한다. 그 과정에서 에밀은 세상의 이중성과 만물의 통일성을 나타내는 '아브락사스'라는 존재를 접한다. 자신과 세상을 이해하기 위해서는 자신의 안에 있는 빛과 어둠, 선과 악이라는 상반된 존재들을 모두 포용하고 이를 넘어서야 한다는 사실을 깨닫는다.

서로 다른 세상에서 살아가는 두 명의 아이

헤르만 헤세의 소설『데미안』에는 두 명의 소년이 등장합니다. 한 명은 화자 역할의 에밀 싱클레어이며, 다른 한 명은 항상 신비한 분위기를 내뿜는 막스 데미안입니다.

유복한 환경에서 자라난 싱클레어는 학교에서 크로머라는 깡패 같은 친구를 만나 괴롭힘을 당합니다. 돈을 가져오라는 협박에 시달리던 싱클레어를 구해준 사람은 바로 전학생 데미안이었습니다. 데미안은 나이답지 않게 어른스러운 태도를 지녔고, 세상 모든 것을 알고 있다는 듯 어떤 문제에든 명쾌한 해답을 내놨기 때문에 싱클레어는 점차 데미안과 그 어머니인 에바 부인에게 의지합니다.

『데미안』을 떠올리면 중학생 때 아주 친하게 지낸 아이가 생각납니다. 모든 면에서 저와 반대였죠. 불안정한 가정 환경에서 자라 상당히 거칠고 공격적이던 저와 달리 그 아이는 행복한 가정에서 사랑을 듬뿍 받고 자라 늘 해사하게 웃는 얼굴이었습니다. 유일하게 겹치는 점은 하굣길이었죠. 매일 같은 시간에 같은 길을 함께 걷다 보니 자연스레 친해져서 참 많은 이야기를 나누곤 했습니다.

우리는 여러 면에서 달랐는데 가장 다른 점은 그 아이는 아주 독실한 신앙을 가진 반면 저는 무신론자였습니다. 제가 지닌 많은 문제와 세상에 대한 불만을 종교의 힘으로 돕고 싶었던 그 아이는 틈만 나면 신과 교회의 이야기를 꺼냈고 저는 거기에 불퉁거리며 대꾸하는 재미에 우리의 대화 대부분은 '신은 있는가 없는가'의 문제로 채워졌습니다.

사실 애초에 이런 대화에서는 제대로 된 답을 얻는 것이 불가능합니다. 한 사람은 믿음을 가지고 있고 다른 사람은 믿음을 갖지 못한 상태로 각자 서로의 전제 조건, 서로의 논리 위에서 이야기하는 일종의 '도그마¹' 상태에 놓이기 때문이죠. 바다로 갈라진 두 대륙 사이의 해안을 아무리 열심히 걸어 다녀도 건널 수 있는 곳을 찾지 못하는 것이 당연하듯이 두 사람이 아무리 많은 대화를 나눠도 어떤 합의점이나 설득에 도착할 수 없는 것입니다.

그럼에도 저는 그 아이와 끊임없는 대화를 나누는 일이 즐거웠습니다. 어떻게든 자신이 알고 있는 종교의 힘으로 저를 돕고 싶어 하는 그 안달하는 눈빛에 담긴 애정이 고마웠기 때문에 더 길게 이야기를 나눌 방법을 궁리했습니다.

성경이든 불경이든 집에 있는 종교와 관련된 책들은 모두 읽고

『데미안』 초판본 표지(1919)

중학생이 이해하기엔 버거운 철학책이나 우주의 기원을 알려준다는 물리학책도 읽었던 것 같습니다. 그렇게 골치 아프다는 책은 다 찾아 읽던 시절에 만난 책이 바로 『데미안』이었습니다.

상급 학교인 김나지움에 진학하며 데미안과 헤어진 싱클레어는 정신적 방황을 겪으며 술에 빠지기도 하고 학업에도 소홀해집니다. 우여곡절 끝에 다시 모범생으로 돌아와 김나지움을 졸업하고 고향에 온 싱클레어는 뜻밖에 데미안의 쪽지를 받게 됩니다.

'새는 알에서 나오려고 투쟁한다. 알은 세계다. 태어나려는 자는 한 세계를 파괴해야만 한다. 새는 신에게 날아간다. 신의 이름은 아브락사스다.'

도대체 이 쪽지는 무엇을 의미하는 것일까요? 세계를 파괴하고 나오는 새? 아브락사스는 또 무슨 의미죠? 이 쪽지의 수수께끼에 휘말려든 싱클레어는 다시 한번 거대한 혼란의 늪으로 빨려들어 갑니다.

평생 두 세계에서 고통받은 헤르만 헤세

이 소설 첫 번째 장의 제목이 바로 '두 개의 세계'입니다. 그리고 이는 작가가 지닌 가장 중요한 주제 의식이기도 합니다. 어린 시절의 싱클레어는 '밝은 세계'에서 평화롭게 살아가고 있습니다. 인자한 부모님, 다정한 누이들, 사랑과 엄격함, 깨끗함과 도덕이 가득한 빛의 세계죠.

물론 싱클레어도 '다른 세계'가 있다는 것을 알고 있습니다. 도살장과 감옥, 주정뱅이와 강도, 부랑자와 아내를 때리는 남편들이 있는 어둡고 폭력적인 세계죠. 그 세계는 자신이 살고 있는 밝은 세계와 명확하게 구분되는 곳입니다. 그 울타리를 깨고 넘어온 악당이 있습니다. 바로 동네 깡패 크로머입니다.

소설 속에서 싱클레어와 크로머의 세계를 다시 한번 구분하는 중요한 상징은 이 둘이 다니는 학교입니다. 우리에게는 낯선 개념이지만 독일에서는 초등 교육을 받은 후 하우프트슐레, 레알슐레, 김나지움으로 진로가 나뉩니다. 하우프트슐레를 졸업하면 직업교육을 받을 기본 자격을 갖춘 것으로 인정받고, 레알슐레를 졸업하면 직업을 얻을 수 있으나 대학에 진학할 수는 없으며, 김나지움에서 인문 교육을 받아 아비투어 학위를 수여해야 비로소 대학에 다닐 수 있습니다.

따라서 집안의 가업을 이어받으려면 하우프트슐레 수준에서 그치고, 회사에 취직하려면 레알슐레에, 대학까지 가려면 김나지움에 다녀야 합니다. 김나지움에서 대학 진학을 목표한다면 라틴어 문법 과목을 배워야 합니다. 독일의 초등 교육 기관은 라틴학교와 국민학교로 나뉘는데 김나지움을 목표로 한다면 라틴학교를 다니고, 그렇지 않고 최소한의 의무 교육만 받으려 한다면 국민학교를 다닙니다.

싱클레어는 라틴학교를 다니고 크로머는 국민학교에 다니는 다른 세계의 사람들입니다. 즉, 크로머는 협박과 폭력이라는 무기를 가지고 싱클레어의 밝은 세계에 난입한 침략자와 같은 존재입니다.

일반적인 영화나 드라마에서라면 이런 상황에는 밝은 세계를 수호하는 빛의 전사가 나타나 침략자를 내쫓는 것으로 스토리가 전개될 것입니다. 하지만 싱클레어를 구출한 데미안은 크로머를 딱히 혼쭐내준 것도 아니고 그저 얘기를 나눈 것만으로 크로머를 도망치게 만들어버립니다.

선의 세계에도 악의 세계에도 속하지 않은 것 같은 냉소적이고 자신만만한 분위기, 남자인지 여자인지도 모를 미묘한 매력과 독특한 사고방식. 데미안이 빛의 힘을 발휘해 크로머를 쫓은 것인지, 아니면 크로머보다 훨씬 지독한 어둠을 가져 그를 겁먹게 한 것인지 싱클레어는 혼란스럽습니다. 바로 이런 특성 때문에 데미안은 〈오멘〉과 같은 공포 영화와 여러 컴퓨터 게임에서 '악마'로 묘사되기도 합니다.

하지만 데미안은 싱클레어를 어둠의 세계로 끌어들이는 악마라기보다는 절대로 이어질 수 없을 것 같은 두 세계를 초능력자처럼 오가며 연결하는 '중간자' 역할이라고 할 수 있을 것입니다. 이런 특이한 존재가 소설 속에 설정된 까닭은 작가인 헤르만 헤세 자신이 평생 두 세계 사이에서 고통받았기 때문입니다.

헤세는 1877년 독일에서 태어났으며, 아주 깊은 기독교 신앙을 가진 아버지와 어머니 밑에서 자라났습니다. 종교적 색채가 짙은 가정 환경이어서 외할아버지는 해외 선교까지 다녀온 분이었고 아버지는 종교 서적 출판업에 종사했습니다. 신앙의 문제에 매우 엄격한 가정 분위기였기에 결국 헤세는 14세 때 신학교에 입학하게 됩니다.

고집이 세고 자기주장이 강한 편이었던 헤세는 신학교 생활을 못 견뎌 했습니다. 그렇다고 학교를 그만두는 것은 부모님의 세계를 부정하는 것이고 자신이 평생 지켜온 종교적 신념에도 어긋나는 일이었죠. 고민을 거듭하던 헤세는 결국 기숙사를 탈출하여 자살을 시도하고 다행히 목숨만은 건져 정신 병원에 입원하게 됩니다.

이때의 쓰라린 경험을 반영한 소설이 『수레바퀴 아래서』입니다. 가혹한 입시 환경 때문에 주인공의 고통에 쉽게 공감할 수 있다는 이유로 우리나라에서 특히 사랑받고 있습니다.

학교를 그만두고 여러 직업을 전전하던 헤세는 낮에 일하고 밤에 시와 소설을 쓰는 어려운 시기를 거쳐 1904년 장편 소설 『페터

독일 칼프(Calw)에 위치한 헤세의 생가

카멘친트』의 성공으로 전업 작가의 길에 들어서게 됩니다. 하지만 헤세는 자신이 세상에 잘 융화되지 못하고 고립된 존재라는 생각에 평생 고통받습니다.

대학을 제대로 가지 못해 김나지움의 동창들과도 친하지 못했고, 가장 든든한 버팀목이 되어주어야 할 부모님은 그의 첫 시집에 로맨스 관련 내용이 있다는 이유로 '죄의 기운이 풍긴다'며 아들을 인정해 주지 않는 모습을 보이기도 했습니다. 게다가 시력 문제로 병역 면제 판정을 받은 일 또한 헤세에게는 큰 충격이었으며, 어렵게 결혼한 아내와도 계속 불화가 생기자 헤세를 평생 따라다닌 두통은 심해지기만 했습니다.

1914년 제1차 세계대전이 터지자 헤세는 37세의 나이에도 자원입대하여 포로 관리 업무를 맡았습니다. 한편 전쟁의 참상을 지켜보며 작가적 양심에 따라 '민족주의적 광기와 증오에 빠지지 말자'는 내용의 글을 신문에 게재했습니다. 인지도 있는 중견 작가였던 헤르만 헤세에게 독일 언론의 공격이 집중되었고 엄청난 양의 독자 항의 편지도 받았으며 지인들과의 관계는 거의 끊어지게 되었습니다.

정신적 지주였던 아버지도 사망하고, 큰아들도 병으로 사경을 헤매는 가운데 아내의 조현병이 심해져 병원에 갇히는 신세가 되자 헤세 자신도 정신적 고통을 견딜 수 없었습니다. 그래서 당대 최고의 학자였던 카를 구스타프 융으로부터 정신분석 치료[2]를 직접 받게 되는데 이 경험이 헤세에게는 인생의 분기점이 됩니다.

헤세는 자신의 의식 아래에 있는 무의식의 목소리를 두 개의 세계로 설정하고 서로 대화하며 진정한 자신을 찾아가는 자전적 소설을 썼습니다. 이 소설이 바로 『데미안』입니다. 하지만 앞서 말씀드렸듯이 헤세가 엄청난 사회적 비난을 받던 시점이었기 때문에 '에밀 싱클레어'라는 가명으로 책을 내었습니다. 그래서 이 책의 원제목은 『데미안: 에밀 싱클레어의 젊은 날의 이야기』입니다.

나를 둘러싼 '알'을 깨고

앞서 소개해 드린 데미안의 쪽지 문구는 소설 전체에서 가장 유명한 대목입니다. 저도 중학생 때 『데미안』을 읽으며 그 친구에게

멋지게 말해 보려고 이 문구를 열심히 외웠던 기억이 나네요. 특히 이 부분에서 제일 눈에 띄는 단어는 '아브락사스'입니다. 이 암호 같은 말은 도대체 무엇일까요?

이 대목뿐 아니라 『데미안』은 책 전체가 거대한 수수께끼죠. 표현도 어렵고 문장과 문장의 관계도 꼬여 있을 뿐 아니라 등장인물들이 왜 저렇게 다들 세상을 달관한 것처럼 말하다가 또 어이없이 무너지고 또 아무렇지도 않게 등장했다가 뜻 모를 말을 남기고 사라지는지 읽으면 읽을수록 혼란스럽습니다.

어쩌면 헤세 자신도 무슨 말을 하고 있는지 정확히는 모르지 않았을까 싶습니다. 다만 끊임없는 두통과 함께 찾아오는 고통의 언어들을 계속해서 바깥 세계로 밀어내지 않고서는 견딜 수 없었기 때문에 그저 쓰고 또 쓴 게 아닐까 싶기도 합니다. 그렇기 때문에 혼란스러운 탐색의 끝에 뻔한 의도를 가지지 않은 문장들을 얻고 더 진정성 있는 사고의 대륙에 도달한 것일 수도 있습니다.

이 소설의 중요한 알레고리[3]인 '두 개의 세계'를 먼저 알아봅시다. 정말 그토록 극적으로 대비되는 두 개의 세계는 별도로 존재하는 것일까요? 싱클레어가 속한 밝은 세계는 어떤 모순이나 부조리도 없이 마냥 깨끗하기만 하고, 반대로 크로머가 속한 어두운 세계는 도덕이나 애정이나 즐거움이 한 조각도 없는 암흑만 존재하는 곳일까요?

절대로 그렇지 않을 것입니다. 어린 날의 헤세가 완벽하다고 믿었던 가정은 종교적 경직성이 지나치고 부모와 자식 간의 자연스러운 애정 표현이 부족했던 매우 답답한 곳이었습니다. 반면 헤세가 젊은 시절 겪었던 술과 담배에 취한 나날들은 혼란스러운 동시에 자유로움을 느낄 수 있는 시간이었죠.

사람들은 대개 어떤 대상을 좋음과 싫음, 행복과 불행, 착함과 나쁨 등 분명하게 대비되는 쌍으로 판단 내리고 싶어 합니다. 그것이 세상을 이해하는 가장 편리한 방식이기 때문입니다. 어린 시절 재밌게 봤던 만화에서 좋은 편과 나쁜 편은 명확하게 나뉘어 있습니다. 그래야 내가 어느 쪽에 감정을 이입할 것인지 쉽게 판단할 수 있고 나쁜 편을 물리치기 위해 가하는 모든 폭력들을 정당화할 수 있기 때문입니다.

이렇게 가치 판단을 한쪽으로 몰아 하는 것을 종교적 용어로 '투사'라고 합니다. 만화 속 주인공이 결정을 고민할 때 양쪽 어깨 위에 천사와 악마가 올라앉아 서로 자신의 말을 따르라고 유혹하는 장면으로 흔히 묘사되곤 합니다. 이것이 투사의 대표적인 사고 방식입니다.

즉, 내가 좋은 판단을 내리는 것은 선한 목소리가 이겼기 때문이고 반대로 내가 악행을 저지르는 것은 악마가 내 안에 들어왔기 때문입니다. 그래서 좋은 일을 했다면 신에게 감사하고, 나쁜 일을 했다면 악마를 탓하게 됩니다.

이 사이에서 사라져버리는 존재가 있습니다. 바로 '나'입니다. 선행에도 악행에도 책임이 없는 '나'는, 달리 말하면 타인의 의지에 따라 이리저리 끌려다니는 '텅 빈 존재'가 되고 맙니다.

이를 극복하기 위해서는 세상을 둘로 나누어 바라보는 세계관을 깨뜨려야 합니다. 그것은 안온하지만 분명한 한계를 지닌 사고

그노티시즘의 유적에 묘사된 아브락사스

방식이자 나를 둘러싸고 있는 '알'입니다. 이것을 깨뜨리는 순간 나는 스스로 설 수 있는 독립적인 존재로 탄생합니다. 그렇게 탄생한 '나'는 선과 악의 낡은 관념을 넘어서 융합적인 세계관을 지닌 정신적 존재로 성장해 나갑니다. 그렇게 등장하는 상징이 '아브락사스'입니다.

아브락사스는 유대교와 초기 기독교에서 개인적 영성을 강조하던 '그노티시즘[4]'에 등장하는 신입니다. 헤세는 정신분석학을 접하며 억압에서 벗어난 자유로운 정신에 관심 가졌고 평생 불교에 대한 관심도 많아 『싯다르타』라는 소설도 썼습니다. 그래서 정신적 해방을 의미하는 아브락사스와 불교에서 말하는 '해탈'을 비슷한 개념으로 볼 수 있지 않겠냐는 주장도 있습니다.

이렇게 거창하게 말하지 않아도 '세계의 파괴를 통한 성장'이라는 『데미안』의 핵심 주제는 성년기에 접어드는 청소년들이 부모와 주변 사람들의 생각과 말에 기대어 기존의 관념과 가치관 안에서 안주하던 세계를 깨뜨리고 자신만의 세계관을 만들어가는 과정으로 이해할 수도 있습니다.

제1차 세계대전의 패전으로 엄청난 허무주의[5]와 가치관의 혼란에 허우적거리던 독일의 제대 군인 청년들은 『데미안』에 열광했습니다. 그들이 겪은 정신적 무질서와 방황, 고통스러운 극복의 과정이 소설 속에 그대로 녹아 있었기 때문이었겠지요. 안타까운 점은 방황과 혼란이 채 정돈되기도 전에 다시 제2차 세계대전에 끌려나갔다는 것입니다. 그리고 청년들의 유품 속에서 바로 『데미안』이 무수히 발견되었습니다. 덧없이 죽어간 그들의 영혼에 이 책이 조금이나마 위안이 되었을까요?

청년들의 정신적 해방을 이끌다

나치의 광기가 절정에 이른 시기에 헤세의 책들은 금서로 지정되었습니다. 전쟁이 끝난 후엔 1943년에 발표한 장편 소설 『유리알 유희』를 마지막으로 헤세가 완전한 절필에 들어갔기 때문에 독일에서조차 그의 이름도, 『데미안』에 대한 기억도 희미해져버렸습니다. 1946년 노벨상을 수상한 것이 그가 받은 마지막 스포트라이트였고, 1962년 헤세는 85세를 일기로 스위스에서 사망합니다.

그런데 이렇게 세월 속에 묻히는가 싶었던 헤세의 작품들이 다시 주목받기 시작한 것은 엉뚱하게도 헤세가 거의 소개된 적 없던 미국에서부터였습니다. 1960년대 중반 미국 사회에는 여러 사회 모순이 한꺼번에 터져 나왔고, 기성세대의 문화에 대항하는 흑인 민권 운동, 베트남전 반대, 여성 인권 운동 등 청년들의 반문화 운동이 활발히 일어났습니다.

이들은 서구의 물질주의, 자본주의를 극복하기 위한 방법으로 정신적인 각성과 자유를 강조했습니다. 따라서 평생을 정신적 세계에 대한 탐구로 일관한 헤세와 그의 작품들이 크게 각광받은 것입니다. 인도 불교에 관심 가졌던 지식인들의 취향과도 잘 맞았고 특히 『황야의 이리』에 묘사된 환상적인 장면들은 정신의 해방을 중요시하던 당시 미국 청년들의 지향점과 일맥상통하는 부분이 있었습니다.

당시 청년들의 정신적 지주였던 티모시 리어리는 헤세의 작품을 극찬했고 이는 '헤세 르네상스'로 불리는 인기의 열풍으로 이어져 전 세계에 헤세의 이름이 널리 알려졌습니다. 헤세의 고향이었던 독일에서도 그를 재조명하는 계기가 되었지요.

이 과정에서 청년들에게 대단한 인기를 얻은 작품은 그들의 정신적 방황을 꼭 닮은 에밀 싱클레어의 이야기, 『데미안』이었습니다. 당시 가장 유명한 뮤지션이자 세계적인 록 그룹으로 활동했던 산타나는 1970년 새로운 앨범을 발표하며 타이틀을 '아브락사스'로 정했고 앨범 표지에는 아예 『데미안』에서 가져온 문장들을 그대로 인쇄해 발매했습니다. 헤세와 『데미안』의 인기가 얼마나 대단했는지 알 수 있는 일화입니다. 1976년 개봉한 공포 영화 〈오멘〉의 주인공 악마 이름이 '데미안'인 것도 이런 시류에 영향받은 것으로 보입니다.

성장하기 위해 반드시 '알'을 깨뜨려야 한다는 것은 슬픈 운명입니다. 선과 악의 단순한 구분을 넘어서는 것이, 사고가 자유로워지고 부모와 기존의 모든 것들로부터 독립하는 것이 좋은 일만은 아니거든요. 온전히 혼자만의 힘과 판단으로 세상에 우뚝 서서 살아가기란 어쩌면 한없이 외롭고 힘들고 괴로운 일일 수 있습니다. 마치 두 사람이 서로 기대어 선 모양의 '사람 인(人)'이라는 한자에서 어느 한쪽을 떼어놓으면 어떤 글자도 될 수 없고 차마 제대로 서 있기도 힘들게 되는 것처럼 말이죠.

중학생 때 하굣길을 함께했던 그 아이와 1년 넘게 이어지던 논쟁, 두 세계의 충돌은 어느 날 제 눈을 똑바로 쳐다보며 "네가 부디 편안하고 따뜻해지기를 바라는 마음으로 백일 간 새벽 기도를 했다"는 말을 듣고 그만 무너져버렸습니다. 금방이라도 눈물이 뚝뚝 떨어질 것만 같은 그 아이의 진심에 차마 더이상 입바르고 똑똑한 체하는 소리를 이어갈 수 없었던 저는 결국 그와 함께 교회에 가보기로 약속했습니다.

마침내 약속했던 수요일 저녁 7시, 학생부 아이들이 한데 모여 서로 손을 잡고 반가운 인사와 소개를 나누었습니다. 무릎을 꿇고 두 손을 모아 주님의 사랑이 제게 임하기를 간절히 기도하는 그 아이의 모습을 보며 마침내 저는 확실히 깨달았습니다. '나는 더이상 이 아이를 속일 수 없구나. 우리는 완전히 다른 세계에 있고 아무렇지 않게 그 벽을 모른 척하기엔 너무 어리구나, 이젠 진짜로 끝이구나' 하고, 손끝에 확실히 닿던 마지막의 느낌.

그리고 우리는 다시 만날 수 없었습니다. 얼마 후 그 아이가 당시 우리나라엔 몇 있지도 않던 기숙 학교에 진학했다는 말을 전해 듣고 갑자기 『데미안』과 헤세의 이야기가 겹쳐 떠올라 흠칫했던 것이 저의 마지막 기억입니다.

▌용어 해설

1. 도그마

본래 종교 용어로 그리스도교의 불변하는 교리를 의미했다. 일상에서는 '충분한 근거와 증명 없이 의견을 주장하는 행위'의 의미로 많이 쓰이며, '독단(獨斷)'과 유사한 개념이다.

2. 정신분석 치료

심리학자이자 의사인 지그문트 프로이트가 창시한 정신 치료법으로 인간의 무의식과 같은 정신의 심층에 있는 내용을 들여다보는 방식으로 이루어진다.

3. 알레고리

문학에서 주로 사용하는 비유법으로, A를 표현하는 것에 있어 직접 드러내기보다 그와 유사한 B를 빌려와 묘사하는 방식이다.

4. 그노티시즘

1세기 후반에 유대교와 초기 기독교와 더불어 시작된 종교적 사상 및 체계를 말한다. 교회의 정통 가르침, 전통, 권위에 대항하여 순수하고 선한 영혼의 중요성을 강조하였다.

5. 허무주의

최고의 가치로 여기던 것이 무너지며 의미를 상실하게 되는 현상을 의미한다.

▌작가 소개

헤르만 헤세

Hermann Hesse, 1877~1962

독일계 스위스인 문학가이자 시인. 목사였던 아버지의 영향으로 엄격한 개신교 가정에서 자랐다. 신학교에 진학했을 때의 고통스러운 경험을 바탕으로 쓴 『수레바퀴 아래서』를 비롯해 『데미안』 『유리알 유희』 등 많은 명작을 남겼으며, 1946년 노벨문학상을 수상했다.

앙투안 드 생텍쥐페리
Antoine de Saint-Exupéry

『어린 왕자』

2천 피트 상공의
고독과 위안

줄거리

비행기의 엔진 고장으로 '나'는 사하라 사막 한가운데에 불시착한다. 그때 어디선가 어린 왕자가 나타나 양 한 마리를 그려달라고 조른다. 어린 왕자는 지구가 아닌 B612라는 별에서 왔으며 그 별엔 화산, 바오바브나무, 그가 사랑하는 오만한 장미꽃이 있다.

여러 별을 떠돌던 어린 왕자는 다양한 사람들을 만난다. 자신의 권력만을 내세우는 왕, 비탄에 빠진 주정뱅이, 돈이 최고라는 부자, 책상 위에서 지도만 그리는 지리학자, 매일매일 가로등을 켜고 끄며 소일하는 점등인을 만나며 삶에 스며든 불합리와 무의미함을 되돌아본다.

마지막으로 지구에 도착한 어린 왕자는 정원 가득 핀 장미꽃을 보고 행성에 두고 온 자신의 장미꽃이 유일한 존재가 아니었음을 깨달아 눈물을 흘린다. 그때 여우가 나타나 "길들인다는 것은 관계를 만드는 일이고 누군가 다른 대상을 길들이는 순간 서로에게 오직 하나밖에 없는 존재가 된다"고 이야기해 준다.

어린 왕자가 이야기를 마칠 즈음 비행기 엔진 수리도 마무리되었기 때문에 둘은 작별한다. '나'는 밤하늘을 바라보며 어린 왕자와 장미꽃의 이야기를 떠올리고 그와 보낸 시간을 그리워한다.

하늘에서 태어난 아이

제2차 세계대전을 그린 명작 드라마 〈밴드 오브 브라더스〉는 노르망디 상륙 작전에 참여한 미국 최초의 공수 부대 '101부대'의 이야기를 중심으로 진행됩니다. 그래서 공수 부대의 마크가 화면에 자주 노출되지요.

공수 부대는 영어로 'Airborne Troops'라고 표기합니다. 여기서 'borne'은 'bear'의 과거분사형으로 '전달되다'라는 뜻입니다. 즉, '하늘을 통해 전장으로 투입되는'이라는 의미입니다. 하지만 저는 이 마크를 볼 때마다 'bear'의 또다른 의미인 '태어나다, 탄생하다'라는 말이 떠올라 '하늘에서 태어난 사람들'로 번역하는 게 본래의 의미에 더 맞지 않을까 하는 엉뚱한 생각을 하곤 했습니다.

『어린 왕자』를 쓴 앙투안 드 생텍쥐페리의 작품 목록을 살피다 보면 특이한 사실을 발견하게 됩니다. 생텍쥐페리가 평생 쓴 소설의 목록은 다음과 같습니다.

『비행사』(1926) /『남방 우편기』(1929) /『야간 비행』(1931)
『인간의 대지』(1939) /『전시 조종사』(1942) /『어린 왕자』(1943)

공통점을 발견하셨나요? 하나같이 비행기와 조종사에 관련된 이야기들입니다. 『인간의 대지』의 영문판 제목은 『바람, 모래 그리고 별들(Wind, Sand and Stars)』로 1935년 비행 중 사하라 사막에 불시착했던 경험을 다루고 있습니다.

『어린 왕자』도 따지고 보면 사막에 불시착한 비행사의 관점에서 진행되는 이야기이니 생텍쥐페리의 작품은 전부 하늘과 비행기에 관련되었다고 볼 수 있습니다. 생텍쥐페리야말로 '하늘에서 태어난 사람'이 아닐까 싶을 정도죠. 바로 이 놀라운 일관성이 『어린 왕자』의 신비한 암호 같은 이야기 속으로 들어가는 비밀 열쇠입니다.

한 사람의 취향이나 장래 희망은 어떻게 정해지는 것일까요? 우리의 정체성은 흔히 성장하는 과정에서 부모님이나 주변의 환경, 겪게 되는 경험에 따라 구성되고 만들어져가는 것이라고 생각하기 쉽습니다. 그러나 어떤 사람에게는 태어날 때부터 정해진 운명이 그의 뇌리에, DNA 하나하나에 각인되어 있던 것이 아닐까 하는 생각이 들기도 합니다.

생텍쥐페리에게 '비행'은 정해진 운명이었습니다. 1900년에 태

『어린 왕자』 영문판 초판본 표지(1942)

어난 생텍쥐페리는 어려서부터 하늘을 동경해서 자전거에 날개와 돛을 달고 동네를 누볐다고 합니다. 열두 살 때는 동네 근처 비행장에 찾아가 부모님의 허락을 받아왔다고 거짓말을 하고는 비행기 뒷자리에 얻어 타 하늘을 나는 첫 비행에 성공하기도 합니다.

그런데 라이트 형제가 허술한 형태의 비행기를 처음 발명한 것이 1903년의 일이었으니, 그로부터 채 10년도 지나지 않은 당시의 비행기란 위험하기 짝이 없는 물건이었습니다. 그래서 비행기를 타는 사람들은 목숨을 내놓고 사는 사람들처럼 여겨졌습니다. 한편 그런 위험성과 희귀성이 비행사들을 영웅으로 만들기도 했죠. 요즘으로 치면 우주비행사와 비슷한 느낌이었을까요?

요즘의 우주비행사들은 체계적인 훈련을 받고 안전 장비를 갖추어 사고율이 낮은 편이니 당시의 비행사들은 익스트림 스포츠를 즐기는 무모한 사람들에 가까운 느낌이었을 듯합니다. 이런 물건에 열두 살짜리 아이가 목숨을 맡기고 집에 와서는 날아올랐다고 자랑했으니요. 남편을 잃고 아이들만 바라보고 살던 어머니는 화가 나서 생텍쥐페리의 뺨을 때립니다.

하지만 부모의 만류로 아이의 인생이 바뀌는 일은 의외로 드물지요. 스무 살이 된 생텍쥐페리는 공군에 입대하고 제2항공여단에 배속되어 조종을 배웁니다. 그는 영화 〈탑건〉에 나오는 위험한 비행을 즐기는 매버릭보다 몇 배쯤 무모하고 자유로운 영혼을 지녀 비행을 배우는 학생임에도 제멋대로 고도를 높이거나 지시를 어기고 조종하는 일이 많았다고 합니다. 결국 비행을 배운 첫해에 사고를 내게 되는데 이는 그의 평생을 따라다닌 수없이 많은 사고의 시작에 불과했습니다.

이렇게 위험한 직업이다 보니 약혼자 빌모랭과 그 가족들은 생텍쥐페리에게 비행을 그만둘 것을 종용합니다. 결국 그는 조종간을 놓고 지상으로 내려와 회계사, 트럭 세일즈맨 등 여러 직업을 전전하며 틈틈이 시와 소설을 쓰기 시작합니다.

어려서부터 오 남매 형제들과 연극을 목적으로 한 대본을 쓰기도 하고 건축가가 되어볼까 싶어 끄적끄적 그림도 그렸지만 글도 그림도 제대로 교육받지 못한 생텍쥐페리는 늘 열등감을 가지고 있었습니다. 그래서 글을 쓸 때 직접 경험한 일들만 써야겠다는 결심을 하게 되는데 문학 사조로 보자면 '행동주의', 즉 행동과 삶에 바탕을 둔 글을 쓰게 되어 결국 그의 작품은 모두 비행사 이야기로 채워졌습니다. 『어린 왕자』에 나오는 이야기들도 하나하나 뜯어보면 완전한 상상력의 산물이 아니라 전부 생텍쥐페리의 경험들로 이루어져 있습니다.

이렇게 나온 그의 첫 단편 소설이 『비행사』입니다. 상대방의 꿈을 존중하지 않는 연인과의 관계가 잘 이어질 리 없어 소설이 출간된 해에 빌모랭과의 약혼은 깨지고 맙니다. 그 후 생텍쥐페리는 기다렸다는 듯이 항공 우편 회사인 '아에로포스탈'에 조종사로 취직해 프랑스와 아프리카를 오가는 장거리 비행을 담당합니다.

여우와 장미를 만나다

1927년 생텍쥐페리는 아에로포스탈의 아프리카 지사에서 일했습니다. 말이 좋아 지사일 뿐, 당시 기술의 한계로 장거리를 한 번에 갈 수 없는 비행기들이 잠시 들러 연료를 채우고 가는 사막 한가운데의 기착지였습니다. 근무자도 본인 한 명인 데다, 오가는 비행기는 일주일에 한 대뿐이었기 때문에 생텍쥐페리는 침낭에서 잠을 자다 깨는 생활을 반복하며 끝없는 고독 속에 빠져듭니다.

이때 그는 우연히 아프리카 사막여우를 만나 음식을 주며 길들이게 되는데 이 여우가 바로 『어린 왕자』에 등장하는 여우의 원형입니다. 이 주체할 수 없는 시간을 이용해 생텍쥐페리는 『남방 우편기』라는 소설을 쓰고, 아르헨티나 지사로 발령 난 이후 다시 『야간 비행』을 발간합니다. 소설가 정규 교육을 받지 않은 생텍쥐페리에 대한 문단의 반응은 처음엔 차가웠으나 『야간 비행』으로 프랑스에서 권위를 인정받는 페미나문학상을 수상하며 그는 작가로서의 명성을 얻게 되었습니다.

이즈음에 만난 운명의 연인이 바로 콘수엘로 고메즈 카릴로입니다. 당시에 미망인이던 콘수엘로는 여러 언어에 능통했고, 예술가 기질이 넘치는 자유분방한 남미 여성이자 사교계의 여왕으로 유명했습니다. 그렇기에 보수적인 명문 집안에서 나고 자란 내성적인 생텍쥐페리는 그녀와 잘 어울리지 않아 보였습니다. 하지만 이상하게도 생텍쥐페리는 콘수엘로와 만나자마자 푹 빠져서 이듬해인 1931년에 초고속으로 결혼에까지 이릅니다.

그러나 성격과 성장 배경이 크게 다른 사람들의 관계가 원만하게 유지되기는 쉽지 않은 일이었습니다. 둘은 요란스럽게 싸우고 화해하기를 반복했고 심지어 각자 여러 명의 연인을 따로 두는 공식적인 불륜 관계를 만들어 이어갔습니다. 두 사람과 주변인들의 관계는 점점 복잡하게 얽혀갔지만 아무리 지독하게 싸우고 이젠 정말 끝이라고 해도 보이지 않는 힘에 끌리는 자석처럼 둘은 어느새 다시 붙어 있곤 했습니다.

정말로 끝이라고 생각하고 과테말라로 가버린 콘수엘로는 이혼의 결단을 내리려는 순간, 생텍쥐페리가 비행기 추락 사고로 중상을 입었다는 소식을 듣습니다. 그녀는 단숨에 대륙을 건너 날아왔고, 수술이 어렵다며 두 다리를 자르려는 의사들을 내쫓아버리고 끝까지 생텍쥐페리의 곁을 지켰습니다.

짐작하시겠지만 이 여성이 바로 『어린 왕자』 속 '장미'의 모델입니다. 예쁘지만 변덕스럽고, 친절한가 하면 가시를 들이대고, 쉴 새 없이 요구하고 변덕을 부려 결국 어린 왕자를 소행성 B612에서 떠나가게 했죠. 그러나 끝내 방황을 마친 어린 왕자를 다시 소행성으로 돌아오게 만든 존재이기도 하죠.

『어린 왕자』 속 소행성 B612에 화산이 있는 이유는 콘수엘로의 성격이 불같아서라는 말도 있고 그녀의 고향인 엘살바도르가 화산으로 유명하기 때문이라는 말도 있죠. 『어린 왕자』에서는 순진하고 일편단심을 지닌 왕자가 장미의 닦달에 못 이겨 떠난 것처럼 묘사되어 있지만 사실 훨씬 괴로운 사람은 콘수엘로였습니다.

앞서 말씀드린 것처럼 생텍쥐페리 집안에서 탐탁지 않아 하는 결혼이었기에 그녀는 시댁에서 제대로 인정받지 못했습니다. 둘 사이에 자녀가 없어서 생텍쥐페리 사후엔 상속권 다툼에서도 밀려나다시피 했습니다.

생텍쥐페리의 여성 관계는 어찌나 복잡하고 노골적이었는지 사후 생텍쥐페리의 전기를 쓴 사람은 콘수엘로가 아닌 '생텍쥐페리의 영혼의 단짝'이라고 자처하는 넬리 드 보게라는 여성이었습니다. 심지어 여러 여성이 서로 '생텍쥐페리가 실제로는 이렇게 말했다, 저렇게 말했다'고 인터뷰에서 다투는 볼썽사나운 모습이 벌어지기도 했습니다.

살아생전 위험한 비행사 일을 그만두지 않고 수시로 추락하고 실종되고 다친 채로 돌아오는 생텍쥐페리에게 콘수엘로가 화를 내는 것은 당연하지 않았을까요?

세계적인 베스트셀러로 자리매김하기까지

제2차 세계대전이 벌어지던 1940년에 생텍쥐페리의 나이는 이미 마흔이었습니다. 전투기를 몰 나이는 한참 지난 상황이었죠. 독일군이 마지노선을 돌파해 프랑스 전역을 장악하고 정전협정을 맺어 친독 정권인 '비시 정부[1]'를 세우자 생텍쥐페리는 프랑스가 독립을 되찾으려면 미국이 참전하는 방법밖엔 없다고 생각하여 미국을 설득하기 위해 뉴욕으로 향합니다.

『야간 비행』은 이미 미국에서 베스트셀러였고 클라크 게이블이 주연한 영화로도 만들어진 상황이어서 생텍쥐페리는 미국에서 스타 작가로 대접받았습니다. 여기서 그는 미국 참전을 독려하기 위해 『전시 조종사』를 집필하여 발표하기도 합니다.

당시 미국에 거주하던 프랑스인들은 독일을 인정하고 받아들이자는 편과 끝까지 싸우자는 편이 갈리어 싸우고 있었고 중간에 낀 유명 인사인 생텍쥐페리는 매우 곤란한 상황에 처했습니다.

1942년 콘수엘로와 함께 롱아일랜드에 머물며 오랜만에 심신에 안정을 찾은 시점에 그는 결정적인 제안을 받습니다. 당시 미국에서 그의 책을 발간하던 출판사인 '레이날 앤 히치콕'의 대표 유진 레이날이 레스토랑에서 함께 식사를 하던 생텍쥐페리에게 "크리스마스 시즌을 겨냥한 아동용 단편을 써보면 어떠냐?"고 제안한 것입니다.

생텍쥐페리가 평소 습관대로 냅킨에 마구 낙서하며 그린 어린 왕자 그림을 보고 제안했다는 설도 있습니다. 그러나 애초에 『어

사하라 사막에 추락한 직후의 생텍쥐페리(1935)

린 왕자』의 삽화는 친구 화가인 베르나르 라모트에게 부탁했다가 어두워 보이는 그림이 영 마음에 안 들어서 작가가 직접 그리기로 했기 때문에 조금 설득력이 부족해 보이는 이야기입니다. 그보다는 당시의 여러 정황이 겹친 결과가 아닐까 싶습니다.

유진 레이날은 이 책의 중반부에서 소개할 『메리 포핀스』를 출간해 대성공을 거둔 경험이 있었기 때문에 아동 도서가 가진 폭발적인 수요를 잘 알고 있었습니다. 아동 도서를 써본 경험이 없는 생텍쥐페리이지만 그만의 독특한 문체와 환상적인 경험이 잘 결합된다면 훌륭한 작품이 나오리라고 꿰뚫어 본 것입니다.

생텍쥐페리의 전체 작품 목록 중 『어린 왕자』는 대단히 특이한 작품입니다. 여전히 본인의 비행 경험을 바탕으로 쓴 내용이지만 전작들과 달리 본인이 주인공도 아니고, 비행 이야기가 핵심도 아니며, 대상 독자는 어린이였습니다. 게다가 자신이 직접 그린 삽화를 전면에 내세워 만든 책도『어린 왕자』가 유일했죠.

그는 글솜씨에 열등감을 가졌지만 그림에는 더더욱 자신이 없어서 그릴 땐 즐겁지만 그려놓고 나면 전혀 가치 없는 짓으로 여겨 후회한다고 말할 정도였습니다.

그럼에도 이 작품이 나온 이유를 추측해 보자면, '독일과 끝까지 싸워야 한다'는 자신의 주장에 민감하게 반응하는 미국 거주 비시 정권 지지자들도 싫고, 반대로 '그래그래 잘 말씀하셨습니다. 선생이 앞장서서 싸워주세요' 하고 등 떠미는 드골주의자[2]들과도 거리를 두고 싶었기 때문에 머리를 좀 식히는 의미에서 아동 도서를 쓴 마음도 있었을 것입니다.

하지만 여전히 답답한 마음을 완전히 숨길 수는 없었기 때문에 책 맨 첫 페이지에 엉뚱하게도 '이 책을 친구인 레옹 베르트에게 바친다'는 헌사를 붙입니다. 소설가이자 저널리스트인 레옹 베르트는 유대인이라는 이유로 나치의 표적이 되었기 때문에 이를 피해 쥐라산맥에 숨어 연명하고 있었습니다.

아동 도서에 뜬금없이 유대인 작가에 대한 헌사를 붙이는 게 어색한 것은 생텍쥐페리도 잘 알고 있었습니다. 그럴수록 더더욱 "내 가장 친한 친구여서, 그가 아동 도서도 잘 이해해 줄 거라서, 그가 지금 춥고 배고픈 상황이기에 응원이 필요해서 이 책을 바친다"는 뭔가 앞뒤가 안 맞는 이유를 댑니다.

물론 친구를 응원하고 싶은 마음도 있었겠지만 그보다는 아무리 아동 도서여도 은연중에 '레옹 베르트가 누구야? 왜 춥고 배고프대?'라는 의문을 불러일으켜 미국인들이 프랑스의 현실에 관심을 가졌으면 하는 마음을 반영한 것이라고 볼 수 있습니다.

또다른 이유는 좀 세속적인데, 당시 미국에서의 체류가 길어진 생텍쥐페리는 찰리 채플린, 그레타 가르보 등 할리우드 스타들과 만나 놀고, 여행하고, 요트를 타는 등 호화로운 생활을 이어갔습니다. 따라서 생활비가 간당간당했기 때문에 비교적 빠르게 원고를 쓸 수 있는 아동용 단편에 흥미를 가진 것일 수도 있습니다.

실제로 『어린 왕자』는 1942년 11월에 계약하고 선인세 3천 달러를 받은 후 이듬해 4월 6일에 발간되었으니 책 제작에 들어가는 번역, 교정, 인쇄, 제본, 배본 기간을 빼면 원고 자체는 두세 달 사이에 완성되었다고 볼 수 있습니다. 그래서 최초 번역에 오역이 많아 영문판 전면 재번역도 여러 번 이루어졌고, 그 과정에서 여러 판본이 생겨났습니다.

『어린 왕자』는 발간 즉시 열광적인 호응을 얻으며 300개가 넘는 언어로 번역되었고 프랑스에서만 1,100만 부 이상, 세계적으로는 최소 3억 부가 판매되었습니다. 부수 확인이 어렵거나 해적판으로 판매된 것을 포함하면 8억 부까지 팔렸다고 추산되는 20세기의 베스트셀러입니다.

수많은 '척'들이 외롭게 한다

『어린 왕자』는 어떻게 이렇게 많은 이들에게 사랑받을 수 있었을까요? 『어린 왕자』를 둘러싼 오랜 논란은 과연 이 책의 대상이 어린이인가 성인인가 하는 점입니다. 분명 유진 레이날이 집필을 제안하고 출판하는 단계까지는 어린이를 대상으로 생각한 책이었지만 그 제안을 받은 생텍쥐페리는 서문에서 프랑스의 정치 상황을 암시하는 등 완전히 아동용 도서를 쓰겠다는 결심을 하지도 못한 상태였고 그런 책을 써본 경험도 없었습니다.

『어린 왕자』에 등장하는 인물들도 하나하나 따지고 보면 가상의 인물은 거의 없다시피 하고 생텍쥐페리가 만나 대화를 나누었던 실존 인물들을 짜깁기한 것입니다.

'가로등지기'는 그가 어린 시절 여름 방학에 만났던 동네 아저씨였고, '사업가'는 그가 일했던 아에로포스탈의 사장이었으며, 튀르키예 천문학자 이야기에 등장해 모든 국민에게 전통 의상 대신 유럽식 옷을 입으라고 강제한 독재자는 튀르키예의 혁명가인 케말 아타튀르크입니다.

케말은 실제로 1920년 공화국 혁명 당시 그러한 명령을 내리지요. 그러고 보면 『어린 왕자』는 동화가 아니라 어른들을 위한 메시지와 상징을 숨겨둔 철학 소설처럼 보이기도 합니다.

하지만 이런 '아이와 어른'의 이분법이야말로 『어린 왕자』에 대한 가장 심각한 오독일 수 있습니다. 애초에 아이와 어른이 다른 존재인가요? 아이가 성장해 어른이 되고, 모든 어른이 아이였던 점을 생각해 보면 둘은 실제로 다르다기보다 '다른 척'하고 있는 것일지도 모릅니다. 그런 '척'은 주로 어른들의 몫이지요.

저도 어렸을 땐 나이가 들면 언젠간 어른이 될 거라고 생각하고 기대했습니다. 어른이 되면 더 단단하고, 더 안정되고, 모든 것에 확신을 갖고 자신 있게 세상을 살아갈 수 있을 거라고 생각하며 불안하고 모호하고 혼란스러운 어린 시절과 청소년기를 견뎠습니다.

하지만 스물이 되고 서른이 넘어, 결혼을 하고 아이를 낳아 아빠가 되어도 마치 스위치가 덜컥 켜지듯이 어른이 되는 시기는 오지 않더군요. 다만 사회적인 관계가 복잡해지면서 제가 어른으로서 행동하기를 기대하는 사람들이 많아졌고, 그것이 의무와 책임이 되었기 때문에 끊임없이 '어른인 척'하려고 노력하는 시간만 점점 늘어갔습니다.

무슨 말을 하는지도 모르면서 마치 모두 알고 있는 것처럼 말하고, 불안에 가득 찬 채로 결정을 내리면서도 분명한 확신을 가진 것처럼 행동하고, 싫은 사람 앞에서도 좋은 척하고, 좋은 사람 앞에서는 감정을 억누르며 저는 페이스트리처럼 수많은 겹과 겹에 둘러싸인 '어른처럼 보이는 사람'이 되었습니다. 하지만 그 수많은 층위는 역시 페이스트리처럼 아주 작은 충격에도 쉽사리 박살이 나는 허약한 가면의 더미들이 아닌가요?

『어린 왕자』로 돌아가봅시다. 이 소설은 실제로 생텍쥐페리가 1935년 카사블랑카-다카르 노선을 비행하다가 리비아 사막에 추락한 경험을 바탕으로 썼습니다. 사막을 헤매다가 물이 다 떨어져

죽기 직전에 우연히 그곳을 지나던 베두인[3]이 발견해 극적으로 구출된 것이죠. 당연히 『어린 왕자』에서의 화자인 조종사는 생텍쥐페리 자신입니다.

그럼 그가 사막에서 만난 '왕자'는 누굴까요? 그가 지중해와 대서양을 가로지르며 몇 날 며칠 어두운 밤하늘을 홀로 나는 동안 수없이 대화를 나누던 사람, 아프리카 사막의 기지를 홀로 지키며 수없는 밤들을 함께하던 친구, 다시 돌아간 소행성 B612의 작은 공간. 그것들은 결국 '또다른 나'를 의미하는 것이 아닐까요? 이렇게 보면 '어린 왕자'는 어른이 된 생텍쥐페리가 어린 시절의 생텍쥐페리를 만나 나누는 대화의 상대, 아니 혼잣말의 대상입니다.

천으로 만든 돛을 자전거에 붙여 하늘을 나는 상상을 하던 무렵의 그는 어떤 일이 있어도 불시착하지 않고 한없이 멀리 날 수 있었습니다. 그때는 보아뱀이 삼킨 코끼리의 그림을 모자로 착각하는 일도 없었고, 상자 안에 들어 있는 양도 분명하게 알아볼 수 있었죠. 마음으로 세상을 보는 것이 가능했던 시절, 직관으로 사물을 파악하는 것이 당연했던 시절을 그와 우리는 잊어버렸고 잃어버린 것입니다.

그런 수많은 '척'들이 사람을 외롭게 만듭니다. 『어린 왕자』에서 가장 중요한 말은 '외로움'입니다. 책의 19장에서 어린 왕자는 높은 산 위에 올라가 외칩니다.

"내 친구가 되어줘. 나는 외로워."

하지만 메아리는 이렇게 대답할 뿐이었습니다.

"나는 외로워… 나는 외로워… 나는 외로워…"

읽는 이에 따라 어떤 독자는『어린 왕자』에서 가장 중요한 말이 '길들이기'라고 생각할 수도 있습니다. 사람들이 관계를 맺고 서로를 길들이며 외로움을 해결할 수 있다는 사실이 어린 왕자가 얻은 해답이었을까요? 길들임의 의미를 알려주고 장미에게 돌아가라고 이야기해 준 여우는 어린 왕자와의 마지막 만남에서 이렇게 이야기합니다.

"네 장미꽃을 위해서 네가 보낸 시간 때문에 장미꽃이 그렇게 소중해진 거야… 넌 그것을 잊어버려선 안 된단다. 네가 길들인 것에 대해서는 영원히 책임을 져야 하는 거야. 너는 네 장미꽃에 대한 책임이 있어."

결국 생텍쥐페리에게 '길들이기'는 '책임'의 문제입니다. 책임이 그의 외로움을 덜어줄 수 있을까요? 장미에게 돌아간 어린 왕자는 행복할 수 있을까요? 늘 콘수엘로에게 돌아갔던 생텍쥐페리가 번번이 그 곁을 떠났던 것은 단지 콘수엘로의 격한 성격 때문이었을까요?

그보다는 그의 안에 깊이 자리 잡고 있는 심연, 하늘을 날아올라 온전한 자기 자신과 대면하는 일 말고는 다른 어떤 것으로도 위로받을 수 없었던 어쩔 수 없는 외로움 때문이 아니었을까요? 그렇다면 그것은 죽을 때까지 이륙을 반복할 수밖에 없는 불치의 병, '죽음에 이르는 병'일 텐데요….

스스로와 대면하기 위한 끝없는 노력

생텍쥐페리는 『어린 왕자』로 얻은 열광적 반응을 뒤로하고 책이 발간된 해인 1943년, 다시 공군에 입대해 전쟁에 뛰어듭니다. 이미 나이도, 건강도 비행이 불가능한 상태였습니다. 혼자 힘으로 비행복을 입거나 벗을 수도, 고개를 돌려 옆을 확인할 수도 없는 수준이었죠. 비행 금지 고도로 솟구쳐 올라가기도 하고 착륙 사고로 비행기를 전파시켜버리기도 했지요. 그러나 그는 유명 인사로서 자신의 영향력을 최대한 활용해 어떻게든 다시 비행기를 타고 날아오르기를 거듭합니다.

결국 이듬해인 1944년 7월 30일 오전, 프랑스 상공 정찰 임무를 끝으로 그가 탄 비행기는 교신이 끊겼고, 연료가 바닥날 시간인 오후 2시 30분쯤 공식적으로 실종 처리되었습니다. 그의 최후에 관해서는 격추된 것이다, 자살이다, 어딘가에 살아 있을 것이다 등등 수많은 추측이 오랜 시간 난무했습니다.

1998년 마르세유의 먼바다에서 그의 이름이 새겨진 팔찌가 어부의 그물에 걸려 올라왔고, 2004년 해당 해역 깊은 물속에서 그가 탔던 비행기의 잔해가 발견되며 그의 사망은 공식적으로 확인되었습니다. 2008년에는 생텍쥐페리를 직접 격추했다는 전직 독일군 파일럿이 등장하기도 했습니다.

한편 유족들은 팔찌가 생텍쥐페리의 유품이 아니라고 주장하고 있고, 혹자는 그가 생전에 남긴 죽음을 암시한 메모들을 근거로 생텍쥐페리가 자살한 것일 수 있다는 주장을 펴기도 합니다.

그물에 걸려 발견된 생텍쥐페리의 팔찌(1998)

그러나 그의 최후가 어떤 것이었는지는 호사가들의 관심사일 뿐입니다. 가장 중요한 사실은 그가 스스로의 본질과 대면하기 위해 끝없이 애쓰는 인간이었다는 점입니다. 그 진실한 마음이 『어린 왕자』를 비롯한 여러 작품에 남아 여전히 우리의 마음에 커다란 감동과 위안을 주는 것이 아닐까요?

오늘 밤, 『어린 왕자』를 펴 들고 가슴 떨리는 그의 문장들과 만나보시는 건 어떨까 합니다.

▶ 용어 해설

1. 비시 정부

1940년, 독일군이 북부 프랑스를 점령하고, 남부 프랑스에는 비시(vichy)를 수도로 하는 친독 정권이 수립되었다.

2. 드골주의자

프랑스 제18대 대통령인 샤를 드골이 재임 당시 펼친 정치사상을 지지하던 사람들. 외세로부터의 독립을 지향하며, 각 민족은 정치적 운명을 스스로 결정할 권리가 있다는 민족 자결주의적 주장을 펼쳤다.

3. 베두인

아라비아반도 내륙부를 중심으로 시리아, 북아프리카 등지의 사막에 사는 아랍계 유목민이다. 낙타, 양, 염소를 사육하고 이슬람교를 믿는다.

▶ 작가 소개

앙투안 드 생텍쥐페리

Antoine de Saint-Exupéry, 1900~1944

프랑스 출신의 비행사이자 작가. 미술 학교에 입학해 건축 공부를 했으나 비행을 꿈꾸며 입대하여 조종사가 되었다. 제대 후 민간 항공회사에서 우편 비행기를 몰았고 이 경험을 바탕으로 『남방 우편기』『야간 비행』을 쓰며 큰 호평을 받았다. 이후 『어린 왕자』를 발표해 세계적인 작가의 반열에 올랐다. 2차 대전 중 정찰 임무를 위해 하늘로 날아올랐다가 행방불명되었다.

리처드 바크
Richard Bach

『갈매기의 꿈』

무엇을 위해
살 것인가

줄거리

비행하기를 세상 무엇보다 중요하게 여기는 갈매기 조나단 리빙스턴은 더 빨리, 더 다양한 자세로 나는 법을 연습하는 데 몰두한다. 먹이를 찾아 배불리 먹는 일이 우선이라고 생각한 부모님은 조나단을 야단치지만 그는 아랑곳하지 않고 연습하여 마침내 아무도 해내지 못한 고속 비행에 성공한다.

기쁨에 찬 조나단은 동료들에게 비행법을 알리려 하나 갈매기들의 우두머리인 연장자는 조나단의 무모한 비행 연습을 '분별없는 무책임'이라고 비난한다. 무리에서 배제된 조나단은 벼랑 끝에서 혼자 살아가는 외톨이 신세가 되고 만다.

어느 날 또다른 갈매기 무리가 조나단을 찾아와 멋진 비행술을 보여주며 진정한 비행을 꿈꾸는 천상의 갈매기들 무리에 합류할 것을 권한다. 조나단은 구름 위의 세상에서 스승 갈매기 치앙을 만나 많은 가르침을 받는다.

끊임없는 훈련과 노력 끝에 조나단은 최고의 비행술을 가진 갈매기로 거듭난다. 치앙이 숨을 거두자 조나단은 비행을 꿈꾸는 어린 갈매기들을 만나러 지상으로 향한다. 그곳에서 플레처를 비롯한 제자들을 만나고 많은 가르침을 남긴 뒤 조용히 사라진다. 그 뜻을 이어받은 플레처가 새로운 제자들에게 가르침을 전한다.

왜 이렇게 살아야 하나

이 책을 읽는 분들 중에는 십 대가 많을 거라고 생각합니다. 십 대, 참 묘한 나이죠. 아직 성인이 되지 않은 미성년자인데 삶의 경험이 짧다고만 할 수 없는 시간이고, 공부와 입시의 압박으로 순간순간 덮치는 고민이 삶의 어느 때보다 힘들게 다가오는 시절이기도 합니다. 대략 만으로 일곱 살의 나이에 초등학교에 들어간다고 하면 벌써 10년 가까이 학교에 다녔을 나이.

아침에 학교에 갔다가 오후 수업을 마치고 방과 후 수업이나 학원을 돌다 저녁쯤 집에 돌아오는 생활을 10년간 반복했다면 '왜 이렇게 살아야 하나' 하는 고민을 누구나 할 수밖에 없을 겁니다. 부모님, 선생님께 여쭤봐도 답은 뻔하죠. 나중을 위해, 네가 다음에 하고 싶은 일을 하려면, 좀더 노골적으로 말하자면 나중에 더 많은 돈을 벌고 더 편하고 풍요로운 삶을 살려면 지금 열심히 공부해서 성적을 올리고 좋은 대학에 진학해 좋은 직장에 가야 한다는 대답. 그런 대답을 들을 때면 아마 여러분은 입 속으로 조그맣게 중얼거렸을 겁니다.

'그게 다 무슨 의미가 있다고…. 난 지금 행복하고 싶은데….'

지금의 여러분과 그 나이 때의 저와 같은 고민을 했던 갈매기가 있습니다. 먹고 또 먹어 생존을 이어가려는 본능보다는 하늘을 날고 한계를 뛰어넘는 재미에 온통 정신을 빼앗긴 갈매기였죠. 게임을 무척 좋아해서 프로게이머가 되고 싶었던 친구일 수도 있고 몸을 움직여 온갖 멋진 동작으로 춤추는 무용수가 되고 싶었던 친구일 수도 있습니다.

'의미'를 찾고 싶었던 갈매기 조나단은 다른 친구들이 모두 '먹는 일'에만 골몰해 어떤 먹이를 얼마나 많이 먹을 수 있을 것인지만을 생각하고 있을 때 먹는 일 대신 '나는 일'에 더 관심을 갖습니다. 더 높이, 더 멀리, 더 빠르게 날기 위해 거듭해서 창공으로 몸을 던지는 일만을 반복합니다. 미래를 제대로 준비하지 않는 갈매기 조나단에게 부모님은 이렇게 말합니다.

어머니가 물었다.

"왜 그러니, 존? 왜 그래? 여느 새들처럼 사는 게 왜 그리 어려운 게냐, 존? … 애야, 비쩍 마른 것 좀 봐라!"

"비쩍 말라도 상관없어요, 엄마. 저는 공중에서 무얼 할 수 있고, 무얼 할 수 없는지 알고 싶을 뿐이에요, 그게 다예요. 그냥 알고

『갈매기의 꿈』 초판본 표지(1970)

싶어요."

아버지가 인자하게 말했다.

"… 이 비행에 대한 것도 좋다만 활공으로 먹고 살 수는 없는 노릇이지. 비행하는 이유가 먹이를 구하기 위해서라는 점을 잊지 말거라."

어머니와 아버지가 생각하는 미래란 잘 먹고 잘 사는 것, 즉 '생존' 그 자체입니다. 반대로 말하자면 생존을 최우선으로 생각하지 않는 삶은 무시무시하게 불안하고 위험한 선택입니다. 먹지 못하는 삶, 지속 가능하지 않은 삶을 꿈꾸는 것은 부모님의 관점에서는 자살과 마찬가지인 것입니다.

이런 부모님이 겁 많고 소극적이라고 마냥 비판할 것은 아닙니다. 이렇게 한번 생각해 볼까요. 여러분이 생명체를 만들어내는 조물주라고 상상해 봅시다. 스스로 생각하고 움직이는 자율적인 존재를 만들기 위해 뇌와 근육과 에너지를 얻을 소화기관과 배설기관, 숨 쉬기 위한 호흡기관과 순환기관 등 온갖 시스템을 갖추어놓고 난 후에 여러분이 자신의 창조물에게 부여할 가장 첫 번째 명령, 가장 강력한 명령은 뭘까요?

보람 있는 일을 해라? 멋지게 살아라? 아니죠, 기껏 만들어놓은 생명체가 우다다 달려가서 벽에 부딪쳐 쓰러져버리면, 절벽에서 떨어져 박살이 나버리면, 이상한 걸 집어먹고 죽어버리면 이 복잡한 설계가 다 무슨 소용이겠습니까. 그러니 모든 생명체에게 주어지는 제1의 지상 명령은 '살아남아라!'일 수밖에 없습니다.

이렇게 보면 조나단의 부모님이 먹는 것, 생존을 우선시하라고 말씀하는 것은 너무나 당연하고 현명한 조언입니다. 여러분의 부모님이 여러분에게 나중을 위해 공부해야 한다고 잔소리하시는 것도 당신들의 삶의 경험에서 우러나온 진심 어린 조언이라고 생각합니다.

하지만 조나단은 묻습니다. 그게 전부인가요? '단지 살아남는다는 것'이 삶의 목적이라면 그건 바보 같은 동어 반복이 아닌가요? '살기 위해 산다'보다 더 제대로 된, '왜 사는가?'에 대한 답이 있어야 하지 않을까요?

조나단은 아무리 노력해도 부모님이 원하는 대로 살아가는 일이 쉽지 않았습니다. '이건 도무지 무의미한 짓이야'라는 한탄만 머릿속에 맴돌았거든요.

기존 세계의 질서를 부정한 68세대

『갈매기의 꿈』의 원제는 『*Jonathan Livingston Seagull*』입니다. 그대로 번역하자면 '갈매기 조나단 리빙스턴'이니 참 건조해 보이는 제목입니다. 분량도 100페이지 남짓한 얇은 책인데 그나마 절반 정도는 사진이어서 내용도 그리 많지 않습니다.

하지만 이 책은 1970년에 출간된 이래 전 세계 40여 개의 언어로 번역되어 4천만 부 이상 팔린 엄청난 베스트셀러입니다. 무엇이 이런 폭발적인 반응을 이끌어 냈을까요? 이를 이해하기 위해서는 『갈매기의 꿈』이 발간되던 시점의 미국, 그리고 세계 정세를 살펴볼 필요가 있습니다.

전 세계를 전쟁의 참화로 몰아넣었던 제2차 세계대전이 1945년에 마무리되자 미국은 세계 최고의 강대국으로 떠올랐습니다. 전쟁에서 돌아온 군인들은 안정된 삶을 빠르게 되찾기 위해 결혼하고 가정을 꾸려 많은 아이들을 낳았죠. 너무나 많은 아이들이 한꺼번에 태어나 인구가 급증한 이 세대를 '베이비붐 세대'라고 부릅니다.

베이비붐 세대에 태어난 아이들은 전쟁 후 최고의 강대국에서 태어난 덕에 전쟁의 공포도 없었고, 급속한 경제 성장으로 부유한 중산층 가정에서 성장하다 보니 경제적 어려움이나 생존에 대한 위협도 느끼지 못한 채 여유 있는 삶을 누리게 됩니다.

반면 그들의 부모 세대는 1930년대 대공황기의 극심한 빈곤 속에서 어린 시절을 보내고, 제2차 세계대전에서 목숨을 걸고 싸우다 비로소 어렵게 안정된 삶을 손에 넣을 수 있게 되었죠. 미래를 위해 공부하거나 밥벌이를 할 만한 직업을 고민하기는커녕 아무 생각 없이 하루하루를 보내는 아이들이 부모의 눈에는 불안하고 한심해 보일 수밖에 없습니다. 그러니 잔소리가 늘고, 간섭하려 들었죠. 그럴수록 아이들은 부모의 태도를 억압으로 느껴 반항할 수밖에 없었습니다.

1958년 제임스 딘을 영원한 청춘의 표상으로 만들었던 엘리아 카잔 감독의 영화 〈이유 없는 반항〉은 당시의 상황을 잘 보여줍니다. 모자랄 것 없는 안락한 가정 환경에서 어려움 없이 자란 아이들이 기껏 한다는 일이 무모한 자동차 경주와 패싸움뿐이었습니다. 이를 이해할 수 없는 부모와 자식 간의 세대 갈등이 이 영화의 핵심 모티브였습니다.

언뜻 보면 청춘들의 고민을 잘 묘사한 영화처럼 보이기도 하지만 이 영화의 제목이 〈이유 없는 반항〉이라는 점은 의미심장합니다. 답답한 건 잘 알겠다만, 너희의 반항은 따지고 보면 이유조차 찾을 수 없는 치기나 변덕에 불과하다는 것이지요. 결국 큰 싸움이 벌어져 친구가 둘이나 죽은 것을 보고 후회에 몸부림치는 주인공과 그런 아들의 방황하는 마음을 이해하고 감싸주는 아버지의 모습으로 이 영화는 마무리됩니다.

경제력도, 사회생활의 경험도 부족한 젊은 세대의 반항은 대개 이런 식으로 마무리됩니다. 조나단 역시 마찬가지였습니다. 부모의 설득이 옳다고 생각한 조나단은 무모한 비행의 꿈을 접으려고 합니다. 모두를 행복하게 해주기 위해 '앞으로 한 마리의 정상적인 갈매기가 되겠다'고 맹세하지요.

여기서 '정상'이란 결국 부모님의 바람, 기성세대와 사회의 요구를 그대로 받아들여 그 틀대로 살아가는 삶을 의미합니다. 하지만 1960년대를 살아가던 젊은 세대들은 오랜 방황 끝에 이유를 찾아냅니다. 전쟁을 겪은 세대들이 겁에 질려 포기하고 있던 '더 나은 세상'에 대한 꿈을 꾸기로 한 것입니다.

당시는 제2차 세계대전 이후 본격화된 미국과 소련의 극심한 대립으로 온 세상이 반쪽으로 나뉘어 싸우는 '냉전 시대'의 한가운데를 지나고 있었습니다. 전쟁도 끔찍했지만 지구 자체를 소멸시킬 수도 있다고 여겨졌던 핵무기의 등장에 사람들은 지금 당장이라도 전 세계가 멸망할 수 있다는 '공포의 균형¹' 속에서 불안한 삶을 이어가고 있었죠.

그런 차가운 대립이 실제로 뜨거운 전쟁이 되어 등장한 것이 1960년대 내내 이어진 베트남 전쟁이었습니다. 미국과 소련, 자본주의 진영과 공산주의 진영의 대리전처럼 치러진 이 전쟁에 병사로 동원된 젊은이들은 죽어가야만 했습니다.

마침내 그들은 기성세대들이 만들어놓은 세계의 질서를 부정하고 새로운 세계를 요구하는 대규모 시위를 일으키기 시작했습니다. 1968년 프랑스 파리에서부터 시작된 이 항의의 물결은 금세 미국, 독일, 일본 등 전 세계를 휩쓸며 거대한 사회 운동으로 나아갔습니다. 훗날 사회학에서는 이들에게 '68세대'라는 명칭을 붙였습니다.

여성의 인권 신장, 흑인 민권 운동, 베트남 전쟁 반대, 환경 보

시위를 벌이는 서독의 대학생들(1968)

호, 반핵, 나치 청산 등 다양한 사회적 의제로 확산하여 사회 전반의 변화를 요구하던 68세대의 흐름으로 미국에서는 '히피'라는 문화 풍조가 나타나기도 했습니다.

이들은 긴 머리와 자유분방한 생활, 평화와 사랑을 강조하며 지금까지 물질 중심적이고 파괴적인 서구 문명과는 완전히 다른 새로운 사회 질서를 꿈꾸었습니다.

내 안에 있는 인간성을 소중하게 여기고 명상과 사랑을 통해 깨달음을 얻어 진정한 자유와 해방에 다다를 수 있다고 믿었습니다. 단순히 먹고사는 문제보다 더 중요한 무엇을 찾아 비상을 꿈꾸던 갈매기 조나단은 68세대를 상징합니다.

우린 무지에서 벗어날 수 있어. 우수하고 지적인, 기술이 뛰어난 우리 자신을 발견할 수 있다고. 우린 자유로울 수 있어! 비행하는 방법을 배울 수 있어!

"의미를, 삶의 더 숭고한 목표를 찾고 추구하는 갈매기보다 더 책임 있는 갈매기가 누구란 말입니까?… 이제는 살아야 할 이유가 생겼습니다— 배우고, 발견하고, 자유로울 수 있게 되었습니다!…"

히피들은 새로운 사회 질서를 만들기 위해서는 새로운 정신세계가 필요하다고 믿으며 동양의 전통에 관심을 가졌습니다. 식생활을 바꾸기 위해 서양에 없는 두부를 만들어 먹기도 하고 채식이 지적인 생활 양식이라고 생각했습니다.

또한 서양 문명의 바탕을 이루고 있던 기독교의 직선적 세계관[2]을 대신해 불교의 원형적 세계관[3], 즉 '윤회[4]'라는 관념이나 '전생의 업보'라는 카르마[5] 사상을 통해 세계를 이해하려고 했습니다. 『갈매기의 꿈』에도 그런 생각의 흔적이 남아 있습니다.

"우리는 이번 생에서 배운 것을 통해 다음 생을 선택한단다. 아무것도 배우지 못하면 다음 생은 이번 생과 똑같아. 한계도 똑같고 감당해야 할 무거운 짐도 똑같지."

이상과 현실 사이에서 찾아낸 '자신만의 대답'

68세대의 젊은이들은 아주 높은 꿈을 치열하게 꾼 사람들이었습니다. 꿈꾸는 세상을 머릿속 상상에 남겨두지 않고 자신의 삶에 투영하고 현실을 바꾸려고 인생을 바친 이들이 많았으니까요. 이들은 생존 본능으로 가득했던 경쟁 사회, 자본주의와 공산주의가 서로 핵미사일을 쏘아대며 인류 전체를 파멸로 몰아가려 했던 공포의 시절을 송두리째 부정하고 삶에 대한 본연의 의미를 찾으려고 노력합니다.

이상을 좇는 자신을 이상하고 비뚤어진 존재로 몰아붙이는 동료들에 의해 조나단은 쫓겨나지만, 같은 꿈을 좇고 있던 천상의 갈매기들을 만나 비로소 마음껏 나는 법을 배우게 됩니다. 그때 조나단의 스승이었던 나이 든 갈매기 치앙은 68세대가 찾아낸 자신들만의 답을 들려줍니다. "끊임없이 사랑을 행하거라."

이것은 결국 이 소설을 쓴 리처드 바크를 포함한 68세대의 젊은이들이 찾아낸 답이기도 합니다. 그렇습니다. 젊은이들은 제한도 없고 포기하지도 않는 끝없는 사랑을 통해 삶의 가장 아름다운 조건인 평화를 이룰 수 있다고 믿은 것입니다. 그래서 이들의 구호는 '사랑과 평화(Love & Peace)'였습니다.

시위대에 총을 들이미는 험악한 진압군들에 다가가 그 총구에 꽃을 꽂아주고 함께 춤을 추는 것으로 문제가 해결될 거라고 믿을 정도였죠. 많은 젊은이들이 보장된 미래를 내던지고 학업도 그만둔 채 낡은 자동차에 몸을 싣고 가진 것도 버릴 것도 없는 자유로

빰에 꽃을 그려넣는 히피들

운 삶을 꿈꾸었습니다.

　이들은 서핑을 즐길 수 있는 사철 온화한 미국 서부 해안으로 몰려들었고, 특히 샌프란시스코 같은 도시는 젊은이들의 해방구로 여겨졌습니다. 조나단을 반갑게 맞이한 천상의 갈매기들이 모여 살던 구름 위와 같은 장소였죠.

　하지만 조나단은 현실을 떠난 삶은 의미가 없다고 생각합니다. 스승인 치앙이 말한 사랑은 내 멋대로 살아가는 자기애가 아니라, 내가 깨달은 진리를 다른 갈매기들에게 전해주고 그들 역시 자유로울 수 있도록 돕는 '함께 존재하는 일'이었기 때문입니다. 다시 지상으로 내려가 다른 갈매기들을 만나려는 조나단에게 천상계의 동료 갈매기는 이 소설 전체에서 가장 유명한 문장을 말합니다.

"가장 높이 나는 갈매기가 가장 멀리 본다."

그런데 우리가 흔히 이 말을 더 높은 꿈, 더 넓은 시각을 갖자는 의미로 인용하는 것과 달리 동료 갈매기는 조나단을 단념시키기 위한 의미로 말합니다. 높이 날려고 하지 않는 갈매기들은 포기해야 한다는 것입니다.

땅바닥에서 서로 먹이를 두고 다투며 꽥꽥거리는 갈매기들에게 하늘을 보여주겠다는, 하늘을 나는 일이 얼마나 더 큰 의미와 희열을 주는 일인지 알게 해주겠다고 하는 조나단의 허황된 꿈을 비판하는 것이죠. 자신들의 날개 끝도 제대로 볼 수 없을 만큼 짧은 시야를 가진 평범한 갈매기들에게 그런 깨달음을 주는 일은 불가능하고 쓸데없는 노력이라는 것이지요.

하지만 조나단은 자신의 동족에 대한 애정을 떨칠 수 없었습니다. 스승인 치앙이 '사랑을 행하라'는 가르침을 주시지 않았습니까. 결국 조나단은 지상에 내려가 예전의 자신처럼 더 멋진 비행을 갈망하는 젊은 갈매기 플레처를 만납니다.

플레처를 가르치는 과정에서 비행에 매료된 많은 갈매기들이 합류합니다. 향상된 비행술이 실제로 물고기를 잡는 데 도움이 된다는 것을 깨달은 갈매기들은 조나단의 가르침을 따릅니다.

이제 맨 처음의 질문으로 돌아가봅시다. 우리는 왜 현재의 행복을 미루어두고 미래에 대한 불안감에 벌벌 떨며 공부와 돈벌이에 매달려야 하는 것일까요? 우리는 무엇을 위해, 왜 살아가는 것일까요?

이 무겁고 거대한 질문에 정답은 없습니다. 각자 자신만의 대답을 가지고 있을 뿐이죠.

하지만 적어도 그 대답을 찾기 위해 스스로에게 꾸준히 질문하고 고민하는 시간들이 필요할 겁니다. 그 과정에서 그저 살아남기 위해, 지나치게 낮게만 낮게만 날고 싶은 유혹과 싸우려는 용기도 필요합니다. 삶이 생존 이상의 무엇이 될 수 있을 때 비로소 인간은 동물 이상의 무엇이 될 수 있을 테니까요.

『갈매기의 꿈』은 조나단의 가르침을 이어받아 이젠 다른 갈매기들에게 또다른 꿈을 전하는 플레처의 대사로 마무리됩니다.

"먼저 알아두어야 한다. 갈매기는 자유의 무한한 관념이며 위대한 갈매기의 상(想)이고, 날개 끝부터 날개 끝까지 몸 전체는 다름 아닌 너의 생각 자체일 뿐이다."

▌용어 해설

---

1. 공포의 균형

핵무기를 보유한 두 국가가 분쟁 관계에 있을 때 상대의 핵 공격을 유발한다면 세계가 전멸할 수 있으므로 서로 위험한 행동을 삼가게 되는 현상.

2. 직선적 세계관

세계는 처음과 끝, 창조와 종말로 이루어져 있다는 서양적 사고관.

3. 원형적 세계관

세계는 처음도 끝도 없이 돌고 도는 것이 반복된다는 동양적 사고관. '순환적 세계관'으로도 불린다.

4. 윤회

수레바퀴가 끊임없이 구르는 것과 같이 죽은 생명이 다시 태어나기를 거듭한다는 불교의 교리.

5. 카르마

불교 용어로, 몸과 입과 뜻으로 짓는 선악의 소행을 말하며, 전생의 소행으로 말미암아 현세에 받는 응보를 가리킨다. '업(業)'이라고도 불린다.

▌작가 소개

리처드 바크

Richard Bach, 1936~

미국의 소설가. 대학을 중퇴하고 공군 조종사로 활동하다가 비행 잡지 편집자, 비행 교관 등 비행과 관련된 일을 했다. 자신의 경험을 살려 더 멀리, 더 빠르게 날고 싶은 갈매기 조나단의 이야기인 『갈매기의 꿈』을 써서 세계적인 성공을 거두었다. 『영원을 건너는 다리』 『환상』 등 다양한 작품을 발표했으며 최근까지도 창작 활동을 이어나가고 있다.

대니얼 디포
Daniel Defoe

『로빈슨 크루소』

혼자 사는 삶,
독립의 로망

영국의 중산층 가문에서 태어난 로빈슨 크루소는 부모의 재산을 물려받아 부유하고 편하게 살 수 있었지만 강한 모험심을 갖고 바다로 향한다. 풍랑으로 조난당하고 튀르키예 해적의 노예가 되었다가 도망치는 등 갖은 고생을 겪은 그는 브라질에서 사탕수수 농장 사업을 시작해 성공을 거둔다. 그러던 중 흑인 노예 교역으로 큰돈을 벌 수 있다는 말에 아프리카로 향했다가 배가 난파하는 바람에 무인도에 혼자 남는다.

무인도에서 집을 짓고 농사도 지으며 살아가던 그는 어느 날 해변에서 사람의 발자국을 발견하고 야만인의 존재를 알아차린다. 요새를 만들어 공격에 대비한 그는 식인종들이 잡아먹으려던 야만인 청년을 구해주고 '프라이데이'라는 이름을 붙여 함께 생활한다.

어느 날 선상 반란이 일어난 영국 배가 우연히 섬에 상륙하자 로빈슨과 프라이데이는 선장을 도와 반란 선원들을 진압한다. 배를 타고 마침내 28년 만에 섬을 떠난 로빈슨은 브라질 농장을 팔아 상당한 재산을 챙기고 영국으로 돌아온다.

그 후로도 로빈슨은 프라이데이와 함께 10년간 여행을 계속했고 나이가 들어 섬을 다시 찾았다. 반란을 일으킨 죄로 사형당할까 봐 여전히 무인도에서 사는 선원들에게 물자를 선물해 주는 것으로 이야기는 마무리된다.

〈나는 자연인이다〉의 원조 격 소설

몇 년 사이 꾸준한 인기를 얻고 있는 〈나 혼자 산다〉라는 예능 프로그램이 있습니다. 주로 미혼, 비혼 연예인들의 삶을 밀착 카메라로 재밌게 보여주는 내용을 담고 있는데 2013년에 시작되어 벌써 햇수로 10년째 많은 분들께 사랑받고 있습니다. 아마도 혼자 살아가는 분들이 많은 요즘 세태에 공감되는 부분이 많아서 그런 것이 아닌가 생각합니다.

하지만 반대로 공감보다는 이렇게 혼자 사는 삶을 부러워하는 '선망' 역시 인기의 한 요인이 아닌가 싶습니다. 여러 사람들과 부대끼며 살아가는 삶에 지친 사람들이 '나도 저렇게 독립해 살아봤으면…' 하는 바람을 투영하는 측면도 있다는 것이지요.

그런 점에서 소리 소문 없이 강력한 팬층을 모으고 있는 또다른 프로그램이 〈나는 자연인이다〉입니다. 〈나 혼자 산다〉의 시청률이 8퍼센트 내외인 반면 〈나는 자연인이다〉는 절반 수준인 4퍼센트 대여서 비교 대상이 아니라 하실 분도 계시겠지만 제 주변에는 이 프로그램에 열광하며 일부러 찾아 본다는 분들도 많더군요.

산속이나 섬 같은 외딴곳에서, 때로는 수도 시설을 갖추지 못하고 전기조차 들어오지 않는 열악한 환경에서 혼자 살아가는 이유가 뭔지 도무지 모르겠더군요. 그걸 또 지켜보면서 마냥 부러워하는 분들의 심리는 더더욱 신기했습니다. 주변 어느 교수님께 이 프로그램을 왜 좋아하냐고 물었더니 거꾸로 제가 이상하다는 듯이 쳐다보더군요.

"혼자서 저렇게 집도 짓고 먹을 것도 구해가면서 자급자족하며 사는 게 모든 사람들의 꿈 아니오? 곽 교수는 어렸을 때 기지 같은 거 안 만들어봤소?"

그 말씀을 듣고 보니 저 역시 어렸을 땐 이런 생활을 '모험'이라 부르며 동경하던 시절이 있었네요. 뒷산에서 작은 동굴을 발견하고 두근거렸던 기억도 있고, 허리도 펼 수 없는 낮은 다락방에 좋아하는 물건들을 옮겨놓고 틈만 나면 틀어박혀 뒹굴며 놀기도 했고요. 아마 그래서였나 봅니다. 우리가 그 시절 그렇게 『로빈슨 크루소』에 흠뻑 빠졌던 것은.

이번에는 〈나는 자연인이다〉의 원조라고 할 수 있는 추억의 소설, 『로빈슨 크루소』 이야기를 들려드릴까 합니다.

표류기의 역사가 된 『로빈슨 크루소』

『로빈슨 크루소』는 영국의 작가 대니얼 디포가 1719년에 발표한 소설입니다. 벌써 300년이 넘은 소설이니 정말 오래됐죠. 당시에는 제목만 읽어도 대충 무슨 내용인지 파악이 되는 긴 제목을 짓는 게 일반적이었다고 합니다.

아무래도 대중 소설이다 보니 사람들의 눈길을 쉽게 끌려는 목적도 있었겠죠. 그런데 『로빈슨 크루소』는 그 정도가 좀 심합니다. 일단 숨을 한번 들이쉬고요. 자, 준비되셨나요?

『로빈슨 크루소』의 원제목은 『조난을 당해 모든 선원이 사망하고 자신은 아메리카 대륙 오리노코강 가까운 무인도 해변에서 28년 동안 홀로 살다가 마침내 기적적으로 해적선에 구출된 요크 출신 뱃사람 로빈슨 크루소가 그려낸 자신의 생애와 기이하고도 놀라운 모험 이야기(*The Life and Strange Surprizing Adventures of Robinson Crusoe, Of York, Mariner: Who lived Eight and Twenty Years, all alone in an un-inhabited Island on the Coast of America, near the Mouth of the Great River of Oroonoque; Having been cast on Shore by Shipwreck, wherein all the Men perished but himself. With An Account how he was at last as strangely deliver'd by Pyrates*)』입니다.

뭐, 제목만 읽어도 책 내용을 알게 되니 굳이 읽어볼 필요가 없지 않을까 싶을 정도로 구구절절한 제목 아닌가요?

이 책은 출간 즉시 큰 인기를 얻었는데 당시 사람들도 이건 해

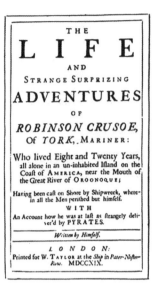

「로빈슨 크루소」 초판본 표지(1719)

도 해도 너무했다 싶은지 줄여서 부르곤 했습니다. 그런데 딱히 저 긴 내용을 축약할 만한 적당한 키워드도 없어서 그냥 주인공 이름인 '로빈슨 크루소'로 부르게 되었다고 합니다.

사실 이런 전통은 이후에도 꽤 오래 남아서 1900년대 초반에 나온 책들의 목차를 보면 요즘 책들처럼 간단한 게 아니라 각 장의 내용들을 요약하는 방식으로 제목을 붙여놓은 것을 볼 수 있습니다.

이 소설의 소재 자체는 시대의 특성에 강하게 영향받았습니다. 1719년이면 대항해 시대의 완숙기인 해적의 시대입니다. 수많은 범선들이 바다를 오갔으나 조선술과 항해술에 한계가 있었고, 통신 수단에도 제한이 있어 난파하고 표류하는 이야기가 빈번할 수밖에 없었죠. 그 가운데 『로빈슨 크루소』가 나오기 직전인 1712년에 발간된 알렉산더 셀커크의 『표류기』가 『로빈슨 크루소』에 큰 영향을 주었을 거라는 추측도 많습니다.

셀커크는 스코틀랜드 출신의 선원으로 해적선에서 일했습니다. 그러던 어느 날 배가 너무 낡아 불안한 마음에 칠레 해안의 한 무인도에 자신을 내려달라고 부탁하여 스스로 고립을 택합니다. 셀커크의 불길한 예감에는 뭔가 근거가 있었던 것인지 그 배는 실제로 항해 중에 침몰했습니다. 셀커크는 간신히 재앙을 피할 수 있었지만 4년간 무인도에 갇혀 있는 또다른 재앙에 직면하게 됩니다.

다행히 1709년, 근처를 지나던 영국 탐험선에 구출되어 책도 내지만 문장력은 부족했는지 별다른 성과를 얻지 못합니다. 뒤를 이어 세상에 나온 『로빈슨 크루소』가 큰 인기를 얻었고, 분량이 꽤 되는 이 책이 불과 6개월 만에 쓰였다는 사실이 알려지자 사람들은 곧바로 디포가 셀커크의 책에서 영감을 받은 것이 아닌가 생각했습니다.

그러나 당시엔 셀커크 외에도 이런 표류담을 쓰는 작가들이 많았습니다. 결정적으로 로빈슨의 서사에 작가 디포의 생애가 상당 부분 반영되어 있다는 점에서 『로빈슨 크루소』의 독창성에 대해서는 의문의 여지가 없어 보입니다.

소설에 담긴 제국주의 흔적들

사실 제목이나 소재보다 시대적 한계가 남긴 더 큰 흔적은 소설 여기저기에 보이는 차별적 사고들입니다. 18세기 초반은 서구 유럽의 열강들이 식민지를 중심으로 성장하는 제국주의의 절정기입니다.

당연히 그 시대를 살아온 저자 디포도 시대의 한계에서 벗어날 수 없었습니다. 아동용 축약본에서 생략된 미묘한 디테일들은 완역본에서 확인할 수 있는데 로빈슨 크루소는 현재 시점에서 보면 심각할 만큼 인종 차별을 행하고 서구 중심적 사고를 가진 인물이었습니다.

무인도를 자신의 식민지로 선언하고 자신은 문명인, 원래 그 섬을 오가던 원주민들은 야만인이라고 단언하는 것은 가벼운 수준입니다. 소설 앞부분에서 그가 브라질 농장을 구입한 돈은 튀르키에 해적으로부터 함께 탈출한 소년을 다른 선장에게 노예로 팔아 마련했습니다.

그가 난파를 당하게 된 계기도 본격적으로 아프리카 흑인 노예 교역 사업에 뛰어들려고 나선 것이었습니다. 나중에 구출한 청년 '프라이데이'를 당연하다는 듯이 노예 관계로 설정하는 것을 보면 과연 프라이데이는 구출된 것이 맞는지 혼란스러울 지경입니다. 이 와중에 프라이데이를 기독교로 개종시켜 '문명의 세례'를 받도록 하는 장면도 빠지지 않죠.

그리고 보니 소설 전체에서 여성 캐릭터는 로빈슨의 엄마를 제외하면 등장하지 않으며, 심지어 바다로 나가는 로빈슨을 뜯어말리는 역할조차 엄마가 아닌 아빠의 몫이었다는 점은 이상한 축에도 못 낄 지경입니다. 뒤에 소개드릴 『15소년 표류기』는 『로빈슨 크루소』의 영향을 받아 쓰인 '청소년판 로빈슨 크루소'인 탓에 이런 인종 차별, 여성 배제, 식민적 제국주의의 흔적을 고스란히 답습합니다.

이 책은 출간 즉시 엄청난 인기를 얻어 그 해에만 4쇄를 찍었고 거의 전 세계의 언어로 번역되어, 700종 이상의 다양한 판본으로 출간되었습니다. 영어로 된 책으로는 성경 다음으로 많이 팔렸을 거라는 추측도 있으며 워낙 아류작이 많이 나와 '로빈슨류(Robinsonade)'라는 장르의 명칭이 생겼을 정도입니다.

인기에 고무된 디포는 그 즉시 후속작 집필에 착수하여 같은 해에 『로빈슨 크루소의 원대한 모험들(*The Further Adventures of Robinson Crusoe*)』을, 그 다음해에 『로빈슨 크루소가 삶과 놀라운 모험들 사이에서 했던 진지한 성찰들—그의 천국에 대한 생각(*Serious Reflections During the Life and Surprising Adventures of Robinson Crusoe: With his Vision of the Angelick World*)』등을 연달아 발표했습니다.

그러나 후속작들은 스토리도 평이했을 뿐 아니라 지나치게 기독교 신앙을 강조하는 설교조의 내용들이어서 크게 주목받지 못하고 사라졌습니다. 하지만 디포가 이렇게 서둘러 후속작을 써낸 데에는 나름의 이유가 있었습니다.

로빈슨보다 더 파란만장했던 디포의 삶

대니얼 디포는 1660년 런던의 부유한 양초업자 집안에서 태어났습니다. 어려서부터 경제적인 어려움은 모르고 자랐지만 점차 성장하며 여러 큰 사건들을 겪습니다.

1665년에는 전염병의 유행으로 런던에서만 7만 명이 사망하는 사건이 발생했고, 그다음 해에는 런던 대화재로 수많은 집들이 불에 탔지만 요행히 디포의 집은 화마를 피했습니다. 그 이듬해에는 네덜란드 함대가 템스강을 거슬러 올라와 채텀 마을을 직접 공격하는 사태가 벌어지기도 했습니다.

하지만 디포에게 개인적으로 가장 충격적이었던 사건은 불과 열 살 되던 해에 어머니가 돌아가신 일이 아닐까 싶습니다. 『로빈슨 크루소』에서 아버지의 존재만이 크게 부각되는 이유가 여기에 있을지도 모르겠습니다.

아버지의 영향은 그뿐이 아니었습니다. 영국의 국교였던 성공회를 거부한 아버지는 아들을 비국교도 학교에 입학시켰고, 이 결정은 대니얼 디포의 일생에 거대한 방향 전환을 가져옵니다.

일단 비국교도로서 공직 진출이 어려웠던 디포는 졸업하자마자 속옷, 정육, 담배, 목재 등 온갖 물건을 수출입하는 상인이 되었고, 31세에는 사업가들이 통과 의례처럼 겪는 파산을 맞이하여 투옥되기도 했습니다. 출소 후에는 다시 각종 제조업과 노예 무역업에 종사했는데 이 경험이 『로빈슨 크루소』에 잘 담겨 있습니다.

비국교도로서 디포의 입지는 단순히 상인이 된 것을 넘어 정치 활동의 참여로 이어졌습니다. 그는 사업 틈틈이 정치와 관련한 수많은 글을 썼는데 이 과정에서 필화[1]가 발생해 또다시 감옥에 가기도 했습니다. 그를 감옥에서 꺼내준 사람은 후에 수상의 자리까지 오르는 토리당[2]의 유력 정치인 옥스퍼드 백작이었는데 디포는 그의 비서가 되어 공식적인 정치가로, 비공식적으로는 비밀 정치조직의 일원으로 암약했습니다. 종국엔 영국 스파이로 프랑스에 잠입해 활동하기까지 했습니다.

무인도에서 28년을 보내며 신실한 신앙인으로 살아간 로빈슨 크루소처럼 홀로 고고하게 살기는커녕 디포 자신의 삶은 온통 시끌벅적한 소동과 사건들로 가득 차 있었습니다. 당연하게도 이런 삶은 디포 자신의 성정이 불러온 결과일 것입니다. 중산층 부르주아로서의 태생을 슬그머니 감추고 더 귀족처럼 보이고 싶다는 욕심에 원래의 성인 'Foe'에 프랑스 귀족들에게 자주 붙는 'De'를 덧붙여 'Defoe'로 개명하였습니다.

이름이 아니라 아예 성을 바꿔버린 것에서 알 수 있듯이 디포는 성공과 명예에 대한 야심이 대단히 큰 인물이었던 것 같습니다. 그런 욕심이 성급함으로 이어져 정치적, 상업적 성공과 몰락을 롤러코스터처럼 거듭하는 삶을 살게 된 것이지요. 이런 시끄러운 삶은 당시 기준으로는 수명을 다할 나이인 예순의 시점까지 이어졌습니다.

별다른 수입도 없이 방탕한 삶을 살던 디포는 빚이 눈덩이처럼 불어나자 빚쟁이들을 피해 시골에 숨어 살게 됩니다. 세계적인 대도시 런던의 한가운데서 활개를 치고 다니던 디포는 시골에 갇힌 신세가 되자 자신이 유일하게 할 수 있는 사회 활동인 글쓰기에 열중합니다. 이때 나온 소설이 바로 『로빈슨 크루소』입니다.

500편이 넘는 정치 팸플릿을 썼으나 별다른 주목을 받지 못하고 인생의 황혼기인 예순에 아무런 기대 없이 쓴 책으로 이렇게 대성공했으니 차라리 디포가 처음부터 소설가의 길을 걸었더라면 어땠을까 하는 아쉬움도 남습니다.

그러나 거꾸로 보자면 이렇게 사람들에게 치이는 삶을 살고 나서야 비로소 홀로 되는 시간의 소중함을 제대로 알 수 있는 것일까 하는 생각이 들기도 합니다. 디포는 그 이후로 마치 뒤늦은 숙제를 해치우듯 『싱글턴 선장』 『몰 플랜더스』 『잭 대령』 같은 소설들을 연달아 펴냅니다.

하지만 이런 소설가로서의 성공도 뒤틀린 디포의 삶을 구원할 수는 없었던 모양입니다. 로빈슨 크루소는 무인도에서 28년간의 시간을 평화로이 보냈으나, 무인도에서 탈출한 이후의 삶을 그린 후속편에서는 오히려 곰과 늑대 떼에 쫓기고 원주민들과 전투를 벌이는 등 신산스러운 삶을 살게 되죠. 『로빈슨 크루소』의 성공으로 존재감이 부각된 디포 역시 오히려 빚쟁이들의 눈을 피할 수 없는 상황을 맞이했던 것일까요?

그는 여전히 빚쟁이들을 피해 숨어 살다가 종종 붙잡혀 사설 감옥에 갇히고 풀려나오기를 반복하는 비참한 노년을 보낸 끝에 1731년, 71세의 나이에 뇌졸중으로 사망합니다.

서바이벌 체험 vs 근면 성실한 청교도의 모습

디포가 『로빈슨 크루소』를 집필한 상황을 고려해 보면 그가 소설을 통해 전하려고 했던 메시지가 무엇인지 명확해집니다. 완역본에서 로빈슨 크루소는 대단히 허황된 꿈을 좇는 불안정한 인물로 묘사됩니다. 부모님의 사업을 물려받아 보장된 안정적인 삶을 거부하는 것까지는 소설에 동기를 부여하기 위한 설정이라 칩시다.

십 대 시절에 친구의 꾐에 빠져 무작정 집을 나와 배를 탄 로빈슨 크루소는 죽을 고생을 한 끝에 간신히 살아남지요. 그러나 정신 차리고 고향에 돌아오거나 성공의 기반을 다질 생각은 하지 않습니다. 그저 불나방처럼 도박에 가까운 또다른 모험으로 뛰어드는 로빈슨의 모습이 소설 초반부에 상당히 길게 이어집니다.

어린이 도서로 편집된 버전에서는 로빈슨이 무인도에 표류하는 장면부터 시작되기 때문에 소설 전체의 내용이 불운과 역경을 이겨내는 인간 승리의 이야기처럼 여겨지지요. 반면 완역본에서는 도박 중독자처럼 천둥벌거숭이로 좌충우돌하는 앞부분의 내용을 눈살 찌푸리며 읽다가 마침내 배가 난파하는 장면에 이르게 되면 '내 그럴 줄 알았다' 하는 심정이 됩니다. 로빈슨의 표류는 그의 방종한 행동이 초래한 필연적인 징벌처럼 여겨지는 것입니다.

그것이 디포의 원래 의도였다고 합니다. 청교도였던 디포는 늘그막에 숨어 살면서 자신의 혼란스럽고 방종했던 젊은 시절을 후회했습니다. 신앙에 따른 근면한 삶의 중요성을 깨닫고 이를 소설로 풀어내고 싶었던 거죠.

『책—사람이 읽어야 할 모든 것』의 저자 크리스티아네 취른트는 프로테스탄트[3]의 윤리에 따른 자본 축적의 과정으로 『로빈슨 크루소』를 분석했습니다. 주인공이 난파에 이른 과정은 심사숙고와 근면이라는 미덕을 저버린 기업가의 파산으로, 무인도에서 점차 식량을 늘리고 집을 개량해 가는 모습은 규칙적인 기록과 반성을 토대로 투자와 수익이 확장되는 과정으로 해석했습니다.

소설 속에서 인상적인 부분 중 하나는 로빈슨이 나무 기둥에 날짜와 요일의 눈금을 꾸준히 새기는 장면입니다. 로빈슨 크루소가 야만인 청년을 구하고 '프라이데이'라는 이름을 지어준 때는 그가 표류한 지 25년째 되는 시점이었습니다. 즉, 그는 25년이 지나도록 꾸준히 날짜와 요일을 기록한 덕분에 그날이 금요일이라는 사실을 한 치의 의심도 없이 알고 있을 지경이었던 것입니다.

『로빈슨 크루소』의 창작 바탕에는 디포가 강조하고 싶었던 '신앙'이 자리 잡고 있습니다. 그래서 소설에는 로빈슨이 매일같이 일기를 쓰고, 스스로의 삶을 반성하고 신의 존재에 대해 명상하는 묘사들이 많이 나옵니다. 이렇게 보면 '무인도는 로빈슨 크루소의 수도원'이라는 취른트의 표현이 어느 정도 맞는 말이라는 생각도 듭니다. 디포가 후속작인 2편과 3편을 로빈슨 크루소의 신앙 고백에 가까운 내용으로 채웠던 것도 이런 추측을 뒷받침하는 부분이고요.

하지만 원래 달을 보라고 손가락으로 일러주면 손끝만 쳐다보는 것이 세상 장삼이사[4]들의 심리 아니겠습니까. 『로빈슨 크루소』가 큰 성공을 거둔 데에는 디포의 의도와는 거리가 먼 '혼자만의 천국 시뮬레이션 게임'이라는 판타지가 자리 잡고 있었습니다. 독실한 크리스천이었던 디포가 보여주고 싶었던 것은 좌절 속에서도 신심을 잃지 않고 근면 성실하게 살아가는 청교도의 모습이었지만 정작 사람들이 눈여겨본 것은 아무도 없는 곳에서 마음 내키는 대로 살아갈 수 있는 자유와 해방감이었던 것입니다.

어린 시절 제가 열심히 읽었던 부분도 로빈슨이 신의 존재에 내적 갈등을 겪는 부분이 아니라 씨를 뿌리고 그릇을 만들고 울타리를 세우는 등 자신만의 세계를 만들어가는 과정, 요즘으로 치면 '서바이벌 체험'에 해당하는 부분이었습니다.

초판본 삽화 속 로빈슨 크루소의 모습

코로나로 인한 2년간의 비대면 생활은 대부분의 사람들에게 고통스러운 고립의 시간이었습니다. 다른 사람과 어울려 살아가는 인간에게 혼자 사는 삶의 강요는 다른 어떤 것보다 힘든 일이었죠. 오죽하면 감옥에서도 수형자들에게 벌을 줄 때 독방에 가두는 방식을 택한다지 않습니까.

더구나 아직 사회생활에 충분히 익숙해지지 못한 청소년들에게는 다른 사람과 어떻게 사귀고 어떻게 관계를 조정해 나가야 하는지를 배워야 할 소중한 시간들이 박탈되었다는 점에서 오랫동안 큰 상처로 남지 않았을까 걱정됩니다.

하지만 기성세대들 가운데 타인과 부대끼는 삶에 지친 일부 사람들에게는 인간관계에 지친 심신을 추스를 수 있는 기회가 되기도 한 것 같습니다. 코로나가 막바지에 이른 지금, 각종 스포츠 센터와 공연장, 관광지는 한을 풀듯 몰려드는 사람들로 북새통을 이루고 있습니다.

드디어 우리의 삶은 정상으로 복귀하는 듯하지만 좀더 오랜 시간이 지나고 나면 "전 세계 사람들이 2년간 집에서만 지냈던 꿈같은 시절이 있었대!" 하고 그리워하게 될지도 모르겠습니다. 로빈슨 크루소의 28년간의 고독을 부러워하는 우리의 마음처럼 말이죠.

◗ 용어 해설
───────────────────────────────

1. 필화
   발표한 글이 법률적으로나 사회적으로 문제를 일으켜 제재를
   받는 일.

2. 토리당
   영국에서 17세기 후반에 생긴 보수 정당. 귀족과 대지주를 기
   반으로 왕권과 국교회를 지지하였으며, 19세기에 보수당으로
   이름을 고쳤다.

3. 프로테스탄트
   16세기 종교 개혁의 결과로 로마 가톨릭교회에서 떨어져 나와
   성립된 종교 단체 또는 그 분파를 통틀어 이른다.

4. 장삼이사
   장씨(張氏)의 셋째 아들과 이씨(李氏)의 넷째 아들이라는 뜻으
   로, 이름이나 신분이 특별하지 아니한 평범한 사람들을 이르는
   말이다.

◗ 작가 소개
───────────────────────────────

대니얼 디포
Daniel Defoe, 1660~1731

영국의 소설가. 상인의 아들로 태어나 상점을 운영하다가
정치 풍자 글을 쓴 것이 문제가 되어 투옥되었다. 출소
후 본격적으로 정치가, 저널리스트로 활동하였으며 예순
에 처음 쓴 소설 『로빈슨 크루소』로 크게 성공했다. 이후
사망할 때까지 『싱글턴 선장』 『몰 플랜더스』 등 여행, 바
다, 해적 등을 다룬 소설을 여러 편 남겼다.

두리틀 박사의 이야기

"인간이란 정말 이상한 동물이군요!"

정글북

"완연한 정글의 왕, '정글의 관리자'가 되었다."

프랑켄슈타인

"나는 인간들을 위해 비참하게 노예 노릇은 하지 않겠다."

메리 포핀스

"메리 아줌마만 있으면 다른 건 다 필요 없어!"

2장

'너'와의
첫 만남

휴 로프팅
Hugh Lofting

『두리틀 박사의 이야기』

동물과 말을
주고받을 수 있다면

두리틀 선생님은 영국의 '퍼들비'라는 작은 마을에 사는 의사다. 그의 집에는 너무 많은 동물들이 함께 살아서 동네 사람들이 진료받으러 오기를 꺼릴 지경이었다. 그는 이 기회에 앵무새 폴리네시아에게 동물의 말을 배워 수의사로 거듭난다.

두리틀 선생님은 눈이 아픈 말과 충치로 고생하는 악어를 치료해 주며 수의사로서의 명성을 떨쳤으나, 인간 손님들의 발길이 끊기는 바람에 경제적으로는 점점 더 어려워져갔다. 그러자 은혜를 입은 동물들이 두 팔을 걷고 나서며 집안일과 경제 활동을 돕기 시작한다.

어느 날 두리틀 선생님의 진찰 실력을 듣고 찾아온 제비가 전염병에 시달리는 아프리카 원숭이들을 구해달라고 요청한다. 두리틀 선생님은 가진 돈을 모두 모아 배를 빌려 아프리카로 향한다. 그러던 중 바다에서는 해적을 만나고 아프리카에 도착해서는 졸리깅키 왕국에 붙잡혀 포로가 되는 등 여러 고초를 겪게 된다.

위기가 닥칠 때마다 동물들이 도와 은혜를 갚고, 두리틀 선생님은 아프리카의 원숭이들을 모두 구하는 데 성공한다. 해적의 배까지 빼앗아 타고 고향 퍼들비로 돌아온 그들은 달나라까지 모험을 떠난다.

참혹한 전쟁 속에 피어난 환상적인 이야기

제가 어렸을 땐 '아들, 딸 구별 말고 둘만 낳아 잘 기르자'라는 표어가 골목마다 붙어 있었습니다. 이런 표어가 있었다는 건 아이를 둘 이상 낳는 집들이 많았다는 뜻이겠죠? 서넛은 평균이고 일고여덟 형제도 드물지 않은 북적거리는 환경에서 자라는 게 일반적이었습니다.

하지만 요즘에는 출산율이 급격히 떨어지면서 자녀가 둘 이상인 집을 찾아보는 게 오히려 어렵고 자녀 없이 부부만 오붓하게 사는 집들도 많은 것 같습니다. 그 빈자리를 채우고 있는 것이 동물들이 아닐까 싶습니다. 최근 들어 동물을 진정한 가족의 일부, '반려'의 대상으로 생각하고 존중하며 애정으로 돌보려는 분들이 참 많아졌습니다.

저도 어렸을 땐 집에서 개와 고양이를 길렀고 지금은 둘째 아이가 고양이를 무척 좋아하는데도 차마 엄두를 못 내고 있습니다. 귀한 생명을 집 안에 들일 때는 그만큼 책임을 감당해야 한다는 것을 아는 나이가 되어서인지 선뜻 용기를 내기가 쉽지 않더군요.

이렇게 반려동물을 가족으로 여기는 분들에게 가장 큰 바람이 있다면 아마 동물들과 직접 의사소통을 하는 것이 아닐까 합니다. 물론 오래 지내다 보면 눈빛만으로도 통하는 부분이 있다고 하지만 아무래도 더 직접적으로 서로의 말을 이해할 수 있으면 얼마나 좋을까 생각하는 것이 당연하겠죠. 동물의 말을 번역해 준다는 기계도 나오던데 아무래도 그 기능에는 한계가 있는 듯합니다.

지금으로부터 100여 년 전인 1920년에 이와 같은 상상을 이야기로 옮긴 작가가 있습니다. 바로 영국 출신 작가인 휴 로프팅입니다. 그러나 아이러니하게도 그가 이렇게 환상적인 이야기를 떠올린 시기는 너무나 처참한 전쟁의 한가운데였습니다.

1916년 일어난 제1차 세계대전에 참전한 그는 참혹한 전쟁의 모습에 망연자실했습니다. 산업 사회로 넘어간 이후 처음 발생한 세계적 규모의 전투에서는 기관총, 탱크, 폭탄 등 대량 학살을 목적으로 만든 무기들이 난무했습니다.

이걸 저지하기 위해 땅을 깊이 파고 버티는 참호전이 시작되었습니다. 그런데 참호에 틀어박힌 적을 몰살시키겠다고 독가스를 뿌려대는 미친 짓까지 이어졌으니 로프팅이 인간의 이성에 깊은 회의를 가진 것도 당연했겠죠. 게다가 페니실린이 개발되기 전인 당시에는 조금만 상처를 입으면 감염을 우려해 상처 부위 위쪽으로 팔이나 다리를 모두 잘라 내버렸기에 팔다리를 잃은 상이군인들도 많았습니다.

이런 지옥의 참호 속에 머리를 틀어박고 미국에 있는 두 아이에게 편지를 쓰려니 차마 이 끔찍한 상황을 묘사할 엄두가 나지 않는 겁니다. 그래서 MIT 공과대학 도시공학과 출신답게 제도와 스케치를 하던 솜씨를 살려서 그림을 그리고 여기에 짧은 이야기를 덧붙여 이야기 편지를 만들어 보내기로 합니다.

그런데 어떤 얘기를 할까 주변을 살피던 휴 로프팅의 시선에 전선에 동원된 동물들의 모습이 들어왔습니다. 제1차 세계대전 때까지만 해도 자동차는 유럽에서 그리 흔한 교통수단이 아니었기 때문에 말과 개가 군수품을 실어나르곤 했습니다. 이후 소개할 『플랜더스의 개』도 동물 애호가였던 작가 위다가 그 당시 벨기에 전선에 동원된 개들의 참혹한 현실에 충격을 받아 처음 집필했다고 합니다.

로프팅은 동물들을 보며 두 가지 생각을 합니다. 하나는 '동물들이 보기에 인간들이 벌이는 짓이 얼마나 어리석은 아귀다툼으로 보일까' 하는 것이었고, 다른 하나는 '그 아수라장에 끌려와 고생하는 동물들이 말을 할 수 있다면 하소연하고 싶은 사연이 얼마나 많을까' 하는 것이었죠. 그래서 탄생시킨 캐릭터가 동물의 말을 알아듣는 의사 선생님 '두리틀 박사'입니다.

먼저 박사님의 이름에 관한 부분을 조금 정리하고 가야 할 것 같습니다. 우리나라에서 발행한 책들에서는 번역에 따라 박사님의 이름을 둘리틀, 두리틀, 돌리틀 등으로 다르게 표기하고 있습니다. 두리틀 박사님의 영문 표기는 'Dolittle'입니다. 어딘가에 이런 성이 있을 수도 있겠지만 일반적인 성은 아니기에, 실제 존재하는 성은 아닌 듯합니다. 영어권에서 통상 사용하는 성은 'o'가 두 개 들어간 'Doolittle'이죠. 미국이 진주만 폭격[1]을 당하고 난 직후 목숨을 걸고 일본 본토를 보복 폭격한 뒤 중국 땅에 추락한 유명한 폭격대의 대장 이름도 'Doolittle'이었습니다.

로프팅이 만든 이름은 이 성을 이용한 일종의 말장난으로 보입니다. 박사는 동물의 말을 알아듣고 못 고치는 병이 없다고 아프리카까지 소문난 명의지만 성격이 워낙 조용하고 낙천적이며 별다른 욕심 없이 소박하여 "별로 하는 것 없습니다(do little)"라고 겸손해하는 것이죠. 그래서 이름의 일화와 외래어 표기법에 따라 저도 박사님의 이름을 '두리틀'로 표기하기로 했습니다.

로프팅은 전투 과정에서 중상을 입고 병원으로 후송되어 결국 제대하게 됩니다. 로프팅에게 이 전쟁의 기억이 얼마나 끔찍했는지 그는 영국으로 돌아가지 않고 미국에 정착해 살아갑니다. 전쟁이 끝나고 이 편지들을 모아 1920년에 책을 냈는데, 저자가 영국 사람이고 이야기의 무대 또한 영국임에도 불구하고 미국에서 먼저 발간되었고 영국에는 1922년에서야 소개됩니다.

발간된 책의 제목은 무척 길었습니다. 『두리틀 박사의 이야기—고향에서 그의 특이한 삶의 역사와 해외에서의 놀라운 모험(*The Story of Doctor Dolittle, Being the History of His Peculiar Life at Home and Astonishing Adventures in Foreign Parts*)』이었는데 아무래도 너무 긴 제목이어서 통상 앞부분만을 따서 '두리틀 박사의

『두리틀 박사의 이야기』 초판본 표지(1920)

이야기'라고 부릅니다.

이 책이 크게 성공을 거두자 2년 후 후속작인 『두리틀 박사의 바다 여행』이 발간됩니다. 앞선 작품이 전쟁 중에 쓴 짧은 이야기들의 모음이어서 전체 길이도 짧고 흐름이 단순했던 반면 이 작품은 작가의 상상력을 마음껏 발휘한 다양한 모험들을 묘사하고 있습니다. 시리즈 중 가장 훌륭한 작품으로 평가받고 있으며 '아동문학계의 노벨상'이라 불리는 뉴베리상을 수상하기도 했습니다.

이후 시리즈는 꾸준히 이어져 10권까지 발매되었으며 1947년 로프팅이 사망한 후 미발표 원고를 모아 추가로 두 권을 발매하며 총 열두 권의 '두리틀 박사 시리즈'로 완결됩니다.

인간과 대화하고 인간을 돕는 동물들

앞서 '두리틀'이라는 이름 자체가 일종의 말장난이라는 말씀을 드린 것처럼 이 책은 영국인다운 위트와 유머로 가득합니다. 두리틀 박사는 원래 사람을 치료하던 의사였습니다. 그런데 동물을 워낙 좋아해서 오리, 개, 돼지, 앵무새, 올빼미, 고슴도치까지 온갖 동물들이 집 안에 가득하다 보니 사람들은 점차 발길을 끊게 되었죠.

그러자 단골이던 고양이 먹이 장수가 이왕 이렇게 된 것, 그냥 수의사가 되면 어떻겠냐는 제안을 합니다. 수의사라면 이미 많으니 자신은 경쟁력이 없다고 하자 앵무새 폴리네시아가 정작 동물의 말을 알아듣는 수의사는 한 명도 없다며 동물의 말을 알려주겠다고 합니다.

동물의 말을 알아듣는 수의사라니, 당연히 엄청난 명의가 될 수밖에 없지 않겠어요? 밭갈이하는 말이 힘들어하는 이유는 관절염 때문이 아니라 강한 햇빛으로부터 눈을 보호할 선글라스가 필요해서라는 걸 말이 통하지 않는 수의사들이 어떻게 알겠습니까. 이렇게 아픈 부위와 증상을 제대로 알아들으며 문진하는 두리틀 선생은 금세 동물들 사이에 소문이 퍼져 치료받으려는 동물들로 문전성시를 이룹니다.

하지만 동물들에게 과도하게 친절했던 것이 문제였을까요? 치료받은 동물들 가운데 돌아가려 하지 않고 선생님의 집에 눌러앉아 사는 동물들이 늘어납니다. 충치로 고생하다가 서커스단에서 탈출하고 선생님에게 치료를 받은 악어가 이곳에 눌러앉기로 하자 문제가 심각해집니다. 악어가 무서운 반려동물 주인들이 병원에 찾아오지 않게 되었거든요. 곤란해진 선생님이 악어에게 돌아가주면 안 되겠냐고 부탁하자 악어가 굵은 눈물을 흘리며 애원해서 결국 내쫓지 못합니다.

실은 영미권 독자들에게 이 부분은 대단한 유머 포인트입니다. 영어 표현 가운데 '악어의 눈물(crocodile tears)'이라는 표현이 있거든요. 셰익스피어가 자신의 여러 작품에 언급해서 유명해진 표현인데 이집트 나일강에 사는 악어는 사람을 잡아먹고 눈물을 흘린다고 합니다.

아니, 정작 자신의 배를 채우려고 사람을 잡아먹어놓고서는 미안한 척 슬픈 척 눈물을 흘리다니 얼마나 가증스러운 일입니까. 그래서 거짓으로 동정하는 척하는 행동을 악어의 눈물이라고 합니다. 이런 맥락으로 이 대목을 보면 악어가 진짜로 슬퍼하며 흘리는 눈물이어도 결국 영문 표현으로는 'crocodile tears'로 표기할 수밖에 없다는 것을 재치 있게 비꼰 말장난이라고 볼 수 있습니다.

실제로 악어는 먹이를 먹으며 눈물을 흘린다고 해요. 슬퍼서 운다기보다는 우리가 하품을 할 때 눈물이 나오는 것처럼 입을 크게 벌리면 눈물샘이 눌려 그렇게 눈물이 나온다고 하네요.

소설에 이런 부분들이 많이 숨어 있는데 우리나라 문화권에서는 절반도 와닿지 못하는 것이 아쉽긴 합니다. 우리나라에 이 소설이 소개된 지 꽤 시간이 지났음에도 비슷한 시기에 등장한 『곰돌이 푸』『하이디』『어린 왕자』 같은 소설들보다 훨씬 인지도가 떨어지는 것도 이런 차이 때문이 아닐까 싶습니다.

하지만 우리에게 익숙한 이야기 구조도 있습니다. 바로 '은혜 갚은 짐승들'이라는 플롯이죠. 우리 옛이야기에도 주인이 어려운 상황에 처하면 평소에 주인에게 사랑받던 짐승들이 힘을 모아 돕잖아요. 이 소설에서도 악어 때문에 손님이 뚝 끊긴 선생님이 경제적 어려움에 처하자 신세를 지고 있던 동물들이 팔을 걷고 나섭니다.

집안일을 도와주던 여동생이 화가 나 집을 나가버리자 요리와 옷 수선은 손을 쓸 수 있는 원숭이가, 바닥 청소는 꼬리에 빗자루를 단 개가, 침대 정리는 오리가, 가계부 정리는 올빼미가, 정원 가꾸기는 돼지가 맡기로 했습니다.

당연히 이것도 농담입니다. 주인을 보면 꼬리를 마구 흔드는 개에게 빗자루를 달아주면 청소 잘하겠다, 오리털 이불이 있는 침대는 오리가 정리해야 제격 아니냐, 그래도 머리 쓰는 일은 안경 쓴 올빼미지, 온갖 밭작물을 코로 헤집어놓고 먹어치우는 돼지에게 정원을 가꾸라고 하면 정말 웃기겠다, 이런 아이디어들이죠. 오리 대브대브에게는 램프를 들고 계단을 오르내리며 손님을 맞이하는 일도 시키는데 한 발로 램프를 잡고 한 발로 깡충깡충 뛰어다니는 자못 괴기스러운 모습이 2편에 등장하기도 합니다.

더 나아가 집안일만 해서는 돈이 안 된다는 것을 깨달은 동물들은 집 앞 길가에 노점을 차려놓고 채소와 꽃을 팝니다. 은혜를 갚는 수준을 넘어서 경제 활동까지 하는 셈인데 사실 경제 관념이 부족하고 무능한 두리틀 선생보다 훨씬 성숙한 모습이기도 합니다.

소설의 뒷부분에서 두리틀 일행을 괴롭히는 해적단을 혼내주는 것도 동물들의 몫입니다. 배가 침몰할 것을 미리 알려 해적선 탈취

눈물을 흘리는 악어와 화가 나서 집을 나가는 여동생

를 돕는 쥐들의 소임도 크지만 배가 가라앉자 상어 떼가 우르르 달려와 박사님에게 "얘가 선생님을 귀찮게 하는 것 같은데 먹어버릴까요?"라고 묻는 장면은 정말 재밌습니다. 세상 모든 동물들에게 정보를 전달받고 또 도움을 요청할 수 있다면 이거야말로 슈퍼맨이나 마블 히어로들에 못지않은 '슈퍼 파워'가 아닐까 싶습니다.

인종 차별 논란에 휩싸인 원작 소설

2020년 할리우드에서 로버트 다우니 주니어를 출연시키고 큰 예산을 들여 〈닥터 두리틀〉이라는 영화를 만든 것은 바로 이런 측면에서 관객들에게 큰 매력을 선사할 수 있다고 봤기 때문일 겁니다.
심지어 이 영화의 장르는 판타지로 분류되어 있죠. 그래서 이 영화에서는 인간과 대화하고 인간을 돕는 동물들의 모습을 컴퓨터 그래픽으로 재현해 냅니다. 안타깝게도 감독이 이런 컴퓨터 그래픽이 많이 들어간 영화의 연출에 익숙하지 않은 탓에 관객이 스토리에 몰입하기 어려운 영화가 되어 흥행에 실패합니다.

하지만 이 영화의 실패에는 또다른 요인이 작용했습니다. 원작 소설의 1편이 아닌 2편 『두리틀 박사의 바다 여행』을 바탕으로 영화화했다는 점입니다. 100년 전에 출간된 소설이어서 스토리를 제대로 아는 관객이 거의 없다는 점을 고려하면 두리틀 박사와 다른 등장인물들이 어떻게 만나고 어떻게 동물의 말을 알아듣게 되는지, 모든 배경 요소를 다룬 1편을 영화화하는 것이 당연했을 텐데 왜 뜬금없이 1편을 건너뛰고 2편을 다루게 된 것일까요?

여기엔 1편 『두리틀 박사의 이야기』가 꽤 오랫동안 인종 차별 논란에 시달렸던 사연이 숨어 있습니다.

소설 속 두리틀 선생님은 수천 마리의 아프리카 원숭이들이 전염병에 걸려 죽을 위기에 처했다는 소식을 듣고 돕기 위해 나섭니다. 그런데 아프리카에 도착해 만난 졸리깅키의 왕은 백인들을 싫어해서 박사 일행을 감옥에 가둡니다. 다행히 왕을 속이고 탈출해 원숭이들을 치료하는 데까지는 성공하지만 돌아오는 길에 또 한 번 감옥에 갇히고 맙니다.

앵무새 폴리네시아가 졸리깅키 왕국의 왕자 범포에게 날아가 박사님을 풀어주면 소원을 들어주겠다고 제안합니다. 이때 왕자는 백인처럼 얼굴을 하얗게 만들어달라는 소원을 말하고 박사님은 하얀 화장품을 얼굴에 잔뜩 발라주는 것으로 소원을 이뤄줍니다.

바로 이 장면에서 흑인들이 검은 피부를 부끄러워하고 백인처럼 되고 싶어 한다거나 백인이 더 우월하다는 것을 보여준다고 해서 인종 차별의 요소로 받아들여지는 것입니다. 이와 관련한 논란이 얼마나 거센지 미국의 델 출판사에서는 1988년 이 책을 재출간할 때 해당 부분을 삭제했을 정도입니다.

로프팅을 대변해 약간 변명을 하자면 일단 로프팅은 인종 차별주의자가 아닐뿐더러, 더 나아가 이 소설을 쓴 목적 또한 제1차 세계대전이라는 미친 짓을 벌인 어리석은 유럽인들을 비꼬기 위함이었습니다. 그래서 책을 읽다 보면 돈에 집착하고 정복욕 넘치는 인간들을 어이없어하는 동물들의 모습이 수시로 나옵니다.

"형님, 인간이란 정말 이상한 동물이군요! 대체 누가 그런 땅에서 살고 싶어 할까요? 맙소사, 정말 형편없는 족속이군요!"

"인간이란 정말이지 생각이라곤 하나도 없는 철부지 같은 족속이군. 멍청하긴! 그런 걸 좋아하다니. 제기랄, 그건 감옥이잖아."

더 나아가 그 '이상한 족속'이 '백인들'이라는 것을 분명히 하기 위해 원숭이들은 회의에서 아예 '백인들(The White Man)'이라는 표현을 써서 질타를 가합니다.

"형님, 백인들은 정말 이상한 존재군요! 그런 나라에 가서 살 수 있을까요?"

그럼 왜 휴 로프팅은 뜬금없이 백인이 되고 싶은 흑인 왕자의 이야기를 집어넣었을까요? 작가 본인이 명확히 말한 적은 없지만 저는 이러한 지점들이 아이들을 재밌게 해주고자 소설에 깨알같이 집어넣었던 작가의 유머였을 거라고 추측합니다.

당시 그가 살고 있던 미국에는 1800년대 중후반부터 1900년대 초반에 걸쳐 '민스트럴 쇼(minstrel show)'라는 것이 유행했습니다. 노예제 폐지를 주장한 미국 북부와 노예제 존속을 주장한 미국 남부가 격돌했던 남북 전쟁에서 남부가 패배하자 남부 백인들이 자신들의 우월함을 강조하고 흑인들의 어리석음을 비웃기 위해 만든 쇼였지요.

주로 백인들이 얼굴에 검은 칠을 하고 나와 바보 같은 말과 행동으로 웃음을 자아내는 매우 인종 차별적인 쇼였습니다. 아이러니하게도 우리가 정감 넘치는 미국 민요로 알고 있는 〈올드 블랙 조〉나 〈스와니강〉과 같은 포스터의 노래들도 민스트럴 쇼에 쓰였습니다.

이렇게 백인들이 얼굴을 검게 칠하는 것을 '블랙 페이스'라고 불렀는데 흑인들에게는 생각만 해도 치가 떨리는 일이기 때문에 지금은 영미권에서 금기시하는 행동이 되었습니다. 몇 년 전에 어느 고등학교 학생들이 패러디 차원에서 블랙 페이스를 하고 유명 뮤직비디오를 흉내 냈다가 큰 사회적 파장을 불러일으킨 일도 이런 문화적 배경을 바탕으로 하고 있습니다.

휴 로프팅은 바로 이 블랙 페이스를 정반대로 뒤집어 농담하고 싶었던 게 아닌가 싶습니다. 백인이 얼굴에 검댕을 묻혀 흑인 흉내를 낸다면 흑인이 하얀 크림을 발라 백인 흉내를 내는 반대 입장이 되어보면 어떨까 하는 생각이 아니었을까요? 이 장면 앞뒤의 줄거리에 '백인의 어리석음'을 일부러 배치한 것도 그런 의도가 있지 않았을까 싶고요.

하지만 휴 로프팅의 의도가 어찌 되었건 2023년의 시점에서 이 문제는 가벼이 다룰 일은 아닙니다. 누군가에게는 큰 상처를 주고 잘못된 관념을 심어줄 수 있으니 인권의 문제에는 당연히 좀더 민감하고 조심스러워질 필요가 있습니다.

하지만 그것이 원작의 내용을 통으로 들어내어 훼손하는 방식이어야 하는지는 의문입니다. 아무리 저작권이 소멸된 작품이라지만 이렇게 작가가 아닌 사람들이 자신의 잣대로 마음대로 원작을 편집하는 행위는 옳지 못할뿐더러 오히려 문제를 인식하고 바

민스트럴 쇼 포스터 속 블랙 페이스를 분장한 모습

로잡을 기회를 스스로 없애버리는 일이 아닐까 싶습니다.

2017년 두리틀 전집을 발간한 궁리출판사에서는 이와 관련한 견해를 책 앞머리에 밝힌 적이 있습니다. 저 역시 이 글에 깊이 공감하기 때문에 조금 길지만 인용해 볼까 합니다.

… 이 책은 1920년에 씌어졌습니다. 아무리 뛰어나고 훌륭한 사람이라도 자신이 살아가는 시대적 환경에서 완전히 자유로울 수는 없는 법입니다. 그 시대를 뛰어넘어 사랑받는 작품이라면 아마도 그런 결점을 뛰어넘을 무언가가 있기 때문이겠지요. 그래서 저희는 그런 대목을 마음대로 솎아내기보다는 그대로 두기로 결정했습니다.

이 책이 처음 발표되었던 시절의 독자들과는 달리 우리는 학교 교육과 독서, 뉴스 등 여러 매체를 통해 그런 묘사가 올바르지 않음을 배웠습니다. 이 책을 쓴 휴 로프팅이 살던 시절보다 우리가 사는 세상이 조금 더 나은 방향으로 변하였기 때문이겠지요.

문제가 되는 부분이라고 해서 무작정 삭제하기보다는 오히려 이에 대해 함께 얘기해 보고 시대의 한계를 깨닫는 계기로 삼는 것이 100년이 넘은 지금의 시점에서 이 소설을 제대로 읽고 즐기는 방법이 아닐까 싶습니다.

소통과 연대, 서로 다른 존재들이 나누는 진정한 우정

그렇다면 출판사 측에서 이야기한 '결점을 뛰어넘을 무언가'는 과연 무엇일까요? 그건 바로 서로 다른 존재들끼리의 소통 가능성, 이를 통해 이루어지는 약한 자들의 연대가 아닐까 싶습니다.

이 소설에서 가장 환상적인 부분은 두리틀 박사님이 모든 동물과 대화를 나눌 수 있다는 점입니다. 초능력이라고 할 만한 놀라운 상상이지만 더 중요한 것은 두리틀 박사가 그 능력을 어디에 쓰는가 하는 점입니다.

그는 명예도 경제적인 이득도 바라지 않고 오로지 동물들의 어려운 사정을 듣고 치료하며 도움을 주는 데만 이 능력을 사용합니다. 아프리카 원숭이들이 전염병으로 죽어간다는 소식을 전해준 것은 제비입니다. 제비는 추운 겨울에 남쪽으로 가는 대신 거꾸로 북쪽을 향해 영국의 눈보라를 뚫고 두리틀 박사에게 도움을 청하러 날아옵니다. 그리고 이 소식을 들은 두리틀 박사는 거액의 빚을 내어 당장 아프리카로 향합니다.

식량이 떨어지자 돌고래들이 미역과 양파를 가져다주고 절벽 끝까지 쫓겼을 땐 원숭이들이 손과 발을 맞잡아 다리를 만들어줍니다. 원숭이들의 간호를 도와줄 일손이 부족할 때에는 사자, 표범, 영양 들이 나서서 도와주고, 해적선에 쫓길 때는 수천 마리의 제비들이 날아와 가냘픈 부리로 줄을 잡아 배를 끌어줍니다.

늘 고립감에 시달릴 수밖에 없는 우리에게 이런 소통과 연대의 이야기야말로 평생 꿈꾸어볼 만한 환상이 아닐까요? 동물학자로 유명한 제인 구달 박사는 "『두리틀 박사의 모험 이야기』를 읽으며 아프리카와 사랑에 빠졌다"고 말했고, 『이기적 유전자』로 유명한 리처드 도킨스 역시 『두리틀 박사의 이야기』를 읽으며 과학자의 꿈을 키웠다고 합니다. 도킨스는 "인간이 동물보다 더 우선이라고 주장하며, 동물의 고통에 관심 갖는 사람들을 무시하는 글을 대할 때마다 내가 여전히 분노하는 것은 분명 두리틀 박사 덕분입니다"라고 말하기도 했죠.

페이스북에서 '반려동물이 딱 한 마디의 말을 할 수 있다면 어떤 말을 할 수 있으면 좋겠는가?'라는 질문을 본 적이 있습니다. 저는 '안녕' '사랑해' '배고파' 이런 말들을 떠올렸는데 어떤 분이 올린 댓글을 보고 제 생각이 짧았음을 깨달았습니다. 그분이 올린 한 마디는 '나 아파'였습니다.

반려동물이라고 해서 마냥 귀엽고 생기 넘치는 모습으로 우리를 기쁘게 해주는 존재일 수만은 없습니다. 기뻐하고 슬퍼하고 화내고 좌절하는 여러 감정의 굴곡을 가진 우리와 똑같은 생명이죠. 목숨을 가진 모든 것들이 피할 수 없는 고통과 질병, 그리고 죽음에 이르는 과정까지를 함께하는 것이 반려동물과 인간의 진정한 우정일 것입니다.

그 가운데 가장 힘들고 애틋한 순간은 바로 인간보다 짧은 생애를 살다 가는 반려동물들이 아플 때가 아닌가 싶습니다. 저는 성인이 되어 반려동물을 키워본 적은 없지만 두 아이를 키우는 아빠입니다. 아직 말도 못 하는 어린 나이에 얼굴이 빨갛게 되어 씨근덕거리며 힘들어하는 아이의 곁에서 밤을 지새운 기억이 여러 번

강아지는 정원을 신나게 달렸습니다

있습니다. 아프다고 말 한 마디조차 못하는 어린 생명이 어찌나 안쓰러워 미안해지던지요.

실은 좀더 대중적이고 유명한 책을 소개할까 여러모로 살피던 차에 아는 분의 강아지가 많이 아프다는 소식을 전해 들었습니다. 그리고 기회가 된다면 꼭 『두리틀 박사의 이야기』를 소개해 달라던 부탁도 생각났고요.

아픈 강아지를 친자식처럼 온정성으로 간호하던 그분에게 조금이나마 위안이 되었으면 하는 마음을 담아 이 글을 써봤습니다만, 안타깝게도 얼마 전 그 강아지가 하늘나라로 갔다는 소식을 들었습니다. 생전에 그랬던 것처럼 '희망이'가 무지개다리 너머에서도 활기차게 뛰어다니며 즐겁게 지내고 있기를 진심으로 빕니다.

▌ 용어 해설

1. 진주만 폭격

1941년 12월 7일 하와이주 오아후섬에 위치한 미합중국 해군의 진주만 기지를 일본 해군이 기습했다. 이 공격으로 12척의 미 해군의 함선이 피해를 보거나 침몰했고, 188대의 비행기가 격추되고 손상을 입었으며, 2,335명의 군인과 68명의 민간인 사망자가 발생했다.

▌ 작가 소개

휴 로프팅
Hugh Lofting, 1886~1947

영국 버크셔주에서 태어나 미국으로 건너가 매사추세츠 공과대학에서 토목 공학을 공부했다. 엔지니어로 일하던 중 제1차 세계대전에 참전하게 되었다. 고향에 있는 아이들을 위해 동물과 말하는 수의사 두리틀 선생의 이야기를 써 보냈고, 전쟁이 끝난 뒤 이 편지글을 모아 책으로 펴냈다. 큰 인기에 힘입어 열두 권의 시리즈를 내었다.

조지프 러디어드 키플링
Joseph Rudyard Kipling

『정글북』

정글은
도시가 꾸는 꿈

인도의 시오니 정글에 살던 늑대 부부 라마와 라쿠샤는 우연히 인간 아이를 발견한다. 아이를 잡아먹으려고 쫓아온 호랑이 시어 칸과의 다툼 끝에 곰 발루와 흑표범 바기라, 대장 늑대 아켈라가 아이의 후원자가 되기로 한다. 아이는 '모글리'라는 이름을 얻고 늑대 떼와 함께 살아간다.

한편 호시탐탐 모글리를 노리던 시어 칸이 젊은 늑대들을 꼬드겨 계략을 꾸미자 모글리는 늑대 무리에서 밀려나 인간 세상으로 돌아가게 된다. 인간 마을에서 소 떼를 돌보며 지내게 된 모글리는 복수를 꿈꾸며 소들을 끌고 정글 마을로 돌아가 마침내 시어 칸을 해치운다. 그러나 인간 마을로 돌아온 모글리는 마을 주민들에게 이상한 마법을 부리는 호랑이 인간이라는 누명을 쓰고 이곳에서마저 쫓겨난다.

모글리는 시어 칸의 가죽을 들고 다시 늑대들을 찾아가고, 정글의 질서를 위협하는 하이에나, 살쾡이 등을 물리치며 정글 동물들에게 존경받는다. 한편 자신의 정체성을 찾고 싶었던 모글리는 결국 인간 마을로 돌아가고, 친부모를 찾아 자신의 본명이 카아(Kaa)였다는 사실을 알게 된다. 이후 카아는 사냥꾼이 되어 여생을 살아간다.

늑대 소년의 전설

지금은 아이언맨, 헐크, 배트맨, 캡틴 마블같이 마블이나 DC의 할리우드 영화에 나오는 히어로들이 '초인'의 대명사처럼 되어버렸습니다. 하지만 제가 어렸을 때 매주 TV 드라마로 접할 수 있었던 가장 익숙한 초인은 바로 '타잔'이었습니다.

등나무 줄기를 잡고 아프리카 밀림을 날아다니던 모습은 요즘 〈스파이더맨〉의 '웹 스윙'과 조금도 다르지 않고 달리기면 달리기, 수영이면 수영, 힘도 세고 잘생긴 데다 똑똑한 주인공의 모습은 어두침침한 정글의 배경과 더욱 극명한 대조를 이루어 그리스 신화 속 신의 형상처럼 보이기에 충분했습니다.

특히 드라마 절정 부분에서 주인공 일행이 위기에 처하면 어김없이 높은 곳에 올라가 내지르는 "아~아아아아~아아아~"라는 외침은 그 자체로 마법의 주문과 같았습니다. 마치 〈전격 Z작전〉에서 원격 제어를 받는 키트 자동차처럼, 에어울프 헬리콥터처럼 정글 여기저기서 원숭이와 코끼리, 사자와 얼룩말, 코뿔소와 하마들이 초원을 짓밟으며 '두두두두' 달려와 악당들을 한 번에 쓸어버리는 최고의 장면이었기 때문에 보고 있노라면 팔에 힘이 불끈불끈 들어가곤 했습니다.

가수 윤도현 씨의 히트곡 〈타잔〉에는 저와 동시대를 살아온 이들의 경험이 고스란히 녹아 있습니다. 동네 꼬마들의 꿈은 모두 타잔이 되는 것이었지요. 타잔 아저씨처럼 튼튼해지고 싶어서 아버지의 역기를 들다가 그 밑에 깔려 하늘나라 갈 뻔한 경험이라든가, 타잔 아저씨처럼 용감해지고 싶어서 나무 위에서 뛰어내려 그 후로 한 달간 병원 신세를 진 아이들의 이야기는 주변에 넘쳐났습니다. 집에서 키우던 강아지에게 "치타, 가자!"라고 외치며 함께 뛰어다니던 기억도 마찬가지.

그렇게 천방지축으로 타잔을 동경하던 어느 날, 책장에 꽂힌 『정글북』이라는 책에서 타잔처럼 정글의 동물들을 휘몰아 멋진 전투를 벌이는 모글리의 이야기를 찾았으니 제가 얼마나 흥분했겠습니까. 그 후로 한 달간 병원 신세가 아니라 10년 넘게 이 책을 수백 번은 읽었던 것 같네요.

먼저 『정글북』이라는 책의 제목부터 이야기해 봅시다. 어렸을 때 이 제목이 어색하게 느껴졌습니다. '모글리의 모험'이나 '정글이 부른다' 같은 제목이 아니고 '정글북'이라니, 정글의 북소리? 정글 책? 이게 뭐지 싶었죠. 나중에 알게 된 사실이지만 책 제목이

『정글북』 초판본 표지(1894)

이렇게 된 것에는 나름의 이유가 있었습니다.

　작가인 러디어드 키플링에게는 아들과 딸, 두 아이가 있었는데 그는 이 아이들이 어릴 때 잠자리 베갯머리에서 이야기를 지어 들려주곤 했다고 합니다. 아무래도 아이들에게 들려주는 이야기이다 보니 평소 접해보지 못한 신기한 이야기가 호응이 컸을 텐데 마침 키플링은 인도에 살았던 경험이 있었거든요. 그래서 인도의 정글 속에서 벌어지는 이야기들을 들려주었습니다.

　아이들이 이 이야기를 무척 좋아하는 것을 보고 이걸 원고로 옮겨보자 싶어 1893년부터 2년간 잡지에 게재했고, 이 단편을 모아 묶은 책이 바로 『정글북』입니다. 즉, '정글 이야기 모음집'이라는 의미의 제목이었던 거죠.

그런데 이런저런 이야기들을 생각나는 대로 들려준 것이다 보니 작가의 완전한 창작보다는 자신이 인도에 살며 접했던 책 내용, 들었던 설화들이 마구 섞이게 됩니다. 사실 우리가 영화나 만화를 통해 알고 있는 '모글리 이야기'는 이 여러 설화 가운데 드문드문 나오는 모글리의 단편들만을 모아 다시 만든 것입니다. 1894년에 발간된 『정글북』, 그리고 이듬해 나온 『정글북 2권』에 포함되었던 이야기들이죠.

그렇게 『정글북』에 담긴 이야기의 상당 부분이 인도 설화집으로 유명한 『판카탄트라』와 『자카타 이야기』에서 가져왔다는 사실은 훗날 밝혀졌습니다. 키플링도 인도의 기존 설화들을 가져다 썼다는 점을 인정했습니다만 표절이라기보다는 인도 구전 설화를 서구 사회에 소개하는 정도의 의미였다고 할 수 있습니다. 다만 저자가 책을 발간할 당시에 출처를 명확히 밝히지 않고 나중에 기자들의 질문에 답하며 간접적으로 인정하고 넘어갔다는 점이 약간 아쉽긴 하고요.

물론 지금 우리가 알고 있는 『정글북』은 당시 서구권을 떠들썩하게 만든 윌리엄 헨리 슬리먼의 논문 「늑대 굴에서 늑대들이 양육한 아이들에 대하여」를 읽은 키플링이 늑대 소년의 아이디어를 얻어 만든 이야기이긴 합니다.

논문 제목 그대로 인도 정글에서 늑대들과 함께 살던 아이가 구출되었는데 알고 보니 아이의 행동과 언어가 모두 인간과 달라져 '늑대 아이'가 되었더라는 발견이었습니다. 그런데 이 아이가 인간 세상으로 옮겨와 적응하며 살다 보니 또 정상적인 인간으로 살아갈 수 있게 되었습니다.

따라서 '인간성'은 타고 나는 것이 아니라 사후에 사회적인 학습을 통해 습득되고 만들어지는 것이라는 '후천적 사회화론' 혹은 '환경론'의 사례로 뜨거운 논쟁의 대상이 되었습니다. 키플링은 이 논문에서 사회화에 관련된 이야기들을 모두 빼고 늑대 사회와 인간 사회를 오가는 늑대 소년의 이야기를 상상해 낸 것입니다.

이야기에 나오는 캐릭터들의 이름과 성격은 모두 키플링이 직접 만들어낸 것입니다. 소설 속 주인공인 '모글리'의 이름은 '개구리'라는 뜻을 지니고 있습니다. 키플링의 설명에 의하면 어떤 언어에서도 개구리를 뜻하는 '모글리'라는 단어는 없고 순수하게 본인이 만들어낸 말이라고 합니다.

정글의 동물들이 봤을 때 온몸에 털이 없고 비쩍 마른 인간 아이 모글리의 모습이 개구리처럼 보일 텐데 인간의 언어가 아닌 동물의 언어로 개구리를 뭐라고 부르려나 상상하다가 '모글리'라는 단어를 창조해 낸 것입니다. 악역으로 나오는 호랑이 '쉬어 칸'은 인도의 한 부족이 호랑이를 '쉬어'라고 부르는 것에서 따왔고 '칸'은 말 그대로 우두머리, 왕이라는 뜻이니 '호랑이의 왕'이라는 뜻이 됩니다. 거대한 비단뱀 '카아'는 뱀이 입을 크게 열고 위협할 때의 소리가 '카악'처럼 들려서 그런 이름을 지었다고 합니다.

이야기의 무대가 되는 '시오니 밀림'은 실제 인도 대륙에서 가장 깊숙한 내륙 지역에 자리한 오지입니다. 키플링 또한 한 번도 가본 적이 없죠. 그래서 '아무도 가본 적 없는, 그래서 어떤 일이든 벌어질 수 있는 신비한 숲'을 소설의 배경으로 설정했다고 합니다.

『정글북』에는 장의 맨 앞 또는 중간 부분에 키플링이 쓴 시가 계속해서 삽입되는데 이게 구전 설화, 미지의 세계에 전해지는 전설과 같은 느낌을 부각하여 상당히 잘 어울립니다. 심지어 등장하는 동물들이 시와 노래로 마법 주문 같은 대화를 나누는 장면도 나오죠. 키플링의 문학적 시발점이라고 할 수 있는 시인으로서의 능력이 소설과 잘 결합한 사례입니다.

키플링의 위험한 생각

그렇다면 영국인 키플링은 어떻게 인도의 이야기를 잘 알게 된 것일까요? 아시다시피 인도는 영국의 오랜 식민지였습니다. 키플링은 1865년 인도 뭄바이에서 태어났습니다. 아버지 역시 작가 겸 삽화가였기 때문에 『정글북』의 초판본 삽화를 직접 그려주기도 했죠.

인도에서 성장한 키플링은 영국에 돌아와 청소년기를 보내다가 다시 인도로 돌아가 시인이자 소설가로 활동합니다. 인도의 문단에서 유명해지자 1889년에 활동 무대를 다시 영국 런던으로 옮기지만 미국인 여성과의 결혼을 계기로 불과 3년 만인 1892년에 미국 버몬트주로 이주합니다. 『정글북』은 바로 이 시점, 그러니까 인도도 영국도 아닌 미국에서 쓴 소설입니다.

『정글북』은 출간 즉시 커다란 성공을 거두었고 이어지는 장편

러디어드 키플링(우측)과 그의 아버지(좌측)

소설 『킴』, 여러 권의 단편 소설집과 시집들을 통해 키플링은 영미
권을 대표하는 작가 반열에 올랐습니다. 그 결과 최초의 영미권 작
가로 1907년 노벨문학상을 수상했습니다. 당시 그의 나이 41세
로 역대 최연소 노벨문학상 수상자였으니 그의 명성이 얼마나 대
단했는지 짐작할 수 있습니다.

하지만 그의 명성이 커져 감에 따라 그의 글들에 담긴 사상에
대한 비판의 목소리도 커졌습니다. 비판의 배경을 이해하려면 당
시 유럽의 지적 흐름을 잠시 살펴볼 필요가 있습니다.

1800년대 들어 유럽의 지식인들을 떠들썩하게 만들었던 논쟁
거리 중 하나는 '진화론'이었습니다. 1800년대 초반에 이미 생물
학자 라마르크의 진화론이 제시된 적 있었는데 이는 과학의 문제

이기도 하지만 인간과 생물을 어떤 존재로 이해할 것인가에 대한 근본적 차원의 문제이기 때문에 인문학, 사회학, 철학 그리고 신학적 차원까지를 포괄하는 대논쟁으로 발전합니다.

1859년에는 다윈의 『종의 기원』이 발표되며 진화론이라는 새로운 관점으로 세상의 모든 일을 해석해 보려는 시도가 늘었습니다. 그중 하나가 사회학자인 허버트 스펜서가 제시한 '사회진화론'입니다.

생명체가 진화하듯 사회도 진화한다는 생각 자체에는 별문제가 없고 일견 타당해 보이는 주장이기도 합니다. 하지만 진화는 '앞과 뒤' 즉, 방향성을 지니고 있습니다. 그러하다 보면 더 발전한 사회와 발전하지 못한 사회가 구분될 수 있고, 이는 위험한 생각으로 나아갈 수 있습니다. 우월한 사회와 열등한 사회가 나뉘고 각각의 사회를 구성하는 사람들 역시 문명인과 야만인으로 등급이 나뉘는 차별적 사고의 근거가 될 수 있기 때문입니다.

이런 생각이 더욱 깊어진다면 더 발전한 사회에 사는 우월한 인간들이 야만의 어둠 속에 사는 열등한 사람들을 정복하는 것은 당연한 '자연의 섭리'와 같은 일이라고 여기게 됩니다. 이런 생각은 당시 무분별한 제국주의적 확장을 통해 식민지를 마구잡이로 점령하고 착취하던 유럽인들의 죄책감을 덜어주는 논리였기 때문에 많은 이들에게 환영받았습니다.

키플링은 여기서 한 걸음 더 나아가 「백인이 짊어져야 할 짐(The White Man's Burden)」이라는 시를 발표하며 "우리가 저 야만인들을 정복해서 이들을 문명 개화로 이끄는 과정은 여러모로 힘들겠지만, 우리 백인들이 져야 할 도덕적인 의무"라는 얼토당토않은 생각을 밝혔습니다.

1899년 미국이 필리핀을 점령하는 과정을 정당화한 이 시에서 심지어 키플링은 필리핀인들을 가리켜 "절반은 악마, 절반은 아이"라고 표현하기까지 했습니다. 후에 키플링과 그의 옹호자들은 "백인들이 도덕적인 책임감을 가지고 식민지인들을 잘 다스려야 한다는 의미"라고 변명했지만 애초에 이들을 동등한 인간으로 여기지 않았다는 점에서 선의로 해석하는 것에는 분명한 한계가 있는, 문제가 많은 사상이었습니다.

더구나 키플링은 이 시뿐만 아니라 다양한 작품들을 통해 백인의 우월성을 강조하고, 소수의 백인이 다수의 미개인들을 제압하고 이들을 이끄는 리더의 이야기들을 지속적으로 써왔습니다. 소설 『왕이 되려던 사나이』에서 영국인 건달 두 명이 스무 자루의 총을 가지고 인도 내륙 깊숙이 들어가 현재의 아프가니스탄 동부에 위치한 '카프리스탄'이라는 나라에서 신으로 추앙받고 왕이 되는 이야기를 그렸습니다.

『정글북』 속 '하얀 물개'의 장에서 유일하게 하얗게 태어난 물개가 나머지 검은 물개들을 이끄는 현명한 리더가 되는 이야기도 우연과 오해라기엔 너무나 일관된 백인 우월주의를 보여주고 있습니다.

키플링이 이렇게 왜곡된 사고를 갖게 된 원인으로는 여러 추측이 있습니다. 병약해서 입대하지 못한 키플링이 강력한 힘에 대한 열망을 갖게 되었다고도 하고, 인도인도 영국인도 아닌 정체성으로 인도에서는 우월감을, 영국에서는 열등감을 느끼며 온탕과 냉탕처럼 두 사이를 오가야 했던 것이 원인일 수도 있습니다. 왕따를 당하던 아이가 학년이 올라가면 스스로 다른 아이를 따돌려 자기 자리를 만들려고 하는 심리와 비슷하게 가장 호전적인 제국주의자의 면모를 갖게 되었다는 분석도 있습니다.

그는 프리메이슨[1]이라는 비밀 결사의 일원이라는 점을 엄청나게 자랑스러워했습니다. 앞서 말씀드린 『왕이 되려던 사나이』 속 카프리스탄 왕국에서 프리메이슨 마크가 '신의 표지'로 받아들여지는 식으로까지 비약해서 쓴 것도 어쩌면 스스로 가지고 있던 열등감의 반향이 아닐까 싶기도 합니다.

놀라운 점은 그토록 열렬하게 '전쟁! 전쟁!'을 부르짖던 키플링이 어느 순간부터 반전론자가 되었다는 것입니다. 둘째 딸이 여섯 살 무렵 일찍 폐렴으로 세상을 뜨고 외동으로 남은 아들마저 자신의 강권으로 1차 세계대전에 참전했다가 전사한 무렵부터였습니다. 키플링이 분명하게 언급한 적은 없으나 아마도 그때 스스로의 행적을 되돌아보고 후회한 것이 아닐까요?

그래서 키플링의 진정한 문학적 성취는 인간의 정신적 측면, 인간과 자연의 조화, 평화와 마음의 안식을 강조한 후기 작품들에 있다고 보는 이들도 많습니다. 하지만 이 후기 작품들은 대부분 시여서 우리나라엔 거의 알려지지 않았고 영미권에서도 그의 말년 작품들은 그다지 주목받지 못했습니다.

결국 키플링은 70세가 되던 1936년에 런던의 병원에서 사망합니다. 키플링은 대영제국기가 덮인 대리석 관에 안치되었고, 그의 장례식은 성대하게 치러졌습니다. 웨스트민스터 사원의 디킨스 옆자리에 유해가 놓일 정도로 국민 작가 수준의 예우를 받았지만 이런 예우조차도 '영국인의 입맛에 맞는 글을 썼던 작가'로서 키플링에 대한 편애가 아닌가 비꼬아 보는 이들도 있습니다.

정글 세계 속 매력적인 캐릭터들

『정글북』은 저자와 관련된 이런 논란에서 꽤 멀리 떨어져 있는 느낌입니다. 인도의 전래 동화들에 기반한 이야기여서 그럴 수도 있고, 저자가 유명세에 취하기 전에 쓴 책이어서 그런지도 모르겠습니다.

『정글북』에서는 '정글의 세계'와 '인간의 세계'라는 이질적인 세계가 등장하는데 어느 세계가 다른 세계보다 더 낮다거나 우월하다는 식으로 묘사되지 않습니다. 이 부분은 정작 키플링이 아이디어를 얻었다는 슬리먼의 늑대 소년 이야기와도 상당히 다른 설정입니다.

앞서 '사회화 논쟁'을 통해 말씀드렸듯이 늑대 소년 이야기의 핵심 쟁점은 늑대들과 살면서 인간성을 잃어버린 소년이 문명 세계로 돌아와 인간의 품위를 되찾는 모습, 즉 환경의 차이에 따라 인간은 야만인이 될 수도, 문명인이 될 수도 있다는 것이죠. 반면 『정글북』에서 묘사하는 정글은 오히려 인간 세상보다 훨씬 체계적이고 엄격한 '정글의 법칙'에 의해 규율되는 사회입니다.

소설 맨 앞부분에서 모글리가 늑대 무리에 받아들여지는 장면을 한번 살펴볼까요? 잃어버린 새끼 대신 인간의 아이를 키우고 싶어 하는 어미 늑대의 요청에 의해 늑대들은 '토론 바위'에 모입니다. 여기엔 늑대들만 있는 것이 아니라 모글리의 변호를 맡고 참관인 자격으로 출석하는 곰 '발루', 표범 '바기라'도 있습니다.

이곳은 사실상 매우 잘 조직화된 법정입니다. 이 자리에 모글리를 쫓아 나타난 호랑이 쉬어 칸은 "정글의 법칙에 의하면 저 인간 아이는 나의 것이다"라고 자신의 권리를 주장하는 원고입니다. 문제 해결 방법 역시 누가 더 힘이 센가 하는 다툼이 아니라 곰 발루의 논리적인 변호와 바기라가 모글리를 대신할 황소를 대가로 내놓는 교환 과정을 통해 이루어집니다.

정글이라는 세계는 이렇게 미지의 규칙으로 촘촘하게 짜인 곳일 뿐 아니라 생각지도 못한 멋진 캐릭터들이 곳곳에 자리 잡은 곳이기도 합니다. 모글리의 생명을 구해준 발루와 바기라는 모글리에겐 선생님, 멘토와 같은 존재입니다.

둘의 성격은 판이합니다. 발루는 커다란 덩치만큼이나 아주 느긋하고 인자합니다. 하지만 한번 분노하면 괴력을 발휘하는 최고의 능력자이기도 합니다. 모글리가 원숭이 떼에 납치되어 갔을 때 정면으로 치고 들어가 원숭이 떼를 마구 집어던지던 발루의 모습은 든든함 그 자체입니다.

반면 바기라는 잘생기고 세련된 신사의 모습입니다. 조용하고 깔끔한 흑표범이지만 머리 회전도 빠르고 몸놀림이 날쌔기 때문에 전투력도 만만치 않습니다. 영어로 된 소설이지만 이 설정은 마치 무협지에서 재야의 두 고수가 힘을 합쳐 타고난 제자를 키워내는 느낌입니다.

그뿐이 아닙니다. 거대한 뱀 카아는 도무지 속을 알 수 없이 무서워 보이지만 모글리의 편에 서서 싸워줄 뿐 아니라 눈으로 상대를 마비시키는 마술까지 쓰는 또다른 믿음직스러운 스승입니다.

원숭이 무리 반다로그는 산만하고 시끄럽지만 수적으로 우세하고, 솔개 칠은 하늘 높이 떠올라 정찰병이 되어주죠. 평소엔 한없이 순박하지만 화가 나면 인간 마을을 쑥대밭으로 만들 만큼 가공할 파괴력을 가진 코끼리 하티 등 신기하고 멋진 캐릭터들이 매 에피소드에 쉴 새 없이 등장합니다.

전체적인 이야기 구조도 전형적인 영웅담의 형태를 취하고 있습니다. 모글리 관련 에피소드들은 원래 두 권의 『정글북』에 산만하게 흩어져 있었습니다. 1897년 작가가 직접 『정글북』 해외판 제작을 위해 편집하며 시간순으로 스토리를 재배열하고 중간에 다른 이야기를 포함시켜 완성한 것이죠.

그렇게 정리된 서사는 '어린 주인공의 등장→힘없는 약자로 고통받고 여러 차례 위기에 처하는 주인공→동료를 모으고 스스로 능력을 갖추어가며 영웅으로 성장→그동안 자신을 괴롭혀왔던 숙적을 해치우고 최종적인 승자가 되는 주인공'이라는 '기-승-전-결', 영웅성장담의 전형적인 구조를 따르고 있습니다.

소설에서 가장 안타까운 장면은 젊은 늑대들에게 배신을 당하고 늑대 무리를 떠나 인간 마을로 간 모글리가 그곳에서도 차별과 고통을 당하는 장면입니다. 이미 정글에서 쫓겨났다는 것은 패배를 의미합니다. 정글에서는 당당하던 모글리가 허약한 인간들에게 멸시와 고통을 당하는 부분은 마치 크립토나이트로 초능력을 잃은 슈퍼맨이 하찮은 불량배들에게 두들겨 맞는 장면을 연상케 합니다.

그러나 마음을 먹은 모글리는 쉬어 칸을 죽여 그 가죽을 벗기고, 여세를 몰아 코끼리 하티를 비롯한 정글의 동물들을 불러와 인간 마을을 완전히 휩쓸어버립니다. 더 나아가 승냥이 떼가 정글을 위협하자 정글의 동물들을 규합하여 협동 작전으로 이들을 토벌합니다. 모글리가 완연한 정글의 왕, 소설 속의 표현을 빌면 '정글의 관리자'가 되었다는 것을 실감케 합니다.

숙적 시어 칸의 가죽을 가지고 승리자가 되어 돌아온 모글리

1912년에 미국 소설가 에드거 라이스 버로스가 쓴 소설『타잔』이 『정글북』의 직접적인 영향 아래 있다는 점은 부정할 수 없는 사실입니다. 당시 유명 작가로 명성을 높이던 키플링은 대중 소설로 상당히 평면화된『타잔』에 대해 "『정글북』의 내용으로 어떻게 하면 최악의 소설이 나올 수 있는지 알게 되었다"며 악평을 하기도 했습니다.

모험 소설『정글북』은 그 마무리마저도 멋졌습니다. 성인이 된 모글리는 동물들과는 다른 '인간'이라는 정체성을 버릴 수 없음을 알고 고민에 빠졌습니다. 정글을 떠날 생각이냐고 묻는 발루의 질문에 모글리가 "하지만 바기라와 나를 위해 희생한 황소를 걸고 말하건대 나는 그럴…"이라고 말하는 순간 나이가 들어 사냥이 힘들어진 바기라가 헉헉거리며 나타납니다. 그러고는 어렵게 사냥한 황소를 가져다 놓으며 "빚은 모두 청산되었어"라고 말합니다.

모글리가 정글에 들어올 때 진 빚을, 고스란히 대신 갚아주어 모글리가 마음의 부담 없이 자신의 길을 갈 수 있도록 끝까지 배려한 것입니다. 정말이지 발루와 바기라는 모글리보다 훨씬 멋진, 『정글북』 최고의 캐릭터들이 아닌가 싶습니다.

혹시 아직 이 책을 읽지 못한 분들이 있다면, 혹은 손에 땀을 쥐는 긴장감과 미지의 세계에 대한 가슴 떨림을 느껴보고 싶은 분들이 있다면 오늘 한번『정글북』을 펼쳐보길 권합니다.

1. 프리메이슨

16세기 말에서 21세기에 발생한 인도주의적 박애주의를 지향하는 우애 단체 혹은 취미 클럽이다. 전 세계적으로 뻗어 있는 각종 세력의 배후에서 활동하며 권력을 조종한다는 음모론에 휩싸여 있다.

▌작가 소개

조지프 러디어드 키플링
Joseph Rudyard Kipling, 1865~1936

영국 명문가 출신이지만 아버지가 인도 뭄바이 미술관 관장으로 일했기 때문에 인도에서 태어나고 자랐다. 인도에서 어린 시절을 보내며 아시아 문화에 서구 문화를 접목한 독특한 작품 세계를 펼쳤다. 대표작으로 『정글북』 『킴』 등이 있고, 1907년에는 42세의 나이로 역대 최연소 노벨문학상 수상자가 되었다.

메리 울스턴크래프트 셸리
Mary Wollstonecraft Shelley

『프랑켄슈타인』

생명을 지닌
존재의 고통

북극항로를 탐험하던 월턴 선장은 개썰매를 타고 무언가를 쫓다가 탈진한 남자를 구출한다. '프랑켄슈타인'이라는 이름을 가진 박사는 스위스 제네바의 유복한 집안에서 태어나 잉골슈타트의 대학에 진학해 자연과학을 공부했다. 그는 생명의 근원과 죽음의 원인을 이해하기 위해 교회 묘지에서 시체가 부패하는 모습을 수년간 연구한 끝에 생명체를 만들어내는 방법을 터득한다.

묘지를 돌아다니며 직접 시체 조각을 모아 마침내 생명체를 만들어낸 순간, 그 창조물의 끔찍한 모습에 두려움과 혐오감이 들어 집 밖으로 뛰쳐나갔는데 다시 돌아와 보니 괴물은 사라진 뒤였다.

시간이 흘러 박사는 사랑하는 여인과 결혼식을 올릴 준비를 한다. 이때 다시 나타난 괴물이 박사에게 자신의 짝이 될 여자 괴물을 만들어내라고 요구한다. 이에 맞서 싸우다가 친구와 아내를 잃은 박사는 스스로 분노의 화신이 되어 괴물을 쫓아 북극의 얼음 바다에까지 뛰어든다.

그는 결국 월턴 선장의 배에서 죽음을 맞이하고, 박사의 죽음을 알게 된 괴물은 비로소 박사의 시신 앞에서 비통해한다. 그러고는 다시는 세상에 나타나지 않겠다며 존재를 감춘다.

프랑켄슈타인의 도시, 잉골슈타트

6년 전쯤 대학원생들과 함께 독일 학회에 참석한 적이 있습니다. 학회가 열리는 도시까지 직항편이 없어 이참에 렌터카를 빌려 멋진 풍광으로 유명한 '로맨틱 가도'를 가로질러 가보기로 했습니다. 운전에 익숙한 제가 핸들을 잡고 달렸는데 중간에 그만 내비게이션을 잘못 보고 엉뚱한 도시에 들어서버렸습니다.

중세풍의 건물들이 즐비한 도시였는데 붉은 벽돌로 쌓아 올린 벽들이 인상적이었습니다. 아니, 정확히는 그 붉은색이 무서워 보였습니다. 학회 시간은 얼마 남지 않았는데 여기가 어딘지도 모르겠고 승합차 뒤쪽에 타 있던 학생들은 웅성거리고⋯.

붉은 벽돌로 가로막힌 같은 장소를 몇 번이나 유턴한 끝에 간신히 로맨틱 가도에 다시 올라서니 등골에 땀이 흐르는 게 느껴질

으스스한 도시, 잉골슈타트의 성문

지경이었습니다. 그런데 옆자리에서 열심히 인터넷을 검색하며 함께 길을 찾아주던 학생이 이런 말을 했습니다.

"교수님, 그런데 저 도시 엄청 분위기 있지 않아요? 구글에서 찾다가 나온 건데 저기가 프랑켄슈타인의 도시래요. 잉골슈타트…"

마치 괴물의 손아귀에서 벗어나려고 몸부림치다가 간신히 빠져나온 느낌이었던지라 그 말이 더 강렬한 인상으로 다가왔던 것 같습니다.

『프랑켄슈타인』은 스위스 제네바-독일 잉골슈타트-영국 런던-프랑스 샤모니-영국 스코틀랜드-북극까지 무슨 〈007〉 영화처럼 유럽 전역을 누비며 펼쳐집니다. 배경을 조금 설명드려볼까요.

먼저 뜬금없이 북극이 등장한 이유를 말해 보죠. 오랜 세월 유럽인들에게 가장 큰 모험은 아프리카를 돌아 인도와 아시아에 이르는 항로를 개척하는 일이었습니다. 멀고 험한 길이지만 거대한 경제적 이득을 보장하는 일이었기에 수많은 사람들이 도전했고, 결국 1498년 바스코 다가마가 인도 항로를 개척하며 마무리됩니다.

이 소설이 쓰인 1800년대 초반에 세계 지도는 어느 정도 완성되어 있었고, 남아 있는 가장 큰 모험은 거꾸로 북극 쪽의 바다를 통해 유럽과 신대륙, 아시아를 잇는 북극항로를 개척하는 일이었습니다. 태평양으로 나가는 뱃길을 절반 가까이 단축시킬 수 있었기 때문에 환상의 노선으로 여겨졌습니다.

한편 눈과 얼음을 뚫고 가야 하는 길이어서 수많은 탐험대가 목숨을 바쳤습니다. 심지어 프랭클린 탐험대는 탐험대원 129명이 전원 사망하는 비극을 맞이하기도 했습니다. 북극항로는 400년 넘게 개척되지 못했고 1906년에 와서야 노르웨이의 탐험가 아문센에 의해 뚫리게 됩니다. 이 소설이 쓰인 시점에 북극은 세상의 끝이자 아무도 극복해 내지 못한 가장 고통스러운 땅의 이미지를 갖고 있었습니다.

소설 속 월턴 선장은 명예를 좇아 목숨을 걸고 이 길에 들어섰지만 정작 왜 이런 모험을 하는지, 이게 자신과 선원들의 목숨을 걸 만큼 가치 있는 일인지 확신이 없는 풋내기입니다. 얼음에 갇혀 오도 가도 못하게 된 배의 상황도 그의 마음과 다르지 않죠. 그런데 그렇게 무의미로 가득한 얼음 바다에서 북극 자체엔 관심도 없고 오로지 복수하겠다는 일념으로 괴물을 뒤쫓는 사람을 만나게 된 것입니다. 그러니 그의 이야기에 빠져든 것도 당연하겠죠.

많은 사람들이 그가 쫓던 괴물의 이름을 '프랑켄슈타인'으로 오해합니다. 앞서 요약한 줄거리에서도 말씀드렸듯이 프랑켄슈타인은 괴물을 만들어낸 과학자의 이름이고 정작 소설 속에서 괴물은 이름조차 없는 존재입니다.

'프랑켄슈타인'이라는 이름 자체도 소설의 모티브와 연관되어 있습니다. 독일어에서 '슈타인(stein)'은 '돌'이라는 뜻입니다. '프랑켄슈타인'은 '프랑크의 돌', 그러니까 프랑크족이 돌로 만든 저택 혹은 성벽이라는 뜻이 됩니다.

1600년대에 화학자 요한 콘래드 디펠이 프랑켄슈타인 성에서 인체 실험을 했는데, 소설이 쓰이기 직전인 1815년에 여행을 하던 작가가 이 성을 방문한 기록이 있어 이 성의 전설에서 영향을 받았을 가능성이 커 보입니다.

제가 길을 잃었던 도시인 잉골슈타트에 위치한 바이에른 대학은 해부학으로 유명했다고 합니다. 소설 속 과학자 프랑켄슈타인도 이 대학을 다니는 것으로 나오는데요. 현재는 독일 의학 역사 박물관으로 쓰이고 있는 이 대학 또한 프랑켄슈타인의 모티브가 된 게 아닌가 합니다.

잉골슈타트에서 제네바로 이어지는 길도 나름의 배경을 가지고 있습니다. 사실 '로맨틱 가도'는 거품 경제 시대[1]에 세계 여행을 많이 다니던 일본 여행객들을 끌어들이기 위해 만들어진 이름입니다. 일본 여행사에서 '도로의 풍경이 너무 아름답고 로맨틱해서 로맨틱 가도'라고 선전하는 통에 와전된 이름이죠. 원래는 독일에서 이탈리아 로마로 넘어가는 길, 그러니까 '로마로 가는 길' 또는 '로마인들이 만든 길'이라는 뜻의 '로만 가도(Romantische Straße)'입니다.

프랑스 쪽에서 이탈리아 로마로 넘어가는 길목에 위치한 도시가 스위스의 제네바입니다. 제네바는 이렇게 교통의 요지로서 유럽 여러 나라 사람들이 모이기에 좋았고 중립국 스위스의 배경도 더해져 유럽 외교의 중심지로 떠오를 수 있었습니다. 제네바 협약[2]을 비롯한 수많은 협약이 이곳에서 이루어졌고, 지금도 많은 국제기구들이 제네바에 자리 잡고 있는 데는 이런 배경이 있습니다.

북극을 제외한 소설 속 배경들은 모두 저자인 메리 셸리가 거쳐온 인생 여정과 관련되어 있습니다.

죽음과 가까웠던 메리 셸리의 삶

사회적 명예를 중심으로 금수저의 기준을 잡는다면 메리 셸리는 당대 최고의 금수저 중 한 명일 것입니다. 영국을 대표하는 진보 사상가였던 윌리엄 고드윈이 아버지였고, 어머니는 『여성의 권리 옹호』라는 책을 통해 페미니즘의 기치[3]를 들어 올린 메리 울스턴크래프트였으니까요.

하지만 어머니는 메리를 출산한 후유증으로 11일 만에 사망했고 아버지가 재혼하여 맞이한 의붓어머니는 메리를 싫어해서 제대로 된 학교 교육도 시켜주지 않았습니다. 어머니의 묘가 있는 교회 묘지에 가서 아버지의 서재에서 꺼내온 책을 혼자 읽으며 어린 시절을 보낸 메리에게 묘지와 죽음은 처음부터 아주 가까이에 있는 존재였습니다.

잃어버린 어머니의 사랑, 가장 존경하고 따랐던 아버지의 외면은 메리의 마음에 큰 구멍을 만들었습니다. 그 빈자리를 채우려는 갈망 끝에 아버지의 제자인 퍼시 비시 셸리를 만났습니다. 열다섯 살 메리는 독일 낭만주의를 대표하는 지성 시인의 문장력에 반해 금세 사랑에 빠졌습니다.

문제는 그가 이미 유부남이라는 점이었습니다. 세간의 사람들에게 쏟아지는 비난을 받고 이로 인해 경제적 파산에 이른 퍼시와 메리는 1814년에 도망치듯 유럽 대륙으로 떠났습니다. 그 행로가 바로 소설에 묘사된 유럽의 도시들입니다. 이 과정에서 메리는 아이를 사산하게 됩니다.

경제적 어려움에 시달리며 어렵게 여정을 이어가던 이들은 1816년, 스위스 제네바에서 유명 시인 바이런을 만나 함께 지냈습니다. 직전이었던 1815년 인도네시아의 탐보라 화산이 대분화를 일으켜 그 화산재가 하늘을 뒤덮는 바람에 한여름에도 폭설이 내리는 등 세계적으로 이상 기후가 기승을 부리던 시기였습니다. 냉해로 발생한 흉년에 따른 기근으로 200만 명이 아사하는 등 세상의 분위기가 어둠에 덮여 있던 시절이었죠.

이러한 으스스한 분위기는 바이런의 별장에 고스란히 전해졌고, 이곳에 머물던 이들은 으스스한 분위기에 어울리는 괴담을 하나씩 만들어내기로 했습니다.

다른 사람들은 어렵지 않게 이야기를 만들어내는데 메리는 이야기를 내놓지 못해 며칠간 조바심에 시달렸습니다. 그러던 중 한밤중에 괴물이 누워 있는 침대 앞에 엎드려 좌절하는 어떤 남자의 환상을 보게 됩니다.

여기서 시작해 처음엔 짧은 글이었다가 점차 살이 붙으며 장편 소설로 완성되어 1818년 1월 1일 발간된 책이 바로 『프랑켄

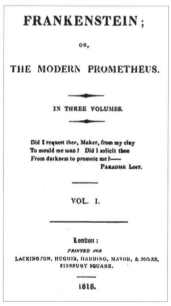

『프랑켄슈타인』 초판본 표제지(1818)

슈타인—또는 현대의 프로메테우스(*Frankenstein; or, The Modern Prometheus*)』입니다.

메리 셸리 자신의 창작 동기에 관한 회고는 여기까지지만 사실 그 배경에는 더 많은 이야기들이 있습니다. 우선 직접적인 영향은 당시 지식인 사회를 뜨겁게 달구었던 다윈의 진화론과 갈바니즘이었습니다.

생명은 초자연적인 신의 섭리가 아닌 자연과학적인 발생과 진화의 방식으로 설명될 수 있다는 다윈의 주장도 충격적이었지만 개구리 뒷다리에 전기 자극을 가하면 근육이 꿈틀거린다는 것을 발견한 갈바니의 연구는 전기로 생명을 창조할 수 있을지도 모른다는 연상으로 이어졌습니다.

바이런과 퍼시 셸리는 갈바니즘에 대해 자주 이야기를 나눴기 때문에 메리 역시 이에 익숙했습니다. 프랑켄슈타인 성을 방문했을 때 들은 인체 실험의 이야기가 여기에 연결된 것도 당연했겠죠.

1816년, 온 세상의 햇빛이 먼지로 가리어져 어둠과 추위로 가득했던 '여름이 사라진 해'에 메리 셸리에게도 충격적인 일이 연달아 일어났습니다. 어머니의 죽음, 아이의 사산에 이어 평생을 의지해 온 친언니 페니 임레이가 자살을 했습니다. 이어 퍼시 셸리의 부인이었던 해리엇 셸리가 아이를 임신한 채로 템스강에 투신자살을 했습니다.

그런데 이런 비극이 일어난 2주 후에 퍼시와 자신은 결혼식을 올렸으니 메리가 스스로를 괴물이라고 생각하는 것이 당연하지 않았을까요?

여성이 독립적인 사회 구성원으로 제대로 인정받지 못했던 당시 분위기 때문에 1818년 초판에서는 저자의 이름을 뺀 채 익명으로 출판합니다. 1822년, 퍼시마저 요트 사고로 사망하자 메리는 겨우 25세의 나이에 다섯 명의 아이 중 네 명이 죽고 유일하게 남은 아들 퍼시 플로렌스를 키우며 스스로 생계를 해결해야 하는 절박한 상황에 이릅니다.

메리는 1823년에 자신을 저자로 내세운 책을 다시 한번 출판하고, 1831년에는 좀더 대중의 입맛에 맞게 수정 보완한 개정판을 내놓습니다. 그래서 『프랑켄슈타인』은 번역의 원본이 1818년판이냐 1831년판이냐에 따라 내용과 분위기가 많이 다릅니다. 메리 셸리가 이 책을 쓰면서 가졌던 생각과 고민을 그대로 들여다보려면 1818년 판본을 권합니다.

이후 메리 셸리는 생계를 위한 글쓰기를 계속 이어나갔지만 『프랑켄슈타인』만큼의 성공은 거두지 못합니다. 사실 『프랑켄슈타인』도 당대에는 기괴하다, 천박하다, 여성 작가가 쓸 만한 내용이 아니다, 문학적 가치가 없다 등등의 이유로 평단으로부터 비난받고 무시당한 소설이었습니다.

이 소설이 본격적으로 부각되기 시작한 것은 1851년 53세의 젊은 나이로 메리가 사망하고 나서도 자그마치 80년이나 지난 1931년부터였습니다. 하지만 그마저 소설 속 괴물의 부활만큼이나 일그러지고 뒤틀린 모습이었습니다.

흥미로운 볼거리로 전락한 영화 〈프랑켄슈타인〉

라디오와 TV가 등장하기 전, 인쇄물이 유일한 오락거리였던 1900년대 초반은 이른바 '펄프 픽션(Pulp Fiction)'의 시대입니다. 싸구려 저질 종이에 사람들의 흥미를 끌 만한 얘기는 뭐든 인쇄해 산업화로 도시에 몰려든 사람들에게 마구 팔던 시대입니다.

딱 보자마자 관심이 가고, 쉽게 읽고 빠르게 이해하기 위해 이야기의 구성이나 배경이 익숙한 것이어야 하다 보니 서부극, 전쟁물, 탐정물, 로맨스 등 뻔히 정해져 있는 이야기 구조를 따르는 이른바 '장르물'이 여기에 잘 어울렸습니다.

지금은 히어로 영화의 대명사로 알려져 있는 'DC'가 바로 이즈음에 등장한 'Detective Comics' 즉 '탐정 소설' 만화 잡지였고, DC의 대표 캐릭터인 배트맨도 처음엔 범죄자를 쫓는 탐정의 콘셉트였죠.

뒤를 이어 막 등장한 새로운 매체인 영화 역시 '흥미로운 볼거리'로서의 장르적 접근을 통해 펄프 픽션과 경쟁하려 합니다. 그러니 이미 100년 넘게 사람들에게 널리 알려진 괴물 이야기에 주목하는 것이 당연했겠죠. 문제는 애초에 의도가 이랬으니 『프랑켄슈타인』의 본래 스토리보다는 '시체를 이어붙여 만든 괴물'이라는 충격적인 볼거리에 더 집중했다는 점입니다.

1910년 에디슨 스튜디오에서 소설을 처음으로 영화화했을 때 이미 포스터 한가운데는 괴물이 떡하니 차지하고 있었고, 프로메테우스 어쩌고 하는 제목은 다 날려버리고 '프랑켄슈타인'만 남겨

영화 〈프랑켄슈타인〉 속 괴물 분장을 한 배우 보리스 칼로프(1931)

됐습니다. 그러니 사람들이 괴물의 이름을 '프랑켄슈타인'이라고 생각한 것도 당연하겠죠.

더 나아가 1931년 유니버설 영화사에서 최초의 음성까지 넣은 영화 〈프랑켄슈타인〉을 만들어 공전의 히트를 기록하자 상황은 더욱 악화되었습니다. 얼굴에 꿰맨 흉터가 있고 뜬금없이 목에 나사까지 박아넣은 보리스 칼로프의 분장이 강렬한 인상을 남기면서 이것이 아예 프랑켄슈타인의 전형적인 모습으로 각인되어버린 것입니다.

이후 프랑켄슈타인과 관련한 온갖 아류작들이 쏟아져 나오고 펄프 픽션의 시대는 1950년대쯤 마무리되었습니다. 제2차 세계대전의 발발과 그 전쟁을 끝장낸 핵폭탄의 어마어마한 위력, 뒤이은 미국과 소련 간의 냉전으로 당장 세계가 멸망할지도 모른다는 두려움에 직면한 사람들에게 탐정 소설, 오컬트 소설, 뱀파이어 소설은 더이상 먹히지 않았거든요.

대신 핵폭탄과 각종 신무기를 통한 과학의 막강한 힘에 대한 경탄, 그리고 그 힘이 잘못 사용될 경우 인류 전체가 공멸할 수 있다는 두려움을 공략한 과학 소설이 전성기를 맞이하게 됩니다. 특히 주된 테마는 미치광이 과학자로 인해 지구적 위기가 도래하는 이른바 '매드 사이언티스트(Mad Scientist)'였습니다.

다른 펄프 픽션의 형제들이 외면받는 상황에서 특이하게도『프랑켄슈타인』은 '매드 사이언티스트'라는 화제에 다시 한번 결합하며 여전히 큰 인기를 누립니다.

자신이 무슨 짓을 하고 있는지도 모르는 과학자가 만들어낸 생명체가 결국 지구를 멸망으로 이끈다. 이거 〈터미네이터〉를 비롯한 여러 영화들에서 무수히 변주되는 주제 아닌가요?

〈터미네이터〉가 정말『프랑켄슈타인』과 아무 관련이 없다고 할 수 있을까요? 제임스 카메론 감독이 회고록에서 "불타는 배경에서 걸어 나오는 로봇의 꿈을 꾸고 이 각본을 만들었다"고 쓴 것을 읽고 '이거 완전히 메리 셸리의 꿈 얘기에 대한 오마주인데?' 하는 생각을 했습니다.

원작 소설에서 괴물은 이름도 없을뿐더러 외모에 대한 자세한 묘사도 없습니다. 그저 부품을 넣기에 편리하도록 크게 만들다 보니 키가 2.5미터나 되었다는 얘기와 매우 추하게 생겼다는 애매

한 표현만 반복될 뿐입니다.

초능력이 있는 것도 아닙니다. 덩치가 있다 보니 힘이 좀 세고 추위에 잘 견딘다고는 하지만 기본적으로 인간의 신체를 바탕으로 만들었기 때문에 총에 맞으면 다치고, 추위와 더위에 힘들어하는 그냥 '덩치 큰 인간'입니다.

심지어 이 괴물이 어떤 과학적 원리로 만들어졌는지조차 대충 얼버무리고 넘어갑니다. 시체를 꿰매는 장면도, 번개를 맞고 일어서는 극적인 장면도 없이 그저 '생명 장치를 연결했더니 노란 눈을 뜨더라' 정도가 고작입니다.

즉, 어떤 과학적 원리로 생명이 만들어졌고, 얼마나 초인적인 힘을 발휘하는 괴물인지의 문제는 메리 셸리에게 있어 전혀 관심사가 아니었다는 것입니다. 그러고 보면 『프랑켄슈타인』이 '최초의 과학 소설'로 분류되는 것이 타당하기는 한지 의구심이 들기도 합니다.

하지만 영화에서 가장 왜곡된 지점은 흉측한 분장이 아닙니다. 이 부분은 저자가 마냥 '못생겼다, 추하다, 무섭게 생겼다'고만 하고 있으니 나사를 박든 화상 자국을 내든 크게 달라질 것은 없습니다. 정말 중요한 것은 괴물에게서 '말'을 빼앗았다는 점입니다.

1910년부터 1930년까지는 무성 영화였기 때문에 자막을 처리하는 것이 귀찮아 그랬을 것이고, 1931년 이후의 괴물은 단지 '무서운 볼거리'였으니 입을 열지 않는 편이 더 나았겠죠. 실제로 1931년판 영화에서 보리스 칼로프는 단 한마디의 대사도 하지 않고 이후 다른 영화들에서도 괴성이나 짧고 거친 대사를 뱉는 정도로만 묘사됩니다.

하지만 '말'이야말로 메리 셸리가 창조한 괴물의 핵심적인 요소였습니다. 소설 속에서 괴물은 말할 줄 아는 것뿐 아니라 그것도 아주 많이, 심지어 시와 노래를 곁들인 열변을 토합니다. 괴물이 자신의 입으로 이야기하게 하는 것이 이 소설의 가장 강력한 의도였습니다. 그렇다면 과연 메리는 이 괴물을 통해 어떤 이야기를 하고 싶었던 것일까요?

'괴물', 배제되고 억압당한 목소리들

어머니의 목숨을 빼앗고 태어난 존재, 존경하는 아버지가 택한 재혼 상대로부터 받는 부당한 대우와 아버지의 외면, 어머니의 묘지에서 혼자 책을 읽으며 놀던 기억, 스코틀랜드의 친척 집에서 맛보았던 따뜻한 가정에 대한 열망, 그리고 몰래 이어지던 유부남과의 만남, 그렇게 아버지와 어머니의 명성에 기댄 든든한 둥지에서 쫓겨나 8년간 유럽을 방황하며 겪었던 가난, 사산, 그리고 세 아이의 잇따른 죽음.

그 가운데 어머니와의 유일한 연결 지점이었던 언니의 자살, 게다가 임신한 채 자살한 해리엇 셸리의 죽음은 자신이 초래한 것 같고 이에 아랑곳하지 않고 얼른 결혼식을 올려버린 자신, 언제나 아버지가 속해 있던 지식인의 세계에 들어가고 싶었으나 여성이라는 이유로 거부당해 외부인으로 남을 수밖에 없었던 소외감까지….

결국 메리 셸리의 생애는 삶과 죽음의 문제로 가득했습니다. 받아들여지지 않는 삶이라면 생명이 무슨 의미가 있는가, 나는 왜 태어났고 나를 태어나게 한 창조주는 어째서 나의 행복에 무관심한가 하는 의문과 분노의 도돌이표로 점철합니다.

태어나게 한 책임은 창조주에게 있으나 무리한 행복을 꿈꾸다가 다른 사람들에게 상처를 주고 죽음에까지 이르게 한 책임은 자신에게 있으니 분노는 안과 밖, 나와 타인을 계속해서 번갈아 도는 도돌이표가 되어 점차 거대해지기만 한 것이죠.

소설의 부제에 '프로메테우스'가 들어가는 것도 바로 그런 이유에서입니다. 그리스 신화 속에서 거인족의 일원인 프로메테우스는 신의 형상을 흉내 내어 인간을 만듭니다. 허약하고 비참한 인간들을 돕기 위해 제우스의 불을 훔쳐다 전해주고는 그 죄로 코카서스산에 쇠사슬로 묶여 매일 독수리에게 간을 파먹히고, 다음 날 또다시 간이 살아나 다시 파먹히는 영원한 형벌을 받게 되죠.

프로메테우스의 고통은 인간의 고통이기도 합니다. 삶의 고통이죠. 제우스의 바람처럼 볼품없는 생을 마감했으면 그것으로 끝이었을 텐데 프로메테우스가 전해준 불씨로 따뜻함과 행복을 알게 된 인간들은 그 불씨를 꺼뜨리지 않고 더 오래 더 크게 키우기 위해 골몰하며 끝없는 고통에 시달리게 됩니다.

제우스의 불은 원래 인간이 가지고 있던 것을 빼앗은 것이었습니다. 불이 없는 상태의 비참함을 알게 된 인간들은 더더욱 불에 집착합니다. 행복하려고 몸부림칩니다. 그리고 분노합니다. 나를 창조한 존재가 있다면 나의 행복에도 책임져야 하지 않는가. 어째서 나를 이런 고통 속에 내버려 두는 것인가.

너무나 추한 존재를 탄생시켰다는 두려움에 달아나버린 프랑켄슈타인 때문에 갓난아이 같은 존재로 세상에 던져져 갖은 수모와 고통을 겪은 괴물이 분노하는 이유도 바로 그것입니다. 나를 만든 이는 어째서 나를 사랑해 주지 않는가. 어째서 그의 세계에 내가 속하게 해주지 않는가.

인간 세계에 들어가기 위해 몰래 나무를 해다 주는 친절도 베풀어보고 물에 빠진 아이를 구해주기도 하지만 돌아오는 것은 괴물의 외모를 보고 두려움에 떠는 이들의 매질과 돌팔매뿐이었습니다. 분노한 괴물은 스스로 창조주가 되기로 합니다. 고통의 창조주 말입니다.

나도 슬픔을 낳을 수 있다. 내 원수도 무너뜨릴 수 있단 말이다! 이 죽음이 그를 도탄에 빠뜨리길. 그리고 앞으로도 수많은 불행이 그를 고문하고 파괴할지어다.

괴물은 처음엔 프랑켄슈타인이 사랑하는 동생을 살해하는 것으로 복수합니다. 하지만 단순한 복수에서 한 걸음 더 나아가 창조자에게 자신의 행복을 요구하기로 마음먹습니다. 서로 소통하고 사랑을 나눌 수 있는 반려자를 만들어주길 원한 것입니다.

프랑켄슈타인은 괴물의 신부를 만들다가 마지막 순간에 생각을 고쳐먹고 만든 것을 찢어버립니다. 극한의 분노에 휩싸인 괴물은 프랑켄슈타인의 결혼식 날 밤, 그의 신부를 죽이는 것으로 똑

「프랑켄슈타인」 개정판 표지(1831)

같이 복수합니다. 그러자 프랑켄슈타인도 복수의 감정에 휩싸여 유럽 전역으로 괴물의 그림자를 쫓아다니기 시작하고 결국 광란의 추적은 얼음의 나라 북극에까지 이어진 것입니다.

이 상황에서 프랑켄슈타인 자신이 괴물이 되는 역전 현상이 벌어집니다. 앞서 괴물을 '프랑켄슈타인'이라고 부르는 것은 흔히들 하는 오해라고 말씀드렸지만 소설을 읽을수록 결국 프랑켄슈타인이 괴물 그 자체라는 점이 분명해집니다.

그럼 소설이 쓰인 당시 메리 셸리가 염두에 두었던 괴물은 누구였을까요? 물론 자신의 모습이 상당 부분 투영되어 있을 겁니다. 그러나 정작 괴물은 무책임한 아버지와 냉담했던 남편, 여성을 당당한 사회의 일원으로 받아들이기를 거부했던 당시의 사회가 아니었을까요? 그래서 대책 없이 세상에 던져져 어디에서도 받아들여지지 않는 괴물의 울분에 찬 말들은 세상에 던지는 메리 셸리의, 그리고 당대 여성들의 함성처럼 들립니다.

나는 인간들을 위해 비참하게 노예 노릇은 하지 않겠다. 나는 내가 받았던 상처를 복수할 거야. 사랑을 낳지 못하게 했다면 그 대신 공포를 안겨줄 거라고.

1970년대에 들어 여성 운동이 활성화되면서 『프랑켄슈타인』은 단순한 괴물 소설에서 나아가 소외된 이들, 목소리 없는 이들의 고통을 대변하는 소설로 재평가됩니다. 심지어 『프랑켄슈타인』은 여성적 글쓰기를 바탕으로 재해석되어야 한다는 주장도 속속 나오게 되죠.

실제로 고난에 찬 프랑켄슈타인의 여정 중에는 자연을 예찬하고 평화와 고요를 갈망하는 문장들이 자주 등장합니다. 독일 낭만주의의 영향으로 보기도 하는데 낭만파 시인이었던 퍼시 셸리와 바이런의 시들이 작품 중에 통으로 인용되는 경우도 많습니다.

최근 우리 사회의 중요한 의제로 젠더 갈등이 부상하고 있다는 이야기를 들을 때마다 약간 의아한 느낌을 받게 됩니다. '젠더 갈등'이라는 표현을 마치 어떤 권리나 이해관계를 놓고 남성과 여성이 서로 더 갖겠다고 싸우는 것처럼 들리기 때문입니다.

그보다는 그동안 권력의 중심에서 배제되고 억압당해왔던 목소리 없는 존재들이 비로소 조금씩 자신의 목소리를 내는데 여전히 이를 인정하지 않고 받아들이지 못하는 이들이 입을 막으려 하는 것 아닌가요?

그런 배제는 결국 말하지 못하는 인간을 괴물로 만들고 분노와 슬픔만을 거듭 낳게 할 뿐이라고, 자그마치 200년 전의 메리 셸리가 전하는 듯합니다. 그것이 바로 『프랑켄슈타인—또는 현대의 프로메테우스』를 통해 우리에게 절절하게 전하고 싶었던 이야기가 아니었을까 합니다.

1. 거품 경제 시대

1986년부터 1991년 사이의 일본에서 부동산과 주식의 가격이 매우 크게 증가해 경제적 호황을 누렸으나 거품 경제가 종결된 후, 일본은 극심한 장기 침체와 불경기를 맞이하게 되었다.

2. 제네바 협약

1949년에 스위스 제네바에서 채택된 네 가지 조약. 전투 지역에 있는 상이군인의 상태 개선 조약, 해상 병상자 및 난선자의 상태 개선 조약, 포로 대우에 관한 조약, 전쟁 발생 시 민간인을 보호하는 조약으로 이루어져 있다.

3. 기치

일정한 목적을 위하여 내세우는 태도나 주장.

▶ 작가 소개

메리 울스턴크래프트 셸리

Mary Wollstonecraft Shelley, 1797~1851

영국의 유명한 문필가였던 아버지와 페미니스트 운동가였던 어머니 아래에서 태어났으나 생후 11일 만에 어머니를 여의었다. 아버지 아래에서 주변의 유명 작가, 정치인들과 만나며 성장했고 아버지의 제자였던 퍼시 비시 셸리를 만나 결혼했다. 『프랑켄슈타인』으로 세계 최초의 SF 소설가라는 명성을 얻었다. 1851년 뇌종양으로 사망했다.

파멜라 린던 트래버스
Pamela Lyndon Travers

『메리 포핀스』

우산을 펴고
환상 속으로 날아오르다

뱅크스 씨 부부와 그들의 자녀를 비롯한 여섯 식구는 런던의 벚나무길 17번지 집에서 살아간다. 보모였던 케이티가 아이들의 심한 장난에 질려 일을 관두자 강한 동풍을 타고 커다란 카펫 가방을 든 메리 포핀스가 집 앞에 도착해 새로운 보모로 일하게 된다.

메리 포핀스는 고집이 세고 허영심이 강하며 심술궂지만 흥미로운 마법을 선보인다. 아이들은 메리 포핀스와 함께 웃음가스로 공중에 떠올라 천장에서 홍차 파티를 벌이기도 하고, 원하는 곳은 어디든 갈 수 있는 나침반으로 세계 여행을 떠나기도 하며, 코리 할머니가 생강빵으로 만든 별들을 사기도 한다. 동물원에서 여러 동물과 함께 멋진 생일 파티를 벌이기도 하고 타우릇스 성계의 플레이아데스 성단에 있는 '마이아'라는 별에 크리스마스 쇼핑을 다녀오기도 한다.

한편 메리 포핀스는 보모로 올 때부터 '바람이 바뀌기 전까지만'이라는 단서를 달았다. 어느 날 서풍이 불어오자 메리 포핀스는 약속한 대로 앵무새 머리 모양의 손잡이가 달린 우산을 펴 들고 하늘 높이 날아올라 사라진다.

『해리 포터』보다 더 멋진 판타지

투피스의 수수한 정장에 한 손엔 커다란 여행 가방, 다른 한 손엔 우산을 펼쳐 들고 하늘을 나는 여성…. 누가 생각나나요? 아마 많은 분들이 "아, 메리 포핀스!"라고 바로 대답할 겁니다. 하지만 이렇게 쉽사리 메리 포핀스를 떠올린 분들에게 혹시 『메리 포핀스』 책을 읽어봤냐고 물어보면 대부분 읽어보지 못했다고 할 것 같네요.

심지어 디즈니 영화나 뮤지컬로만 기억하는 분들은 그게 원래 소설이었냐고 놀랄 수도 있고요. 이번에 여러분과 함께할 책 여행은 『해리 포터』보다 60년이나 먼저 나왔고, 어떤 면에서는 『해리 포터』보다 더 멋진 상상력을 보여주었던 판타지 소설 『메리 포핀스』입니다.

「메리 포핀스」 초판본 표지(1934)

어느 영국 신문에 '메리 포핀스를 찾습니다'라는 광고가 실리자 사람들이 '아, 이거 보모를 찾는 광고로구나' 하고 알아봤다고 할 정도로 메리 포핀스는 '보모'의 대명사로 받아들여지고 있습니다. 하지만 소설 속 메리 포핀스는 '좋은 보모'라고 하기엔 여러모로 특이한 모습입니다.

소설의 배경이 된 1930년대 영국에서는 집에서 일할 사람을 구할 때 전에 일한 곳에서의 추천장을 늘상 확인하곤 했습니다. 그러나 메리 포핀스는 처음 보모 일을 맡을 때부터 이러한 요청에 "그런 건 유행에 뒤떨어지는 촌스러운 일"이라고 되받아치고 심지어 자신은 채용되는 것이 아니라 은혜를 베풀어 아이들을 받아준다는 태도를 취하기도 합니다.

아이들에게 친절하고 다정하게 말을 거는 법도 없고 뭘 물어봐도 제대로 대답해 주지도 않습니다. 그러면서도 허영심이 강해서 자존심을 건드리는 말을 들으면 그 자리에서 되받아치는 성질머리까지 갖추고 있습니다.

여기에 안주인을 압박해서 다른 보모들보다 더 긴 휴가를 얻어내기도 하고 소설의 마지막에서는 일을 그만두겠다고 제대로 통보도 하지 않고 바람을 따라 우산을 펴고 획 날아가버렸으니 어찌 보면 고용주에게는 최악의 보모일 수도 있습니다.

하지만 아이들에게 메리 포핀스는 최고의 친구였습니다. 처음 집에 온 그녀는 커다란 카펫 가방에서 도저히 그 안에 들어갈 수 없는 온갖 물건들을 꺼내 보이며 아이들의 시선을 사로잡습니다. 아, 이 '카펫 가방'이 뭔지 궁금해하는 분들이 많은 것 같으니 조금 설명드리겠습니다.

당시 영국에서 아주 비싼 물건이었던 카펫은 주로 중동 지방에서 수입한 원단을 영국 내의 업자들이 주문받은 크기나 모양에 맞추어 가공해 팔곤 했습니다. 그런데 이렇게 잘라내다 보면 자투리 천이 많이 남았다고 합니다. 중동 특유의 아름다운 무늬가 들어가 있는 천이라 그냥 버리기 아깝기도 하고, 카펫의 특성상 발로 밟고 다녀도 버틸 수 있도록 튼튼하게 짠 천이기도 해서 이 천을 자루처럼 만들어 입구 부분에 장식을 붙이고 커다란 여행 가방으로 만들어 썼는데 이 가방이 바로 카펫 가방입니다.

그 당시 여행 가방은 나무나 쇠로 만들었는데 너무 무거워서 반드시 짐을 운반하는 하인이나 마차가 있어야 할 정도였습니다. 반면 카펫 가방은 가볍고 튼튼하고 상대적으로 가격이 저렴해서 많은 짐을 옮기는 여행 가방으로 일반인들 사이에 널리 쓰였다고 합니다.

카펫 가방의 마술은 시작에 불과했습니다. 메리 포핀스는 그림 속에 들어가 멋진 소풍을 즐기기도 하고 아이들과 함께 거실 천장 위로 날아올라 홍차 파티를 열기도 합니다. 돌리기만 하면 전 세계 어느 곳이든 갈 수 있는 마법의 나침반으로 북극의 에스키모와 아프리카 원주민들을 만나기도 하고 동물들과 이야기를 나누며 친구가 되기도 합니다. 이렇게 모험으로 가득 찬 하루하루를 선사하는 멋진 보모를 어떻게 아이들이 좋아하지 않을 수 있겠어요?

아버지, 고모… 어렸을 적 기억을 담다

『메리 포핀스』는 영국계 호주인인 P. L. 트래버스가 1934년 펴낸 책입니다. 널리 알려져 있다시피 호주는 영국계 이민들이 정착해서 원주민들을 밀어내고 만든 국가입니다.

트래버스의 본명은 헬렌 린던 고프였는데 나중에 성장한 뒤 소설 『메리 포핀스』를 쓰면서 만든 필명이 아버지의 이름 트래버스 로버트 고프에서 따온 파멜라 린던 트래버스였습니다. 이 아버지의 직업이 바로 은행원이었습니다. 이 소설의 무대가 되는 '뱅크스 가족'에서 '뱅크'는 은행이라는 뜻이고 뱅크스 씨의 직업이 은행원으로 설정되는 것도 아마 아버지를 염두에 둔 것이 아닌가 싶습니다.

하지만 나름 능력을 인정받고 유능한 가장의 모습을 보여주는 소설 속 뱅크스 씨와 달리 트래버스의 아버지는 알코올 의존자였고 여러모로 무능해서 승진은커녕 직급이 강등되는 일까지 겪었습니다. 트래버스가 갓 십 대가 된 무렵에 아버지는 세상을 등졌고 남은 가족들은 생계가 어려워졌습니다. 장녀였던 트래버스 역시 가족의 생계를 돕기 위해 재봉사, 무용수, 배우 등 여러 직업을 전전하며 닥치는 대로 일을 해야 했습니다.

배우라니까 좀 놀라셨을지도 모르겠네요. 트래버스는 어려서부터 신화, 요정 이야기, 셰익스피어 소설 등에 관심이 많았습니다. 성서도 끼고 살았는데 종교적 관점보다는 성서 속에 담긴 신화적 차원의 이야기들에 관심이 많았던 것 같습니다. 그러다 보니 자연스럽게 셰익스피어 연극에 출연하는 배우로도 활동하게 된 것입니다.

트래버스는 연기뿐 아니라 글 쓰는 일에도 관심이 많아서 여러 편의 시와 단편 소설들을 썼습니다. 이렇게 다양한 활동을 하다 보니 아무래도 문화적으로 척박한 환경이었던 호주보다는 당시 세계 최고의 선진국이자 호주의 뿌리라고 할 수 있는 영국에 가고 싶어진 것이지요. 그래서 1924년경 영국 런던으로 이사하게 됩니다.

신화에 관심이 많았던 트래버스는 틈틈이 유럽 여기저기를 돌아다니며 당시 유럽 지식인들을 사로잡았던 정신 현상과 관련된 여러 학문을 공부합니다. 그 스승들 중에는 당시 정신 현상학의 권위자로 프로이트의 제자였던 카를 구스타프 융도 있었지만 가장 큰 영향을 준 사람은 러시아 철학자이자 신비주의자인 게오르기 이바노비치 구르지예프였습니다. 트래버스의 소설에서 제한

없는 상상, 마법과 신기한 체험들이 끝없이 등장하는 데는 구르지예프의 영향이 컸습니다. 트래버스가 첫 장편 소설로 판타지 장르를 선택한 이유도 여기에 있고요.

메리 포핀스는 일찍부터 가족의 생계를 책임지며 동생들을 돌봐야 했던 트래버스가 동생들의 잠자리에서 이야기를 들려주며 만들어낸 인물이라고 합니다. 일설에 의하면 포핀스는 트래버스의 어렸을 적 보모를 참고한 캐릭터라고도 합니다.

고프 가문은 일찍부터 경제적인 어려움을 겪었기 때문에 상시로 보모를 고용할 여유가 없었습니다. 종종 대고모가 들러서 아이들과 놀아주었다고 합니다. 대고모면 아이들에게는 할머니뻘이고 고용된 신분도 아니니 외출 삼아 정장을 차려입고 와서 외모에 신경 쓰며 아이들에게 잔소리만 하다가 조금 귀찮게 하면 "아이들이란, 흥!" 하면서 돌아서는 '보모답지 않은 모습'을 보인 것이 이해가 되죠.

바람을 타고 우리 안으로 들어온 '마녀'

책을 가만히 읽다 보면 메리 포핀스는 전형적인 '마녀의 형상'이라는 것을 알게 됩니다. 마녀는 단순히 마법을 쓸 줄 아는 여성일 뿐 아니라 '외부자'라는 특성을 갖습니다. 대개 마녀의 집은 마을에서 멀리 떨어진 어두운 숲속에 자리 잡고 있죠. 그리고 마을 사람들은 마녀의 존재를 애써 외면하며 살아갑니다. 그러다가 누군가 아프거나 꼭 이루고 싶은 일이 있어 자신들의 힘을 넘어서는 힘을 원할 때만 마녀를 찾아가죠.

반대로 자신들이 이해할 수 없는 불행한 일이나 비극이 벌어지면 그 원인을 돌릴 대상으로 마녀를 공격하는 극단적인 행태를 보이기도 합니다. 즉, 세상에 '그냥 마녀'는 없고 '좋은 마녀'와 '나쁜 마녀'가 있으며, 어떤 경우에도 마녀가 우리의 안으로 들어오는 일은 없습니다.

하지만 메리 포핀스는 동풍을 타고 가장 내밀한 공간인 집 안으로 들어온 마녀입니다. 게다가 좋은 마녀인지 나쁜 마녀인지 잘 구분되지도 않습니다. 『오즈의 마법사』『페로 동화』『신데렐라』 같은 동화에서처럼 친절하지도, 예쁘지도 않고, 위기에 빠진 사람들을 돕는 실질적으로 도움이 되는 마법을 부리지도 않습니다.

무뚝뚝하고 성마른 데다 잘난 척하기 좋아하는 여성이지만 적어도 자신이 맡은 업무의 영역에서만큼은 똑 부러지게 일하는 신세대 여성을 떠올리게 합니다. 고용인 신분이지만 늘 당당하고 권리 주장도 분명하게 하죠. 게다가 스스로 선하다고 말하지도 않고 선해지려는 의도도 없으며 흔한 교훈적인 이야기조차 입에 올리지 않습니다. 1900년대 초 한창 전개되던 여성 참정권[1] 운동을 통해 더 당당한 사회 일원으로 서려고 했던 여성들의 모습을 상징하는 것처럼 보이기도 합니다.

메리 포핀스는 모든 것을 애정으로 두루뭉술하게 덮고 넘어가는 함정에도 빠지지 않습니다. 그녀는 아이들을 자주 안아주지도, 칭찬하지도 않습니다. 그저 보모로서 본인이 해야 할 일들을 정확

우산을 펴고 하늘로 날아가는 메리 포핀스

하게 하고 그 이상의 일들에 대해서는 귀찮다는 태도를 취합니다. 하지만 바로 그 '적당한 거리감'을 통해 아이들과 포핀스의 관계는 굳건하게 유지될 수 있습니다.

바람의 방향이 바뀌어 서풍이 불자 포핀스는 주저하지 않고 우산을 펴 듭니다. 아이들에게 정이 들어 떠나지 않으려고 고민한다거나 감동적인 이별의 장면을 연출하지도 않습니다. 메리 포핀스가 떠나는 장면은 너무 단순해서 읽는 이가 당황스러울 지경입니다.

메리 포핀스는 현관 앞 계단에 잠깐 멈추어 서서 힐끗 집을 돌아보았다. 그러고는 우산을 휙 펴더니 비도 안 오는데 머리 위로 우산을 펼쳐들었다.… 바람은 처음에는 메리 포핀스를 조금만 들어 올려 메리 포핀스의 발가락이 마당 길을 쓱쓱 스치게 하더니, 곧 번쩍 들어 올려 메리 포핀스를 대문 너머 벚나무 길 위로 띄워 보냈다.

메리 포핀스의 태도는 그 빈자리를 메꾸기 위해 임시 보모가 된 브릴 아주머니의 태도와 극명하게 대조됩니다.

"어쩜 그럴 수가 있을까? 이 귀여운 애들을 나 몰라라 하고 가버리다니. 그 아가씨는 가슴이 돌로 되어있을 거야.… 레이스 손수건이나 모자에 꽂는 핀이라도 하나 남겨 두고 가면 좀 좋아? 그럼 애들이 그거라도 보면서 마음을 달랠 거 아냐. 마이클 도련님, 이제 그만 일어나요!"

브릴 아주머니는 아이들에게 예쁘다, 귀엽다, 안됐다 하면서 '도련님'이라고 부르기도 합니다. 하지만 그게 정말로 아이들을 위하는 일이라고 할 수 있을까요? 오랜만에 도련님이라고 불린 마이클은 방바닥에 엎드려 엉엉 울면서 말합니다.

"메리 아줌마만 있으면 다른 건 다 필요 없어!"

어쩌다가 이렇게 쌀쌀맞은 보모에게 아이들이 푹 빠졌는지를 이해하시려면 반드시 『메리 포핀스』를 책으로 읽어보시기 바랍니다. 여러분도 마지막 책장을 덮는 순간 마이클처럼 메리 포핀스가 다시 돌아오기를 간절하게 바라게 될 거라고 장담합니다.

원작과의 괴리에도 불구하고 디즈니의 〈메리 포핀스〉는 세계적으로 흥행했고 트래버스에게 충분한 경제적 여유를 안겨줬습니다. 사실상 『메리 포핀스』가 전 세계적으로 유명해진 것도 영화 덕분이라고 할 수 있습니다. 그러나 책으로 읽을 때 비로소 삽화가 주는 진정한 매력을 만나볼 수 있을 겁니다.

『메리 포핀스』의 오리지널 삽화를 그린 사람은 메리 엘리너 셰퍼드입니다. 『우리가 사랑한 책들』 시리즈를 꾸준히 읽어온 분이라면 '어디서 들어본 이름인데?' 하고 생각할 수도 있습니다. 메리 셰퍼드의 아버지가 바로 『곰돌이 푸』의 삽화를 그린 E.H. 셰퍼드입니다.

푸 시리즈의 첫 작품인 『우리가 아주 어렸을 때(*When We Were Very Young*)』에서 셰퍼드는 작품 속 주인공이자 작가의 아들인 크리스토퍼 로빈이 가지고 있는 곰 인형 대신 자신의 딸이 가지고 있던 곰 인형을 푸의 모델로 그림을 그렸습니다. 따라서 메리 셰퍼드는 푸 인형의 실제 소유주이기도 합니다.

아버지의 영향으로 메리 셰퍼드는 어려서부터 그림 그리기를 좋아했지만 정작 아버지의 명성에 가려져 큰 주목을 받지 못했습니다. 한편 아버지의 작품 못지않은 대표작으로 내세울 수 있는 것이 바로 『메리 포핀스』 시리즈의 삽화입니다.

제멋대로 엉망진창으로 영화화한 디즈니사

『메리 포핀스』는 디즈니에 의해 1964년 뮤지컬 영화로 만들어져 흥행에 성공합니다. 그런데 원작이 1934년에 발간되었다는 점을 고려하면 영화화는 상당히 늦은 편이라고 할 수 있습니다. 여기에 얽힌 이야기를 다룬 영화가 2013년에 나온 〈세이빙 미스터 뱅크스〉입니다.

이 영화에서 월트 디즈니는 『메리 포핀스』 이야기를 좋아한 딸들과의 약속을 지키기 위해 20년간 번번이 거절만 해오던 트래버스를 설득해서 영화를 만드는 과정을 감동적으로 그려내고 있습니다. 아버지에 대한 아픈 기억을 가진 트래버스는 영화화에 신경질적인 반응을 보였고, 이걸 알고 진심 어린 대화로 문제를 풀어나간 디즈니의 노력 덕분에 트래버스 또한 아버지의 이야기를 영화화하는 데 동의하게 된다는 내용이지요.

하지만 이 영화는 많은 부분이 허구입니다. 영화에는 메리 포핀스를 표방한 마법사 같은 이모가 등장해 엉망진창으로 무너져가는 트래버스 집안의 상황을 정리해 줍니다. 여기서 『메리 포핀스』의 결정적인 모티브를 얻은 것처럼 묘사하지요. 그러나 앞서 언급한 것처럼 실제로 동생들을 돌본 사람은 트래버스 자신이었죠.

디즈니가 딸들과의 약속 때문에 계약에 집착했다는 설정에도 일정 부분 과장이 섞여 있습니다. 하지만 가장 큰 문제는 바로 영화 제목 그 자체입니다. 『메리 포핀스』의 영화화에 얽힌 뒷이야기를 다룬 영화인데 정작 주인공은 메리 포핀스가 아닌 아버지였습니다. 〈세이빙 미스터 뱅크스〉라는 엉뚱한 영화 제목이 붙게 된 이유도 이 영화의 주연이었던 톰 행크스의 또다른 출연작 〈라이언 일병 구하기〉의 인기에 묻어가려 했던 것 같습니다.

영화 속 디즈니의 영화화를 가로막은 가장 큰 장애물은 아버지에 대한 애틋한 기억의 비중을 늘리고 더 소중하게 다루고 싶어하는 트래버스의 고뇌였습니다. 디즈니 역시 이 의견을 받아들여 전체적으로 뱅크스 씨의 비중을 늘리며 갈등을 해소하는 것으로 그려집니다. 하지만 이 부분은 실제와 다른 정반대의 내용입니다.

디즈니의 영화 〈메리 포핀스〉는 문학 비평가들 사이에서 원작을 비틀어놓은 최악의 사례 중 하나로 자주 언급됩니다. 이와 관련된 논문이 수십 개나 나올 정도죠. 원작과 영화의 가장 큰 차이는 메리 포핀스의 비중과 역할입니다. 디즈니는 '가족 영화'를 지향하는 것으로 유명하고 그 방향성은 현재의 상태, 즉 남성 중심적 사회, 가족 중심주의, 가부장적 질서의 유지를 주장하는 경향이 있습니다.

영화 〈메리 포핀스〉에서는 아이러니하게도 주인공 메리 포핀스의 역할이 대폭 줄어들고 소설에서 잠시 지나가는 조연에 불과했던 성냥팔이 남성 '버트'의 에피소드가 원작과 무관하게 따로 만들어졌습니다. 대부분의 문제와 갈등의 해결사로 포핀스가 아닌 버트가 등장하죠. 포핀스는 그저 외모에 관심이 많은 세속적인 여성 정도로 그려지며 버트의 여자친구와 같은 부차적인 인물로 보이기도 합니다.

여기에 덧붙여 원작에서는 거의 역할이 없다시피 했던 가장 뱅크스 씨의 비중도 크게 증가합니다. 아예 뱅크스 씨의 직장인 은행에 아이들이 방문해서 여러 가지 일을 겪는 에피소드가 추가될 정도죠.

반면 뱅크스 부인은 원작보다 훨씬 부정적으로 그려집니다. 영화 속에서 뱅크스 부인은 집안일과 소중한 아이들을 내팽개치고 턱도 없는 선거권 따위를 주장하며 밖으로 도는 철없고 무책임한 여성으로 묘사됩니다. '여성 참정권 운동'을 부정적으로 그린 것이죠. 메리 포핀스는 엉뚱하게도 영화 속 뱅크스 부인의 역할 모델이 되었습니다. '여성이라면 당연히 이렇게 아이들을 잘 챙기고 보살펴야 한다. 정신 차려라'라는 교훈적 메시지를 던지는 사람으로 설정된 것입니다.

결국 이 영화는 흔들리고 무너져가는 가족 간의 결속이 어떤 충격이나 계기를 통해 다시 단단하게 결합하는 '질서의 복원'이라는 전형적인 디즈니 공식을 따르게 됩니다.

그러니 영화의 마지막 부분에서 다시 똑바로 선 가정에 외부자인 메리 포핀스는 설 자리가 없습니다. 그래서 원작과는 정반대로 메리 포핀스는 마치 해고되어 쫓겨나는 고용인처럼 쓸쓸히 떠나게 되는 것입니다. 이런 강렬한 가족주의적 세계관, 특히 여성 참정권 운동에 대한 부정적인 시각은 이 영화가 만들어지던 1960년대 초중반 미국에서 들불처럼 번지던 여성운동에 대한 기득권 세력의 불안감과 일맥상통한다는 의견도 있습니다.

트래버스가 『메리 포핀스』의 영화화를 극구 반대한 실제 이유는 바로 이것이었습니다. 평생 독신으로 살면서 여성운동의 일선에 서기도 하고 더 자유롭고 평등한 세상을 꿈꾸었던 트래버스에게 이 원작이 디즈니의 손에 가면 어떤 식으로 변질될지는 눈에 뻔히 보였기 때문입니다.

하지만 그렇게 20년을 버틴 트래버스가 결국 영화화를 허락한 이유는 경제적 곤궁 때문이었습니다. 그러고도 미련이 남은 트래버스는 미국으로 건너가 영화 제작 과정에 개입하여 어떻게든 메리 포핀스를 구하려고 했으나 그녀가 뭐라고 하든 귓등으로만 듣고 갈 길을 간 디즈니의 영화는 결국 트래버스의 의도와는 정반대의 형태로 나와버리고 말았습니다.

디즈니는 영화화 과정에서 배우들의 연기와 애니메이션 기법을 합성하는 새로운 기술을 선보이고자 했으나, 트래버스는 이에 반대했습니다. 트래버스에게 애니메이션을 빼겠다고 약속한 디즈니는 정작 시사회 버전에서는 그대로 넣고, 한술 더 떠 아예 시사회 초대 손님 명단에서 원작자인 트래버스를 빼버리는 무지막지한 일을 저지르기도 했습니다. 뒤늦게 이 사실을 알게 된 트래버스가 항의하고 나서야 겨우 참석을 허락했습니다.

억지로 시사회에 간 트래버스는 완전히 조연이 된 메리 포핀스의 여성상에 어이없어했고 시사회 이후 파티에서 영화의 수정을 공식적으로 요구했습니다. 디즈니는 짜증 난 얼굴로 "파멜라, 이미 배는 떠났소"라고 말하며 파티장을 나가버렸다고 합니다. 이렇게 보면 2013년 영화의 제목은 〈세이빙 미스터 뱅크스〉가 아니라 〈세이빙 메리 포핀스〉가 되어야 옳지 않았을까 싶습니다.

이 사태에 분노한 트래버스는 이후 단 한 번도 디즈니판 〈메리 포

영화 〈메리 포핀스〉의 한 장면(1964)

핀스〉를 인정한 적이 없습니다. 심지어 〈캣츠〉〈레미제라블〉〈오페라의 유령〉 등 전설적인 뮤지컬 작품들을 만든 카메론 매킨토시가 『메리 포핀스』를 뮤지컬로 만들어 무대에 올리고 싶다며 1993년에 찾아오자, 영화 〈메리 포핀스〉를 절대로 참고하지 말고 이 영화 제작에 참여한 사람들을 모두 배제하고 만들 것을 조건으로 달아 뮤지컬화를 허락했을 정도였습니다.

트래버스는 매킨토시를 믿었으나 매킨토시는 이미 대성공한 디즈니판 〈메리 포핀스〉의 내용을 기대하는 관객들을 염두에 두지 않을 수 없었습니다. 결국 1996년 트래버스가 사망하자 곧장 디즈니 스튜디오와 협업에 들어갔습니다. 역시 트래버스의 바람과는 거리가 있는, 디즈니 영화판에 가까운 형태의 공연을 만들어 냈습니다. 씁쓸한 이야기입니다.

열린 마음으로 지적을 받아들이다

한편 소설이 유명해지고 시대를 넘어 사랑받는 명작의 반열에 오르자 『메리 포핀스』에 대한 비판도 등장합니다. 그것은 바로 원작 소설에 인종 차별적 요소가 있다는 지적이었습니다. 특히 '나침반 여행' 에피소드에서 세계 여행 중 만나게 되는 각 나라의 사람들을 너무 전형화해서 편견을 조장한다는 비판이 있었습니다.

사실 원작이 1934년에 쓰였다는 점을 생각해 보면 시대적 한계로 그런 부분이 있을 수는 있겠으나 이 인종 차별 논란은 약간 과하지 않은가 싶은 부분이 있습니다. 아프리카에서 만난 흑인 아이들에게 '니그로(negro)'라는 표현을 쓴 것은 분명히 시대적 변화에 따라 수정이 필요할 수 있습니다. 다만 옷을 입지 않고 있었다거나 반대로 북극에서 만난 에스키모가 털옷을 입고 있었다는 것까지 전형화된 인종 차별이라고 볼 수 있을지는 좀 의문입니다.

어쨌든 트래버스는 이런 지적들을 모두 받아들여 1967년에 내용을 수정하고 그래도 계속 논란이 이어지자 1981년에는 메리 셰퍼드에게 부탁해 삽화도 수정합니다.

영화의 대성공으로 경제적 여유를 찾은 트래버스는 이후 89세까지 『메리 포핀스』의 후속작을 꾸준히 내서 여덟 권으로 완결합니다. 또한 평생을 이어왔던 신화, 전래 동화에 대한 관심을 채우기 위해 말년엔 미국으로 건너가 나바호 인디언, 푸에블로 인디언의 설화를 수집하고 책으로 펴내는 작업도 했습니다. 그리고 다시 평생의 활동 무대였던 런던 첼시 지역으로 돌아와 1996년 96세를 일기로 숨을 거둡니다.

『메리 포핀스』 시리즈 총 여덟 권 가운데 우리나라에 번역 소개된 것은 두 편뿐입니다. 그것도 1편과 4편으로 동떨어진 두 권이 소개되어 연달아 읽으면 내용이 머리에 잘 안 들어오는 문제도 있습니다. 아쉬운 일이지만 혹시 책을 읽어보지 않은 분들은 적어도 1편만이라도 꼭 한번 읽어보길 권합니다. 순수한 상상력의 힘이 어떤 것인지 오랜만에 맛볼 수 있는 시간이 될 거라고 생각합니다.

예를 들어 '춤추는 암소'라는 에피소드에서는 벚나무길에 난데없이 나타나 이 집 저 집 기웃거리는 소가 등장합니다. 그저 이상하고 우스운 일이라고 생각하는 아이들에게 메리 포핀스는 앞치마를 펴고 아이들을 진지하게 바라보면서 말합니다.

"저 소가 왕을 만나기 전부터 알고 지냈어."

와, 정말 한 방에 정신이 아득해지는 기분이 아닌가요? 그냥 고삐가 풀려서 길에서 어슬렁거리는 소인 줄 알았는데 메리 포핀스가 예전부터 소를 알고 지냈다니요. 소가 왕을 만나? 왜? 무슨 얘기를 나누려고? 왕을 만난 소가 왜 벚나무 길에서 헤매고 있지? 메리는 도대체 무슨 사연으로 저렇게 쓸쓸한 표정을 짓는 거지?

그리고 메리 포핀스는 이 소에 얽힌 슬픈 이야기를 굽이굽이 들려줍니다. 하지만 그렇게 다시 고개를 돌려 내다본 거리에 어슬렁거리는 소는 하늘을 날지도, 인간의 말을 하지도 않습니다. 그저 땅거미가 내리는 거리를 지나쳐 어디론가 가버렸을 뿐입니다.

어쩌면 메리 포핀스의 마법이란 그런 것일지도 모릅니다. 어린 시절엔 언제나 크고 높고 대단해 보였던 어른들의 일, 그 복잡한 어른들의 사정을 상상이라는 마법으로 빈자리를 메꾸어야만 비로소 이해가 가능했던….

어느덧 자라난 우리에겐 그저 지겨울 뿐인 일상이 부모님 슬하에서 꼼지락거리던 우리에겐 얼마나 거대한 마법이었던가요. 메말라버린 상상의 우물에 마중물을 부어넣는 기분으로, 『메리 포핀스』를 한번 읽어보면 어떨까요?

1. 여성 참정권
   여성이 국정(國政)에 직간접적으로 참여하는 권리.

◗ 작가 소개

파멜라 린던 트래버스
Pamela Lyndon Travers, 1899~1996

오스트레일리아에서 태어나 18세에 영국으로 건너간 뒤 댄서, 배우, 저널리스트 등 다양한 직업을 전전한 끝에 작가로 활동하였다. 1934년 발표한 『메리 포핀스』로 큰 인기를 얻으며 여러 편의 시리즈 속편을 써내었다. 그 밖에도 『친구 원숭이』 『두 켤레의 구두』 등 다양한 작품을 썼다.

플랜더스의 개
"결국 세속적인 성공의 문제가 아닌 온기의 문제"

행복한 왕자
"당신을 사랑해도 될까요?"

키다리 아저씨
"TO YOU, 그대에게"

해맞이 언덕의 소녀
"내가 널 사랑하는 것처럼, 네가 나를 사랑한다면"

3장

선의와 사랑으로
관계 맺기

위다
Ouida

『플랜더스의 개』

가장 따뜻했던
생애 마지막 기억

19세기 벨기에, 두 살 난 소년 넬로는 어머니를 잃고 혼자가 된다. 그런 그를 앤트워프 근처의 작은 마을에 살던 가난한 할아버지 예한 다스가 맡아 키웠다.

어느 날, 넬로와 할아버지는 맞아서 죽을 지경이 된 개를 발견해 잘 보살피고 '파트라슈'라는 이름을 붙였다. 넬로와 파트라슈는 단짝이 되었고 파트라슈는 넬로의 우유배달 수레를 끄는 일을 도맡아 했다.

넬로는 마을의 부자인 코제츠 씨의 딸 알로이즈와 사랑에 빠졌으나 코제츠는 넬로의 가난을 탓하며 교제를 반대한다. 그러던 중 코제츠가 소유한 방앗간에서 불이 나고, 방앗간 관리자는 책임을 떠넘기기 위해 넬로가 불을 질렀다고 거짓말한다.

화가 난 코제츠는 넬로에게 영원히 알로이즈와 만나지 말라고 선언한다. 설상가상으로 할아버지가 숨을 거두자 넬로는 집주인에게 쫓겨났고, 파트라슈와 함께 거리를 방황한다.

크리스마스 이브 밤, 넬로와 파트라슈는 우연히 성당의 열린 문을 찾아내 안으로 들어가고, 다음 날 성당 제단 앞에서 얼어 죽은 채 발견된다.

아시아인들은 비극을 사랑할까?

명작 동화로 불리는 작품들 중에 정작 본고장에서는 별로 인기가 없거나 오래전에 잊힌 작품이 유독 아시아권에서만 큰 인기를 얻는 경우가 있습니다. 이 작품도 영문 위키피디아에 '일본, 한국, 러시아, 필리핀에서 엄청나게 인기 있는' 것으로 소개되는데 대개 이런 사례는 1970년대 일본에서 방영한 애니메이션 〈세계명작극장〉의 영향을 받은 경우가 많습니다.

이 애니메이션 시리즈는 일본 내에서 신드롬이라고 할 만큼 큰 반향을 일으켰습니다. 게다가 이때부터 1980년대까지는 일본 경제가 절정으로 치닫던 '거품 경제 시기'여서 해외로 곧잘 뻗어 나간 일본 여행객들이 이 작품들의 유명세를 한껏 높였습니다. 애니메이션이라는 장르의 보편성 덕분에 우리나라 등 여러 나라에 수

출되어 방영된 것도 큰 영향을 미쳤죠.

〈플랜더스의 개〉역시 〈세계명작극장〉의 시리즈 중 하나였습니다. 최종회 시청률이 자그마치 30.1퍼센트를 기록할 정도로 엄청난 히트를 기록한 작품이었죠. 그런데 원작은 불과 60페이지 내외의 단편이었는데 이것을 애니메이션으로 만들기 위해 52화 분량으로 잡아 늘리고, 일본인들의 취향에 맞추어 각색하다 보니 원작과 많은 부분이 달라지게 됩니다.

주인공들의 이름이 '넬로' '알로이즈'에서 '네로' '아로아'로 바뀐 것은 받침 표기가 불가능한 일본어의 특성에서 비롯한 것이니 그렇다 치더라도, 가장 결정적인 변화는 두 주인공의 나이가 각각 16세, 12세에서 10세, 8세로 크게 낮춰진 점입니다.

이런 연령 변화는 소설 전체에 커다란 변화를 가져오는데 먼저 둘의 관계가 갖는 성격이 달라진다는 점입니다. 애니메이션에서 네로와 아로아는 친한 소꿉친구, 어린아이들 사이의 관계로 묘사되고 이를 말리는 코제츠 씨의 "저런 아이와 놀지 마!"와 같은 대사도 그저 부잣집 아저씨의 괜한 심술처럼 보입니다.

하지만 우리와 나이 세는 방식이 다르고 좀더 일찍 어른 대접을 받는 서양에서, 그것도 19세기 기준의 16세, 12세라면 연애가 가능한 나이입니다. 금단의 사랑에 빠져 부모 몰래 결혼식을 올리고 심지어 음독 자살을 하기까지 이른 로미오와 줄리엣의 극 중 나이가 이쯤이니까요(작품 속에서 줄리엣은 만 13세라고 명기되어 있고, 로미오의 나이는 나오지 않지만 소설상의 묘사로 보면 그리 나이 차가 많지 않아 보입니다.) 즉, 소중한 외동딸이 말 그대로 집도 절도, 받은 교육도 미래도 없는 동네 청년에게 마음을 빼앗길 상황이니 딸을 바라보는 코제츠 씨의 걱정과 간섭도 당연한 것이 아닐까요?

문제는 이렇게 연령을 낮추며 비극성의 성격과 크기가 달라졌다는 점입니다. 원작 속 16세라면 사회적으로 독립할 수도 있는 나이입니다. 그렇기에 넬로의 미성숙함은 이 소설에서 크게 문제되지 않고, 가난으로 충분한 기회를 보장받지 못해 스러지는 계층적 비극에 초점을 맞추게 되지요.

미술 대회 심사 위원이었던 화가는 나름 미술적 재능을 가지고 있던 넬로를 데려가 화가로 키우겠다고 뒤늦게 찾아옵니다. 이 장면은 아주 작은 타이밍의 차이, 운명의 엇갈림으로 인해 사랑과 인생의 성공 기회를 놓치는 전형적인 비극의 문법입니다.

하지만 아동용 애니메이션으로 각색되며 겨우 초등학교 저학년에 불과한 나이로 바뀐 네로를 보자면, 그저 모든 일이 안쓰럽기만 합니다. 소설에서는 처음부터 당연하다는 듯이 넬로가 우유 배달을 하지만 애니메이션에서는 함께 우유 배달을 다니던 할아버지의 몸이 안 좋아지며 네로가 파트라슈와 함께 자기 몸보다 더 큰 우유 수레를 끌고 다니는 불쌍한 모습으로 묘사됩니다.

16세의 넬로였다면 당연해 보일 수 있는 우유 배달 일이 10세의 네로가 하게 되면 노동이 아니라 그저 불쌍해 보일 뿐입니다. 할아버지가 돌아가신 후 넬로가 집세를 내지 못해 쫓겨나는 것도 집주인에게는 당연한 일일 수 있으나 10세라는 설정이 들어가면 '그 어린 것을 어떻게 매몰차게…'가 됩니다.

당시 일본에서 〈세계명작극장〉을 후원했던 회사 칼피스의 사장, 그리고 제작을 담당했던 프로듀서가 독실한 기독교인이었다는 점이 이런 변화에 영향을 주지 않았을까 추측합니다. 기독교 신자가 많지 않은 일본이었기 때문에 후원사 사장은 서양 동화에 기독교 신앙과 관련된 부분이 많이 포함되기를 원했다고 합니다. 벨기에 앤트워프 대성당과 루벤스가 그린 예수 승천상이 작품 내내 강조되는 것도 여기에 영향받은 것으로 보입니다.

네로와 아로아의 관계는 혈기 왕성한 청소년 간의 애정 관계가 아니라 아기 천사들 간의 아름다운 우정으로, 네로와 파트라슈의 죽음은 편견과 욕망에 찌든 더러운 인간 세상에서 끝내 날개를 펴지 못하고 하늘로 돌아간 순수한 영혼들로 묘사하고 싶었던 것 같습니다. 이렇게 '연약한 존재의 무기력한 죽음'이라는 코드에 더 강렬하게 반응하는 일본인들을 비롯한 아시아인들의 성정도 물론 고려 대상 중 하나였을 테고요.

소설에서 애니메이션으로 각색되며 바뀐 점 중에 독자들을 가장 큰 충격에 빠뜨릴 부분은 파트라슈가 아닐까 싶네요. 소설 속 개의 품종이 무엇인지는 명확하게 밝혀져 있지 않습니다. 다만 소설의 제목인 '플랜더스(벨기에의 플랑드르 지방)'를 대표하는 토종견이 '부비에'라는 양치기 개여서 아마 이 품종이 아닐까 하는 추측이 가장 유력합니다. 덩치 크고 힘 좋은 양치기 개가 우유 수레를 끄는 일은 충분히 하고도 남았을 거고요.

문제는 이 개의 생김새가 애니메이션에 묘사된 것과는 완전히 다르다는 것입니다. 부비에는 정수리의 털이 눈을 가릴 정도로 흘러내리는, 슈나우저를 몇 배로 키워놓은 것 같은 모습의 털이 북실

북실한 개입니다. 하지만 애니메이션에 등장하는 파트라슈는 일본을 대표하는 아키타견에 여러 품종을 섞어 만들어놓았습니다.

일본인들에게 익숙한 개여서 그랬을 수도 있고, 1970년대 초반이니 해외 자료를 구하는 데 한계가 있어 가까이에 있는 아키타견을 참고했을 수도 있습니다. 1992년에 일본에서 〈나의 파트라슈〉라는 새로운 애니메이션을 만들며 개의 품종에 대한 고증을 철저히 하여 부비에 파트라슈가 재탄생했습니다만, 이미 우리 머릿속에는 두 눈이 판다처럼 떼꾼한 파트라슈의 모습이 각인되어 이 작품은 별다른 반향을 얻지 못하고 잊혔습니다.

동물 사랑이 남달랐던 작가

이 책의 제목은 『플랜더스의 개』입니다. 그럼 당연히 이 소설의 주인공도 넬로나 알로이즈가 아니라 파트라슈라고 봐야 하지 않을까요?

이 소설을 쓴 작가 역시 그런 의도를 가지고 있었습니다. 『플랜더스의 개』는 영국인 여성 작가인 마리 루이스 드 라 라메가 '위다'라는 필명으로 1872년에 쓴 소설입니다. 당시 유럽에서는 프랑스어가 고급스러운 언어라는 인식이 있었기 때문에 영국인임에도 프랑스식 이름을 갖게 되었죠. 여성이 소설을 쓰는 것이 쉽지 않던 시절이었기 때문에 '위다'라는 필명을 사용했습니다.

일단 작가가 소설의 배경이 되는 벨기에 출신의 사람이 아니라

우유를 파는 소녀와 수레를 끄는 개

는 점에 주목할 필요가 있습니다. 해외 여행이 쉽지 않던 시절인 데다 여성이라는 한계까지 겹쳐 있던 위다는 소설의 무대가 된 벨기에에 평생 딱 한 번 가보았다고 합니다. 소설 속 성당이 있는 앤트워프에는 고작 서너 시간 있었고, 심지어 『플랜더스의 개』의 실제 배경이었을 것으로 추측되는 앤트워프 외곽의 호보켄 마을은 배를 타고 운하를 지나가다가 흘낏 본 게 전부라고 합니다.

게다가 영국인이었던 위다가 영어로 작품을 썼기 때문에 정작 프랑스어, 독일어, 네덜란드어를 쓰는 벨기에 사람들은 이 소설의 존재 자체를 아는 사람이 드물었다고 합니다. 그러다가 소설이 발간된 지 100년이나 지난 1980년대에 이르러서 애니메이션을 보고 찾아오는 일본 관광객들에 의해 소설의 존재를 알게 된 것이죠.

1987년에 이르러 네덜란드어 번역본이 벨기에에 출간되었으니 늦어도 보통 늦은 것이 아니죠. 심지어 우리나라에서 일제 강점기 초기인 1912년에 육당 최남선이 『불상한 동무』라는 제목으로 번역한 도서가 출간되었다는 점을 고려하면 신기할 정도로 벨기에에서 외면받았던 소설입니다.

그렇다면 위다는 왜 아무런 연고가 없는 벨기에의 이야기를 쓰려 한 것일까요? 그리고 왜 벨기에에서는 이 책이 좀더 일찍 소개되지 못한 것일까요?

위다는 여성의 사회 활동이 위축되어 있던 당대의 한계를 넘어 사회 비판적인 글을 많이 쓰던 유명 작가였습니다. 어려서부터 동물에 대한 사랑이 남달라서 동물 구조 활동에도 적극적으로 참여했습니다. 구조해 직접 기르던 개가 서른 마리에 이를 정도였죠. 그러다 보니 개를 주제로 한 소설도 쓰게 되었는데 『플랜더스의 개』를 발표하기 2년 전에 쓴 소설 『퍽(Puck)』에 말하는 개를 등장시켜 개의 시각에서 사회를 비판하는 내용을 담기도 했습니다. 나쓰메 소세키의 소설 『나는 고양이로소이다』의 원조 격이라고나 할까요.

그런 위다의 눈에 수레를 끄는 작업용으로 개를 이용하는 벨기에의 풍습은 충격이었습니다. 심지어 개들은 전쟁 중에 무거운 기관총을 운반하기도 했는데 무척 힘들고 위험한 일이었지요.

『플랜더스의 개』에서 파트라슈 역시 주인에게 학대당하다가 버려지고 죽을 고비를 넘긴 끝에 넬로와 우정을 맺지만 결국 나이 든 할아버지 대신 매일 무거운 우유 수레를 끌다가 죽음에 이르죠.

이 소설의 핵심 내용은 가난의 절벽에 부딪혀 좌절하는 불쌍한 소년의 이야기이지만 위다가 이 단편 소설을 쓴 이유 중에는 개에게 힘든 일을 시키는 벨기에 풍습을 비판하려는 의도도 있었던 것입니다. 넬로와 파트라슈를 둘러싼 벨기에의 시골 마을 사람들이 유난히 매정하고 때로는 이기적인 모습으로 그려지는 데는 이런 작가의 심리가 크게 작용한 것 같습니다.

분명한 이유를 알 수는 없지만 벨기에를 배경으로 한 소설임에도 정작 벨기에에서 거의 소개되지 않았던 까닭은 벨기에 풍습과 사람들의 성정을 비판적으로 묘사하는 외부의 시선이 불편했던 것이 아닐까 하는 생각도 듭니다.

위다는 엄청난 성공까지는 아니더라도 중견 작가로서 나름의 지위를 유지했습니다. 그러다가 남편과 이혼하고 이탈리아 플로렌스로 이사해 죽을 때까지 거기서 살았는데 돈 관리에 서투르기도 했고 타지에서 여자 혼자 살아가는 삶이 쉽지 않아서 줄곧 질병과 가난에 시달렸습니다. 69세에 폐렴으로 사망할 땐 주변에 지인들이 거의 없었기 때문에 그녀가 돌보던 서른 마리의 개들만이 임종을 지켰다고 합니다.

뒤늦게 그녀의 사망 소식을 전해 들은 고향 영국의 친구들은 위다를 위한 기념물을 만들기로 합니다. 친구들이 만든 것은 흔한 동상이나 비석이 아닌 작은 음수대였습니다. 말과 개들이 물을 마실 수 있고 쉬어갈 수 있는 음수대를 만들어 그녀의 이름을 붙인 것입니다. 하늘나라에 오른 위다가 이 음수대를 내려다보며 내 마음을 잘 아는 참 좋은 친구들이라며 빙긋이 웃지 않았을까요?

위다의 친구들이 만든 추모 음수대

가혹한 현실에서 살아남기 위한 약한 자들의 연대

동물을 사랑한 작가는 위다 외에도 여러 사람이 있습니다만 그중에 가장 유명한 작가는 『노인과 바다』『누구를 위하여 종은 울리나』로 유명한 어니스트 헤밍웨이가 아닐까 싶습니다.

헤밍웨이는 약 60마리의 고양이를 길렀는데 그중에서도 발가락이 여섯 개 이상인 다지증 고양이가 많았다고 합니다. 일반적으로 다섯 개의 발가락이 정상인데 그보다 더 많은 발가락을 가지고 있으니 일종의 기형이라고 할 수 있죠.

헤밍웨이는 기형이라는 이유로 사람들에게 배척당하고 생명의 위협을 받을 수도 있는 다지증 고양이들의 처지에 더 공감하고 돕고 싶었던 것이 아닐까 싶습니다. 지금은 어니스트 헤밍웨이 박물관으로 운영되고 있는 자신의 생가에 이 고양이들이 걱정 없이 살아갈 수 있도록 살아생전 큰 유산을 남겼다고 합니다.

그런데 동물이 인간의 유산을 상속받을 수 있을까요? 법적으로는 불가능한 일입니다. 동물에게는 법적인 권리와 의무의 주체, 즉 '법인격'이 인정되지 않기 때문입니다. 그래서 반려동물에게 재산을 남기려는 사람들은 믿을 만한 사람에게 부탁하거나 재산 관리를 전문으로 하는 신탁 회사에 동물들을 돌봐줄 것을 조건으로 돈을 남기는 등 간접적인 방식을 찾을 수밖에 없습니다.

동물에게 법적인 권리가 보장되지 못한다는 것은 단순히 유산을 상속받을 수 없다는 것을 넘어서 심각한 문제로 이어질 수도 있습니다. 분명히 숨을 쉬고 살아 있는 생명체임에도 법적으로 '물건' 취급을 받을 수밖에 없다는 뜻이기 때문입니다.

예전에 어느 대형 마트에서 판매한 냄비의 불량으로 뜨거운 물이 쏟아져 화상을 입은 고양이가 있었습니다. 고양이 주인이 마트에 항의하자 "고양이는 물건으로 봐야 하고, 그것도 '중고 물건'으로 고양이 값을 측정하여 배상하겠다"는 성의 없는 대답만이 돌아왔죠. 이 사건은 언론에 보도되어 공분을 사기도 했습니다.

1991년 '동물보호법'이 제정되며 동물을 함부로 죽이거나 다치게 하는 행위, 몰래 내다 버리거나 경품으로 동물을 주는 행위 등을 금지하였습니다. 동물이라 해도 함부로 대해선 안 된다는 생각들이 확산되고 있지만 여전히 뉴스에서는 안타까운 동물의 사연들이 심심치 않게 보도되어 씁쓸합니다.

하지만 이렇게 동등한 주체로서 서로를 인정하지 못하는 모습은 비단 동물의 문제에 국한되는 것이 아닙니다. 저는 『플랜더스의 개』를 읽으며 사회적 폭력 앞에 허약한 넬로와 파트라슈의 모습이, 더 나아가 여성 작가로서 고초를 겪었던 위다와 그녀가 보살폈던 개들의 모습이 겹쳐 보였습니다. 여성들 역시 아주 오랜 세월 동안 남성들과 동등한 사회적 주체로서의 권리를 인정받지 못하고 고통받아왔기 때문입니다.

사회 구성원이라면 누구에게나 부여되는 것이 당연한 참정권조차도 오랜 세월 많은 여성들의 희생과 노력 끝에 얻어낸 결과입니다. 1893년에 와서야 뉴질랜드에서 세계 최초로 여성 참정권을 인정했고, 민주주의의 본산이라는 영국에서조차도 1928년, 혁명의 나라 프랑스에서는 1946년, 스위스는 1971년, 그러니까 불과 50여 년 전에야 참정권을 인정했습니다.

우리나라에서는 1948년 제헌 헌법을 통해 여성 참정권을 보장하는 보통 선거 제도를 도입했습니다만, 민법상으로는 이혼의 권리나 상속권 등 다양한 영역에서 여성을 차별하는 제도들이 오랫동안 유지되다가 최근에 와서야 조금씩 균형을 찾아가고 있습니다.

그러니 상당히 부유한 집안에서 태어나 당시 일반인들은 꿈도 못 꾼 세계 여행, 이탈리아 체류 등 상류 계급의 생활을 누리고 어려서부터 글 잘 쓴다고 소문났던 위다조차 여성 작가임을 드러내는 본명으로는 책을 낼 수 없었던 것입니다. 이렇게 여성 작가들이 익명 혹은 가명으로 책을 내야 했던 슬픈 현실은 『프랑켄슈타인』 『하이디』 등에서 모두 예외 없이 확인되는 한계였습니다.

위다와 그녀가 보살피던 개들의 관계는 어쩌면 가혹한 현실에서 살아남기 위한 약자들 사이의 연대와 같은 것일지도 모르겠습니다. 이런 잘못된 일들이 균형점을 찾아가는 상황에서 누가 더 이익이고 손해인지를 놓고 남성과 여성 간의 젠더 갈등이 이슈가 되고 있는 현재 상황이 안타깝습니다. 서로 마음을 모아 더 나은 세상을 함께 만들어가기 위한 공감과 연대의 지혜가 소중한 시점이 아닌가 싶습니다.

함께한다는 것, 온기를 나누는 일

생각해 보면 참 신기한 일입니다. 60페이지에 불과한 단편 소설, 그래서 단독 서적으로는 출간되지 못하고 『플랜더스의 개와 다른 이야기들(A dog of Flanders and the other stories)』이라는 단편집 중 일부로 출간된 이 짧은 이야기가 150년이 지난 지금도 사람들의 기억에 생생히 살아남아 있다는 게 말이죠.

사실 개를 소재로 한 이야기는 어느 나라, 어느 시대에나 있습니다. 우리나라에도 고려 시대의 문인 최자가 충견「오수의 개」이야기를 써서 1230년 『보한집』에 실은 적이 있죠. 주인이 술에 취해 풀밭에서 잠들었는데 들불이 나서 목숨을 잃을 상황에 이릅니다. 주인을 마중 나왔던 개가 주인을 깨우기 위해 온갖 애를 썼으나 이미 만취한 상태여서 깨울 수가 없었다고 합니다.

개는 근처에 있던 개울가에 뛰어들어 몸을 적신 후 들불 위를 뒹굴었습니다. 이를 여러 번 반복한 끝에 결국 주인은 살렸으나 개는 목숨을 잃고 말았죠. 뒤늦게 잠에서 깨어 이 광경을 목격한 주인은 몹시 슬퍼하며 개를 잘 묻어주고 무덤 앞에 자신의 지팡이를 꽂았습니다. 지팡이는 나무로 자라났고 개 오(獒), 나무 수(樹) 자를 합쳐 이 지역을 '오수(獒樹)'라고 부르게 되었다는 이야기죠.

일본에도 이런 충성스러운 개의 이야기가 있습니다. 실화여서 더욱 놀라운 '하치 이야기'입니다. 1924년 도쿄대 교수였던 히데사부로 우에노는 '하치'라는 개를 길렀습니다. 하치는 매일 기차역까지 그의 출퇴근길에 동행했는데 이듬해인 1925년 5월 우에노 교수가 대학에서 강의를 하던 중 뇌졸중으로 사망합니다.

하치는 돌아올 수 없는 주인을 매일 시부야 기차역에서 기다렸고 그렇게 5년이 넘은 1932년, 우에노 교수의 제자가 하치의 이야기를 신문에 실어 이 이야기는 세간의 관심을 받았습니다. 1934년엔 주인을 기다리는 하치의 동상까지 생겨났습니다. 이듬해인 1935년 하치는 세상을 떠났고 지금도 시부야역, 그리고 하치의 고향인 오다테역에 동상이 남아 하치를 기리고 있습니다. 이 이야기는 할리우드로도 수출되어 리처드 기어가 주연한 영화로 리메이크되기도 했죠.

하지만 『플랜더스의 개』를 가만히 들여다보면 이 이야기들과 상당히 다른 부분을 찾을 수 있습니다. 오수의 개나 하치는 모두 〈세상에 이런 일이〉라는 프로그램에 등장할 것 같은 특별한 능력, 특별한 충성심을 보인 개들의 이야기입니다. 그러나 『플랜더스의 개』에 등장하는 파트라슈는 이야기 전개에 어떤 반전의 계기도 제공하지 않는 조용한 조연이라는 점입니다.

파트라슈는 그저 묵묵히 넬로와 함께 무거운 우유 수레를 끌었고, 돈이 없는 넬로가 널빤지에 목탄으로 그림을 그리고 있으면 그 옆에 말없이 고개를 숙이고 앉아 있었습니다. 집에서 쫓겨났을 때엔 넬로와 함께 거리를 배회했습니다.

『장화 신은 고양이』처럼 우유 수레 가득 금화를 만들어내는 조화를 부리지도 못하고, 넬로를 성공한 화가로 만드는 결정적인 영감 같은 것도 제공하지 못했으며, 갈 곳 없는 넬로가 추운 제단 앞에서 얼어 죽지 못하게 품어줄 능력도 없었습니다. 파트라슈가 한 일은 단지 언제나 곁에 있어 주고, 마지막 순간까지 부둥켜안고 함께 숨을 거둔 것뿐이었습니다.

불쌍한 두 친구, 육당 최남선이 번안 소설의 제목을『불상한 동무』라고 지은 이유도 충분히 이해가 갑니다. 그러나 바로 그 지점이 150년이 넘도록 많은 사람들의 심금을 울리는 이유가 아닐까요?

우리가 반려동물에게 기대하는 것은 과연 말하고, 춤추고, 내 삶에 현실적인 도움을 주는 능력일까요? 우리가 반려동물에게 쏟아붓는 한없는 애정의 가장 큰 대가는 내 곁에 건강하게 있어 주는 것, 되도록 오랫동안 나와 함께해 주는 것, 그렇게 끝까지 나를 사랑해 주는 것이 아니던가요? 인간의 불안을 함께 나눠주는 '반려'의 존재란 얼마나 크고 소중한 것인가요.

인간이 인간을 지켜주지 못하는 세상에서 외로운 우리의 유일한 희망은 다른 존재와 체온을 나누는 일뿐입니다. 파트라슈는 넬로의 마지막 안식처가 되었고, 그건 학대로 상처받은 삶을 살던

앤트워프에 자리한 넬로와 파트라슈의 조각상

파트라슈에게 넬로가 건네준 위안에 대한 보답이었습니다. 그렇게 둘은 서로의 상처를 품으며 마지막 길을 떠났습니다.

『플랜더스의 개』는 가장 비참할 수도 있을 생의 이별이 어떻게 견딜 만한 것으로 마무리되는가에 대한 이야기일지도 모르겠습니다. 그건 결국 돈이나 명예 같은 세속적인 성공의 문제가 아닌 온기의 문제입니다.

연금 생활자가 되어 가족이나 친지도 없이 비참하게 생을 마쳤다고 세상 사람들이 바라보는 위다의 모습과 달리, 자신의 삶을 나누어 보살핀 개들에게 둘러싸인 그녀에게는 따뜻한 마지막이었을지도 모르겠다는 생각이 듭니다.

▶ 작가 소개
_____

위다
Ouida, 1839~1908

영국의 소설가로 본명은 마리아 루이즈 드 라 라메(Marie
Louise de la Ramee)이다. 어릴 때부터 문학에 재능
을 보여 20세에 소설가로 데뷔했다. 1872년에 발표한
『플랜더스의 개』가 대표작이다. 1874년, 이탈리아로 이
주해 창작에 전념하여 살았으나 말년에는 경제적인 어려
움과 질병으로 고통받다가 세상을 떠났다.

오스카 와일드
Oscar Wilde

『행복한 왕자』

바보 같은 선의

어느 도시의 광장 한가운데에 온몸을 금은보석으로 치장한 왕자의 동상이 있었다. 사람들은 이 화려한 동상을 '행복한 왕자'라고 불렀다.

어느 날, 추운 겨울을 대비해 남쪽 나라로 향하던 제비는 우연히 동상의 어깨 위에 앉아 잠시 쉬다가 왕자가 눈물을 흘리는 것을 보게 된다. 높은 곳에 서서 아래쪽 도시에 사는 사람들의 슬픈 사연들을 속속들이 보고 슬퍼한 왕자는 제비로 하여금 제 몸에 치장하고 있던 보석과 금붙이들을 하나하나 떼 내어 도움이 필요한 사람들에게 전달하는 심부름을 부탁한다.

왕자의 도움을 받은 사람들은 조금씩 생활이 나아지지만 왕자는 점차 빛을 잃고 초라해져간다. 그리고 왕자를 돕느라 남쪽 나라에 가지 못한 제비는 추위에 지쳐 그대로 왕자의 발밑에 떨어져 숨을 거둔다. 그 순간 왕자의 심장은 두 조각으로 쪼개지고 만다.

사람들은 초라해진 왕자의 동상을 녹여 치워버리는데, 납으로 만든 왕자의 심장만은 녹지 않고 남았다. 하늘나라에서 이 모습을 본 하느님이 천사를 시켜 도시에서 가장 소중한 것 두 가지를 가져오라고 명령한다. 천사는 지상으로 내려가 왕자의 심장과 죽은 제비를 들고 올라와 하느님께 바친다.

평화로운 궁전 한가운데 우뚝 선 동상

민주화 운동을 하다가 수감 생활을 하게 된 신영복 선생님은 감옥에서 쓴 편지들을 모아 『감옥으로부터의 사색』이라는 책을 펴내셨습니다. 이 책에서 가장 인상적인 구절은 '가장 힘든 계절'에 대한 이야기였습니다.

감옥에 갇힌 사람들에게 가장 힘든 계절은 언제일까요? 차가운 콘크리트로 된 교도소, 바라보기만 해도 시린 느낌이 드는 철창을 떠올리면 아마도 가장 힘든 계절은 온몸이 오그라드는 겨울이 아닐까 싶습니다.

하지만 신영복 선생님은 오히려 여름이 가장 힘든 계절이라고 하시더군요. 날씨가 더운 여름에는 같은 방에 갇혀 있는 다른 사람의 존재 자체가 짜증 나고 미워지는데 오히려 겨울에는 사람의 온기가 그립고 반갑기 때문에 서로 몸을 바짝 붙여 자고 가까이 있는 이들에게 감사하게 된다는 것입니다.

결국 사람에게 정말 중요한 것은 객관적인 삶의 조건이 아니라 함께 살아가는 사람들 사이의 관계라는 점을 일깨워주는 얘기가 아닐까 싶습니다. 그 말씀처럼 추운 겨울, 눈, 그리고 매서운 바람이 부는 살풍경한 겨울 거리를 떠올리면 따뜻한 음식, 따뜻한 이야기, 따뜻한 사람들이 더 절실하게 그리워집니다. 저에게 겨울과 함께 항상 맨 처음 떠오르는 따뜻한 이야기는 오스카 와일드의 『행복한 왕자』입니다.

도시 한가운데에 떡하니 자리 잡은 왕자의 동상. 왕자는 생전에 무척 행복한 삶을 살았습니다. 높은 담장으로 둘러싸인 왕궁 안에서 아름다운 것과 즐거운 사람들만 만나며 살았거든요. 오죽하면 그 궁전의 이름이 프랑스어로 '걱정이 없는'이라는 뜻을 지닌 '상수시(Sans-Souci)'였습니다.

이 궁전은 실제로 1700년대 프로이센에 지어져 유럽 전역에서 유명했던, 지금도 독일에 남아 있는 궁전입니다. 저도 가봤는데 정말 화려하고 아름다운 곳이더군요. 아마 오스카 와일드도 그 궁전을 염두에 두고 이야기를 써 내려갔는지도 모르겠습니다.

'왕자의 동상'이라는 건 그가 왕이 되기 전 어린 나이에 죽었다는 뜻일지도 모릅니다. 더더욱 세상의 험하고 추한 모습들은 접하지 않았을 테고 죽어서도 도시의 광장 한가운데에, 보석과 금으로 온몸을 치장한 아름다운 모습으로 우뚝 서 있으니 살아서나 죽어서나 정말 '행복한 왕자'라는 말이 딱 맞는 것 같습니다.

독일 포츠담에 있는 상수시 궁전의 모습

하지만 왕자는 정작 이렇게 광장에 서서 마을 사람들의 삶을 가까이에서 지켜보니 세상엔 가난하고 힘들고 어렵고 불쌍한 사람들이 무척 많다는 사실을 알게 되었습니다. 이로 인해 가장 창백한 금속인 납으로 만든 왕자의 심장은 깨질 듯 아팠고 눈에는 눈물이 가득 차 흐르게 되었습니다. 겉으로는 화려하지만 정작 '불행한 왕자'가 되어버린 것이죠. 그래서 동상 위에서 쉬던 제비에게 부탁해 자신이 가지고 있는 것을 나누어주려고 합니다.

처음 칼자루에서 루비를 떼어다 줄 때까지만 해도 그리 큰 각오가 필요한 일은 아니었을 것입니다. 그저 자신에게 소용이 없는 보석 하나를 건네준 것일 뿐이니까요. 하지만 그렇게 자신의 것을 나누어주는 기쁨, 자신의 작은 희생이 타인에게 얼마나 큰 도움이 될 수 있는지를 깨달은 왕자는 여전히 불행의 바다에서 허우적거리는 사람들을 외면할 수 없었습니다.

　두 눈의 보석을 가난한 이들에게 전해주라는 말에 제비는 소스라치게 놀라며 극구 만류하지요. 그러나 끝내 텅 빈 눈자위만 남기고 두 눈을 뽑는 순간부터 왕자는 단순한 연민이나 자선이 아닌 자기희생의 단계에 들어서게 됩니다. 온몸의 금박을 하나하나 뜯어내어 송두리째 모든 이들에게 내어주고 더는 내어줄 것이 없어진 다음에야 왕자는 진정으로 '행복한 왕자'가 될 수 있었습니다.

　그렇게 볼품없어진 왕자의 동상을 녹여 없애버리는 세상 사람들의 무심함은 더이상 문제가 될 수 없었습니다. 그의 고통과 헌신은 더 높은 곳에 있는 존재들이 아주 잘 알고 있었으니까요. 그렇게 왕자는 천상으로 올라가 '금으로 만들어진 도시'에서 영원한 삶을 살게 됩니다.

　그래서 이 이야기는 이웃에 대한 관심, 나눔, 도움과 공유의 도덕적 가치를 일깨우는 교훈적인 동화로 받아들여지는 경우가 많은 것 같습니다. 하지만 과연 그럴까요? 그렇게 평면적으로 바라보기엔 눈을 뽑고 살갗을 뜯어내는 이야기가 어쩐지 과도하게 비극적으로 보이지 않나요?

　이 동화의 제목인 『행복한 왕자』 때문에 우리가 쉽게 잊는 사실이 있습니다. 왕자가 희생한 것은 그저 보석과 금박 껍데기들일 뿐이지만 정작 진짜로 자신의 생명을 바쳐 가장 큰 희생을 한 것은 바로 제비가 아니었던가요?

왕자를 사랑한 제비

이 짧은 이야기를 완전히 다른 각도에서 다시 한번 살펴봅시다. 도대체 제비는 왜 왕자를 도운 것일까요? 아니, 한두 번 도울 수는 있다 치지만 따뜻한 남쪽 나라로 빨리 이동하지 않으면 생명을 잃을 것이 뻔한 철새가 날과 달이 바뀌어 마침내 겨울이 되도록 왕자를 떠나지 않고 도운 이유는 무엇이었을까요?

동화의 앞부분에서 제비는 나방을 잡으려고 강으로 내려갔다가 아름다운 갈대의 날씬한 허리에 반해 "당신을 사랑해도 될까요?"라고 묻습니다. 갈대가 바람에 나부껴 고개를 숙이는 것을 승낙이라고 생각한 제비는 갈대 곁을 한없이 맴돌다 이집트로 가는 일정이 6주나 늦어지게 된 것입니다.

제멋대로 하늘을 가르며 날아다니다가 아름다운 것을 보면 사랑하지 않고는 못 배기는 제비처럼, 그 사랑을 즉각 말로 표현하고 몸으로 증명하지 않으면 못 견디는 사람들이 있습니다. 비제가 작곡한 오페라의 주인공이자 열정적인 사랑의 대명사인 카르멘이 그렇고, 『노트르담의 꼽추』에 나오는 집시 여인 에스메랄다가 또 그렇지요. 로맹 롤랑의 표현을 빌자면 '매혹된 영혼', 그러니까 사랑에 사로잡힌 사람들이라고 할 수 있습니다.

아마도 그 순간이었을 겁니다. 아름다운 왕자의 눈에 눈물이 가득 차 흐르는 것을 본 순간, 제비는 자신이 그 눈물을 닦아줄 수 있다는 생각에서 존재의 의미를 찾을 수 있었고, 아마도 자신은 왕자의 곁을 떠날 수 없을 것을 직감했을 겁니다.

『행복한 왕자』 초판본 삽화(1888)

　그러니 왕자는 제비에게 얼마나 잔인한 짓을 한 것일까요? 사랑하는 이의 눈을 직접 파내고, 온몸의 살점을 떼어내는 일을 시켰으니 말이죠. 제비의 마음을 알고 시킨 것이라면 못된 일이고 모르고 시킨 것이라면 무심한 일이었습니다. 제비가 원한 일이었다고는 해도 당연히 죄책감을 갖게 되었을 테니까요. 눈을 잃은 왕자가 앞을 볼 수 없으니 제비 자신이 왕자의 곁을 지켜주겠노라고 맹세합니다. 진정으로 '사로잡힌 존재'가 되어버린 것이죠.

　이후 제비는 사실상 남쪽 나라로 가는 것을, 왕자의 곁을 떠나는 것을 포기합니다. 그리고 그건 생을 포기한다는 뜻이었습니다. 왕자의 몸에서 금으로 된 피부를 하나씩 떼어내고, 날은 더욱 추워지고, 제비의 몸은 점점 얼어붙었습니다.

마침내 생이 다하는 그 순간 제비는 마지막 힘을 모아 날아올라 왕자의 입술에 입을 맞추고, 곧바로 아래로 떨어져 왕자의 발치에서 숨을 거두었습니다. 제비의 죽음을 확인한 순간 창백한 납으로 만들어진 왕자의 심장은 '쩍!' 소리를 내며 쪼개져버렸다지요. 그래요, 실은 왕자도 제비를 사랑하고 있었던 겁니다, 가슴이 아파 심장이 부서져버릴 만큼….

그런데 책을 주의 깊게 읽어가다 보면 약간 의문스러운 지점이 생겨납니다. 앞서 설명한 갈대와 제비의 이야기에서 제비는 갈대를 '아가씨'라고 부르거든요. 그럼 제비는 남자가 아닐까요? 실제로 영문판에서는 제비를 '그(he)'라고 부르고 있습니다. 그렇다면 슬프고도 감동적인 마지막 장면의 키스는 어떻게 이해해야 할까요? 바로 여기에 동화보다 더 극적이고 슬픈 오스카 와일드의 비극이 담겨 있습니다.

비극적 아름다움을 추구한 오스카 와일드

오스카 와일드는 1854년 아일랜드 더블린에서 태어난 시인이자 극작가입니다. 와일드는 매우 부유한 집안에서 태어났기 때문에 남부러울 것 없는 유복한 환경에서 자라났고, 후에 세계적인 명문 옥스퍼드 대학에 진학하였습니다.

고전 문학을 공부하면서 짧고 풍자적인 내용을 담은 '에피그램[1]'이라는 형태의 시를 통해 이미 젊은 나이에 런던 사교계의 유명 인

당시 아이돌 스타급 인기를 누렸던 오스카 와일드

사가 되었습니다. 오스카 와일드가 남겼다는 짧은 명언, 날카로운 풍자 문장들이 오늘날 인터넷에 유난히 많이 돌아다니는 이유가 여기에 있습니다.

'젊을 땐 돈이 최고인 줄 알았다. 나이가 들어보니 그게 사실이더라' '경험이란 우리가 실수에 붙인 이름일 뿐이다' 등의 문장에서 그의 냉소적인 성품이 잘 드러납니다. '우리는 모두 각자의 방식으로 악마가 되어 세상을 지옥으로 만든다'라는 말은 영화 〈아이언맨〉에서 주인공 토니 스타크가 인용하기도 하죠.

게다가 183센티미터의 훤칠한 키, 잘생긴 외모에 긴 머리카락, 좋은 집안과 재치 있는 말솜씨, 여기에 명문대 출신이라는 배경과 신문, 잡지, 희곡 등을 통한 유명세까지 겹쳤으니 사람들이 와일드에 열광한 것도 당연합니다.

당시 그의 인기는 요즘으로 치면 아이돌 스타에 가까웠는데 심지어 그가 유명 사진관에서 찍은 전신사진을 사진관 측에서 여러 장 찍어내어 일반인들에게 판매할 정도였으니 최초의 브로마이드 모델이라고 할 만합니다. 이 사진들이 불티나게 팔리자 다른 사진관에서도 복제해서 파는 일이 발생했고, 처음 사진을 찍은 사진관에서 소송을 제기해 최초의 사진 저작권 분쟁 기록도 남게 되었습니다. 와일드의 인기가 어느 정도였는지 짐작게 해주는 일화들입니다.

시에서 희곡으로 영역을 넓힌 와일드가 1887년 소설가 데뷔를 선언하고 바로 이듬해에 발표한 소설집이 바로 『행복한 왕자와 다른 이야기들』이고, 소개해 드린 『행복한 왕자』는 여기 수록된 표제작이었습니다. 이 소설집에는 또다른 유명 동화인 『욕심쟁이 거인』도 담겨 있습니다. 거인이 정원을 독점하고 아이를 쫓아내자 정원에는 겨울만 거듭되었고, 나중에 담을 허물고 아이들을 받아들이자 비로소 정원에도 봄이 찾아와 꽃과 나무가 살아났다는 짧은 이야기인데요. 저도 아주 어렸을 때 읽었던 기억이 납니다.

그리스 비극에 매료되어 있던 와일드에게는 극단적인 아름다움, 특히 비극적 사건이 주는 아름다움을 추구하는 '유미주의[2]'적인 경향이 있었습니다. 이어서 내놓은 『도리언 그레이의 초상』 『살로메』에서도 무너져가는 인간상을 통한 비극적 아름다움을 일관되게 추구했죠.

어쩌면 『행복한 왕자』도 서로 돕고 살자는 뻔한 교훈이 아니라, 자신의 신체를 훼손하면서까지 행복을 추구하는 왕자와 사랑하는 이를 위해 자신이 파괴되는 것도 잊은 채 몸도 마음도 죽어가는 제비의 비극에서 카타르시스[3]를 찾은 것이 아닌가 싶습니다.

문제는 오스카 와일드의 개인사 역시 그렇게 비극적으로 무너졌다는 것입니다. 오스카 와일드는 사회적인 유명 인사이자 행복한 가정을 꾸린 가장이었지만 동성애 성향도 있었는데 당시 이런 일은 상류 사회에 흔히 있던 일이었습니다. 하지만 여전히 동성애를 처벌하는 낡은 법도 남아 있었죠.

당시 와일드는 '더글러스'라는 대학생과 교제하고 있었는데, 더글러스의 아버지는 와일드에게 소송을 제기합니다. 통상 '퀸즈베리 사건'이라고 부르는 이 엄청난 스캔들 때문에 와일드는 결국 1895년에 2년간의 노동 금고형을 선고받습니다.

1897년에 석방되었지만 소송 비용으로 가산을 탕진하고 가정도 파탄이 나면서 런던에 있을 수 없게 된 와일드는 프랑스 파리로 쫓기듯 건너갔습니다. 그곳에서 홀로 가난과 병마에 시달리다가 뇌수막염이 악화되며 1900년 46세의 젊은 나이로 숨을 거둡니다.

『행복한 왕자』를 와일드 자신의 성적 취향을 반영한 이야기쯤으로 평가하는 것은 과도한 폄하일 것입니다. 인간과 인간, 생명체와 다른 생명체가 서로 마음을 나누고, 함께 손을 잡고, 입을 맞추고 체온을 나누며 이 추운 세상을 견뎌내는 것은 그 자체로 아름다운 일이 아닐까요? 그것이 설령 쪼개진 심장과 얼어붙은 시체로 남아 쓰레기통에 버려지는 운명으로 귀결되는 것일지라도….

지금 우리가 하고 있는 일의 의미

낡은 흑백 사진 한 장을 멍하니 바라봅니다. 전쟁으로 폐허가 된 땅 위에 맨발로 서 있는 서너 살 아이에게 음식을 나눠주는 청년의 모습입니다. 1950년, 한국 전쟁 당시 이 땅에서 찍힌 사진입니다.

청년이 나누어주고 있는 것은 레이션, 그러니까 자신에게 배급된 음식입니다. 깡통 속 내용물을 스푼으로 떠서 한 입, 또 한 입 전해주며 자신의 몫이 줄어드는데도 청년은 오히려 웃고 있습니다.

그런데 가만 보면 이 청년 역시 그리 나이가 많아 보이지 않습니다. 불과 이십 대 초중반쯤 되었을까요? 이 청년은, 그리고 이

인천 상륙 작전 당시 아이에게 먹을 것을 주는 병사(1950)

청년과 함께 지옥 같은 전쟁에 참전했던 수많은 외국인들은 도대체 무슨 생각으로 여기에 왔을까요?

당시 미국인들에게 한국 전쟁은 '잊혀진 전쟁'이었습니다. 1, 2차 세계대전으로 지칠 대로 지쳐 사지에서 돌아온 군인들이 이제야 번영과 행복의 과실을 맛볼 시점에 벌어진 '너무 늦은 전쟁'이었지요. 앞선 전쟁들과 달리 히틀러도 없고 진주만을 폭격하지도 않은 적에게 왜 미국인이 가서 목숨 바쳐 싸워야 하는지 모호한 상황이었습니다.

심지어 어느 구석에 붙어 있는지도 모를 한국이라는 머나먼 곳까지 가서 전쟁을 치러야 했으니요. 그래서 당시 자주 쓰인 표현이 '자유의 전사(Freedom Fighter)'였습니다. 세계 초강대국이자 자유 세계의 수호자가 된 미국이 공산주의자들의 손아귀에 든 불쌍한 한국인들을 구하고 '미국의 정신'을 확산시키기 위한 전쟁, 즉 20세기의 십자군 전쟁이라는 것이지요.

그렇다고 당시 우리나라에 온 군인들이 순진하게 이 말을 다 믿지는 않았을 것입니다. 제2차 세계대전 후 사회 부적응으로 다시 전장으로 돌아온 사람도 있을 것이고 대학 학자금 때문에 입대한 사람도, 마땅한 직장이 없어 생계를 해결하기 위해 온 사람도 있었겠죠. 하지만 그들의 마음 어느 한구석에는 분명히 '우리가 하고 있는 일이 그래도 의미가 있을 거야'라는 믿음이 있었을 겁니다. 물이 가득 들어찬 논두렁의 진흙탕에 머리를 틀어박고 포복한 상태로 쏟아지는 별빛을 응시하며, 철석같은 신앙까지는 아니더라도 '우리는 세상에 빛을 뿌리고 있어'라고 거듭 다짐한 시간들이 있었을 것입니다.

그런 '바보 같은 선의'들이 모여, 뜬구름 위의 이상을 좇는 헛돼 보이는 마음들이 모여 세상은 겨우 한 뼘만큼, 손가락 한 치만큼 암흑의 밑바닥으로부터 간신히 떠오를 수 있습니다. 숨 쉴 수 있고, 사람이 살아갈 수 있는 곳이 됩니다. 한국 전쟁 참전 용사들을 찾아 고마움을 표하며 그 '바보 같은 선의'가 틀리지 않았음을 확인시켜주고, 괜한 희생이었다며 부정적인 시선을 보내던 주변 사람들에게 그들의 삶이 잘못되지 않았다고 말해 주는 것이 그들에게는 가장 큰 선물이 아니었을까요.

오스카 와일드의 『행복한 왕자』가 담고 있는 여러 겹의 사랑 이야기는 결국 이런 '바보 같은 선의'의 아름다움과 가치에 대한 찬사가 아니었을까 생각합니다. 작가는 부유한 집안에서 성장했지만 가난한 이들에게 부를 공평하게 나누어야 다 함께 자유로울 수 있다고 생각했던 것이죠. 사회주의 사상의 적극적인 지지자였던 와일드에게 왕자와 제비가 보여준 희생이야말로 진정으로 가치 있는 세상의 보석이었을 겁니다.

오스카 와일드의 희곡 중에 『윈더미어 부인의 부채』라는 작품이 있습니다. 그의 따뜻한 진심이 담긴 문장을 소개하며 글을 마무리합니다.

우리는 모두 시궁창에 빠져 있지만, 그래도 그중에는 저 멀리 별들을 바라보는 이들이 있다.

1. 에피그램

2행 또는 4행으로 된 시. 개성적인 문체를 살려 예리한 기지를 담고 기발한 풍자를 내포하고 있다.

2. 유미주의

아름다움을 최고의 가치로 여겨 이를 추구하는 문예 사조. '탐미주의'라고도 불린다.

3. 카타르시스

비극을 봄으로써 마음에 쌓여 있던 우울함, 불안감, 긴장감 따위가 해소되고 마음이 정화되는 일.

▶ 작가 소개

오스카 와일드

Oscar Wilde, 1854~1900

아일랜드 출신의 극작가, 소설가이자 시인. 재치 있는 문장과 독설로 유명했다. 희곡 『진지함의 중요성』이 대표작이고 단편 소설 『행복한 왕자』, 고딕풍의 장편 소설 『도리언 그레이의 초상』으로 이름을 알렸다. 1895년 동성애를 했다는 이유로 체포되어 2년간 복역했다. 출소 후 프랑스 파리로 건너가 궁핍하게 살다가 46세의 젊은 나이에 사망했다.

진 웹스터
Jean Webster

『키다리 아저씨』

너무나 사랑스러운
연애편지

줄거리

존 그리어 보육원에서 살던 주디는 나이가 차서 보육원을 떠나야 할 상황이 되었으나 다행히 매달 후원자에게 안부를 전하는 편지를 보내는 조건으로 대학 진학 후원을 받는다. 어느 날, 주디는 현관에 비친 후원자의 긴 그림자를 보고 키다리 아저씨라는 이름을 붙인다.

대학에 진학한 주디는 키다리 아저씨에게 꾸준히 편지를 보내면서 대학 생활에 적응하고 좋은 친구들과 사귀며 친구 줄리아의 삼촌인 저비스 펜들턴도 만난다.

주디는 열네 살 차이의 저비스 씨에게 호감을 갖게 되는데 펜들턴 가문은 엄청난 명문이었고 서로 배경이 다른 탓에 쉽게 가까워지지 못하고 관계는 제자리걸음을 할 뿐이었다.

주디는 타고난 글솜씨로 대학 신문 편집장을 맡기도 했는데, 졸업 후에는 키다리 아저씨의 농장으로 이주해 본격적인 작가의 길을 걷고자 글쓰기에 전념한다. 그러던 중 키다리 아저씨에게 큰 병이 생겼다는 편지를 받게 된다.

병문안을 위해 키다리 아저씨에게 달려간 주디는 지금까지 자신을 후원해 준 키다리 아저씨가 저비스 씨였다는 사실을 알게 되고 두 사람은 사랑을 약속한다.

진 웹스터의 험난한 가족사

저는 어렸을 때 읽은 서양 명작 소설과 동화의 초판본을 모으는 취미를 가지고 있습니다. 고서를 향한 이 모든 여행의 시작점에는 진 웹스터의 『키다리 아저씨』가 있습니다.

캐나다 밴쿠버에서 교환 교수 생활을 하던 시절 우연히 방문한 헌책방의 책더미 아래서 파란색 장정의 1912년판 『키다리 아저씨』 초판본을 찾아냈습니다. 이는 초판본 책과 만나는 기쁨을 제게 알려주었고 결국 저는 고서의 세계에 풍덩 빠져들게 되었지요.

그래서 『키다리 아저씨』를 소개하는 이번 글은 더욱 특별하게 다가옵니다. 아마 저 말고도 많은 분들이 이 책에 따뜻한 기억을 갖고 있지 않을까 생각합니다. 부디 그 소중한 추억이 더욱 아름답고 선명해지도록 이야기를 잘 풀어 전달해 드려야 할 텐데요.

예전에 어떤 교수님과 『톰 소여의 모험』에 대한 이야기를 나누다가 이런 말씀을 들은 적이 있습니다.

"마크 트웨인은 명작을 많이 썼지만 말년에 무척 가난했다고 하더군. 그렇게 된 이유가 자신의 작품을 출판하기 위한 출판사를 설립했는데 믿고 운영을 맡긴 출판업자가 지독하게 무능해서 파산했다고 하던데?"

이 말씀을 듣자마자 한숨이 먼저 나왔습니다. 아마 이 교수님은 '무능한 출판업자'가 누구인지, 왜 무능했는지에 대해서는 잘 몰랐던 모양입니다.

마크 트웨인은 글솜씨는 대단했지만 대단히 방만하게 산 사람입니다. 금광을 찾아다닐 만큼 일확천금을 꿈꾸고, 화려한 옷차림과 뽐내기에 골몰했었죠. 처가는 손꼽히는 부자 집안으로 재산이 많았고, 유명 작가로서 자신의 수입 또한 만만치 않았음에도 워낙 물 쓰듯 돈을 쓰는 낭비벽으로 언제나 경제난에 허덕였습니다.

그런데 마크 트웨인은 이 어려움의 원인이 자신이 아닌, 자기 몫의 돈을 떼먹는 출판사들에 있다고 생각해서 아예 스스로 출판사를 차리기로 합니다. 경영자로 내세운 사람은 자신이 마음대로 부릴 수 있는 조카사위였습니다. 이 조카사위도 유명 작가인 친척의 기대에 부응하려고 온몸을 바쳐 영업에 나섰고, 초기에 나온 『허클베리 핀의 모험』과 『그랜트 장군 평전』은 상당한 판매량을 기록해서 모두에게 행복한 결과로 마무리되나 싶었습니다.

하지만 마크 트웨인이 출판사 금고를 자신의 개인 금고처럼 생각하고 돈을 퍼다 쓰고, 이 상황에서 몇 년간 성공작이 나오지 않자 출판사는 파산 위기에 처합니다. 마크 트웨인은 자신의 잘못은 생각하지 않고 조카사위의 무능함에 핏대를 세워 그를 해고했습니다. 결국 출판사는 1년 후 파산했습니다.

해고당한 조카사위는 무능한 자신 탓에 위대한 마크 트웨인을 곤란하게 만들었고 그 조카인 아내를 볼 낯도 없다고 생각해서 무작정 집을 나간 후 약물을 복용해 자살합니다. 이 출판사의 이름이 사장, 그러니까 조카사위의 이름을 딴 '찰스 웹스터 출판사'였습니다. 바로 『키다리 아저씨』의 작가인 진 웹스터의 아버지입니다.

졸지에 가장을 잃은 웹스터 가족은 큰 혼란에 빠지지만 다행히 외가의 도움으로 진은 대학에 진학할 수 있었고, 여기서의 경험을 바탕으로 쓴 소설이 바로 『키다리 아저씨』입니다.

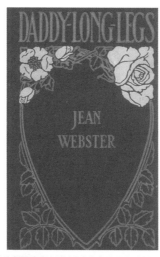

밴쿠버 헌책방에서 만난 『키다리 아저씨』 초판본(1912)

웹스터의 분신과 같았던 주디

소설 속 인물 주디와 작가인 진 웹스터는 본인 그대로라고 할 만큼 닮은 꼴입니다. 주디가 존 그리어 보육원에서 후원자인 키다리 아저씨에게 주목받게 된 것은 주디가 '후원회 위원들이 따분하고 거드름만 피워서 보육원에 참관을 올 때마다 피곤해 죽겠다'는 솔직한 내용의 작문 숙제를 낸 것 때문이었습니다. 후원자들 덕분에 살아가고 있는 아이가 이런 글을 쓰다니 당돌하지 않습니까.

실제로 진 웹스터 역시 대학 시절 작문 수업에 심혈을 기울여 글을 써간 적 있습니다. 담당 교수가 내용은 제대로 보지도 않고 철자가 틀렸다고 계속 지적하다가 비꼬는 말투로 "자네, 도대체 이 철자의 근거는 뭔가?"라고 말하자 진 웹스터는 허리에 손을 얹고 "웹스터입니다!"라고 대차게 받아친 일도 있습니다.

웹스터(Webster)는 본인의 성이기도 하지만 유명한 '웹스터 사전'이 있기 때문에 겉으로는 '웹스터 사전을 참고했습니다'처럼 들리지만 듣기에 따라서는 '제 마음대로 쓴 건데 문제 있나요?'라고 들릴 수도 있는 멋진 반격이었습니다.

소설 속 저비스는 우리나라 번역본에서 '사회 사업가'로 번역되는 경우가 많지만 영어로는 'Socialist', 즉 '사회주의자'입니다. 지금은 '사회주의'가 중국, 북한의 공산주의와 연결되어 무시무시하게 들리지만, 이 책이 쓰인 1912년까지만 해도 1917년에 건국한 최초의 공산주의 국가인 소련조차 없던 시절이었죠. 따라서 사회주의자는 노예 해방, 여성 참정권 운동, 소득 재분배, 노동자 권리

향상 등 사회 개혁을 주장하는 진보주의자들을 넓게 가리키는 말이었습니다.

소설 속 주디도 학생회, 보육원 개혁 등 사회 문제에 관심이 많은 인물로 나옵니다. 이 역시 작가의 모습을 반영한 것이었습니다. 진 웹스터는 바사 여대에 다닐 때 교정 복지 과목을 수강하며 비행·빈곤 청소년을 돕는 기관들을 방문하게 되었고, 이 기관들에 대한 지원과 개혁 운동에 평생을 바쳤습니다.

그래서 『키다리 아저씨』의 후속편인 『친애하는 적에게(*Dear Enemy*)』에서는 친구인 샐리 맥브라이드에게 보육원 원장 일을 맡겨 이상적인 보육원의 모습을 묘사하는 데 책 내용의 상당 부분을 할애하기도 합니다.

말이 나온 김에 이 책의 제목 『키다리 아저씨』는 약간 오역이라고 할 수도 있습니다. 이 책의 원제는 『*Daddy-long-legs*』인데 단어와 단어 사이가 붙임표(-)로 연결된 것에서 알 수 있듯이 이건 세 개의 단어가 아니라 한 단어입니다. 북미의 가정집에서 흔히 발견되는 다리가 아주 긴 거미죠.

소설 속 주디가 길게 늘어진 아저씨 그림자의 모습을 거미에 빗대어 말하며 그림까지 그려넣는 장면이 나옵니다. 즉, 직역하자면 '긴다리거미 아저씨' 정도가 되겠죠.

그런데 이 책이 일본에 먼저 번역되면서 『나의 다리 긴 아저씨』로 번역되었고, 이게 다시 우리나라로 넘어오면서 『키다리 아저씨』가 된 것입니다. 그렇긴 해도 '거미 아저씨'보다는 '키다리 아저씨'가 훨씬 좋은 번역인 것 같다는 생각이 드네요.

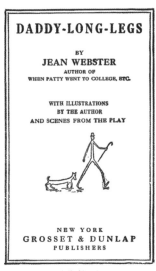

진 웹스터가 직접 그린 초판본 내지(1912)

이 책에 대한 반응은 동서양을 막론하고 대단히 좋은 편입니다. 여행하면서 머리 아프지 않게, 편안한 마음으로 읽을 소설 한 권만 챙긴다면 단연 이 책이 아닐까 싶습니다.

하지만 이 책에 대한 비판이 없는 건 아닙니다. '돈 많은 남성 후원자에 의해 양육되는 여성'이라고 내용을 단순 요약해 반여성주의적인 내용을 담고 있다고 비판하는 목소리들도 있습니다.

일리가 없는 주장은 아니지만 사실 진 웹스터 자신은 당대의 각종 사회 운동, 특히 여성 참정권 운동에 깊이 관여하며 독립적인 여성의 탄생 과정을 묘사하고 싶어 했습니다. 보육원에 가서 아이들을 돌보고 재정적으로 지원했던 사람은 실제로는 '돈 많은 남성'이 아닌 웹스터였습니다. 그럼에도 소설의 설정상 열네 살이나 차이 나는 남녀가 사랑에 빠지는 것으로 묘사한 데에는 나름의 가슴 아픈 사연이 있습니다.

『키다리 아저씨』는 앞부분 약간을 제외하고는 모두 주디가 아저씨에게 보낸 편지들의 모음으로 이야기가 진행됩니다. 이런 형식의 소설을 '서간체 소설'이라고 합니다. 편지뿐 아니라 일기, 신문 기사, 메모 등 짧은 글들의 모음으로 구성된 소설은 다 이 범주에 넣습니다.

이렇게 짧은 글을 모은 형식의 소설은 실제로 있을 법한 일기장 혹은 스크랩북을 보는 듯한 느낌을 줘서 현실감을 높이는 효과를 냅니다. 이 기법이 『드라큘라』『프랑켄슈타인』『캐리』 등 공포 장르의 소설들에 자주 쓰인 이유가 여기에 있습니다.

물론 짧은 단위로 나뉜 글이 당시 작가들의 주요 수입원이었던 신문이나 잡지 연재에 더 유리했던 장점도 있습니다. 『키다리 아저씨』 역시 《부녀가정잡지(Lady's Home Journal)》라는 잡지에 연재되었던 소설입니다.

서간체 형식의 보다 주요한 효과는 독자와 작가가 훨씬 친밀해지는 느낌을 자아낼 수 있다는 점입니다. 자신의 속내를 그대로 드러낸 편지나 일기 같은 사적인 기록들, 혹은 신문이나 잡지와 같은 문서들의 공식적인 언급들은 독자들에게 보다 솔직하고 분명한 사실 그대로를 들여다보는 느낌을 갖게 합니다.

공포 장르와 정반대 편에 있는 제인 오스틴, 앤 브론테, 비교적 최근의 히트작 『브리짓 존스의 일기』를 쓴 헬렌 필딩까지 여성 작가들이 이런 형식을 자주 사용한 것은 독자에게 더 가까이 다가가 섬세한 내면을 드러내 보이고 싶은 의도가 반영되었기 때문일 것입니다. 하지만 때로 이런 가까운 거리감은 작가가 자신의 경험을 소설에 거의 그대로 투사하는 결과로 이어지기도 합니다.

'TO YOU', 헌사에 남긴 사랑의 메시지

진 웹스터는 대학을 졸업한 뒤 독립해서 몇 편의 소설을 씁니다. 소소한 성공을 거두며 작가로서의 기반을 마련해 나가던 서른 무렵 웹스터는 자신보다 7년 연상인 변호사 글렌 포드 매키니와 만났습니다.

매키니는 미국의 심장부인 뉴욕에서도 손꼽히는 부자이자 명문가의 아들이었습니다. 워낙 엄청난 집안이다 보니 아버지와 주변의 기대치가 높아서 여기에 부응하는 데 많은 괴로움을 느꼈다고 합니다. 명문인 펜들턴 가문에서 이단아 취급을 받는 저비스의 모습과 겹치는 부분입니다.

그는 가족의 기대대로 좋은 가문의 아가씨와 일찍 결혼했지만 아내와 아이들은 외가 쪽의 가족력인 정신 질환으로 고통받았습니다. 집안은 엉망이 되고 매키니는 바깥으로만 돌며 알코올 의존증을 앓게 됩니다. 그런 고통의 한가운데서 만난 사람이 바로 햇살처럼 밝고 명랑했던 진 웹스터입니다. 웹스터는 매키니의 모습에서 가족을 위해 고통받다가 자살을 택한 아버지를 떠올렸을 겁니다.

두 사람은 서로를 위로해 주는 친구로 만남을 시작했지만 곧 사랑에 빠지고 맙니다. 하지만 매키니는 자식까지 있는 유부남이었기 때문에 두 사람의 사랑은 큰 벽에 부닥치게 됩니다. 사랑하지만 감정을 숨기고 끝까지 대놓고 만나지 못하는 주디와 키다리 아저씨의 관계. 그사이에 실제보다 더 큰 열네 살의 나이 차이라는 벽이 소설 속에 설정된 이유입니다.

매키니는 1909년 이혼 절차를 시작했지만 이혼이 사회적으로 쉽게 용인되지 않던 당시 상황에서 시간은 자꾸 흘러갔습니다. 1912년, 웹스터는『키다리 아저씨』를 집필하여 세상에 내놓게 됩니다. 그리고 두 사람이 만난 지 7년이나 지난 1915년에야 매키니의 이혼 절차가 마무리되어 두 사람은 결혼식을 올리고 꿈결 같은 신혼 생활을 시작합니다. 웹스터가 평생 가장 빛나 보였다고 친구들이 말하던 시기입니다.

웹스터는 꿈에 그리던 가족을 꾸렸으니 더 늦기 전에 아이를 갖고 싶어 합니다. 이미 39세여서 노산인 데다 웹스터 가계에는 대대로 난산으로 위험했던 가족력이 있었기 때문에 주변 사람들은 임신을 만류했습니다. 하지만 결국 웹스터는 출산을 시도했고 그토록 어렵게 결혼한 지 겨우 1년 만인 이듬해 1916년, 자신의 모습과 이름을 이어받은 딸을 남기고 산후통으로 사망합니다.

100년이 넘은 책을 한 장 한 장 넘겨봅니다. 제가 제일 좋아하는 페이지입니다. 왼쪽에는 바로 앞 페이지에 웹스터가 그린 표지 그림을 꾹꾹 눌러 인쇄한 흔적이 희미하게 넘겨다 보입니다. 그리고 이 책의 판권 사항이 조그맣게 적혀 있습니다. 1912년, 매키니의 이혼 절차가 끝을 모르고 이어지던 어두운 시절입니다.

오른쪽 페이지에는 책을 누구에게 바친다는 헌사가 들어가기 마련입니다. 그러나 가족도 친구도 아닌 'TO YOU'라는 글자만이 새겨져 있습니다. 이 책이 다른 누구도 아닌 독자 모두에게 전하는 웹스터의 사랑 편지이기 때문일 수도 있습니다. 혹은 정말 부르고 싶은 이름을 공개적으로 부르지 못하는 상황이었기 때문일 수도 있습니다.

어느 쪽이든 책이 금세 가슴속으로 파고 들어오는 것 같은 느낌입니다. 그녀의 짧은 마흔 해의 생애와, 그보다 훨씬 짧았던 행복한 시간을 되새겨보면 더욱 사무치는 말입니다.

'TO YOU, 그대에게'

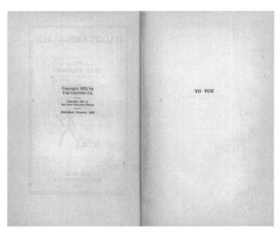

「키다리 아저씨」 속 헌사

편지로 전하는 느린 위안

요즘은 사람과 사람의 소통이 카카오톡이나 디스코드 같은 모바일 메신저로 이루어지는 듯합니다. 문자나 이메일도 귀찮아하는 이들이 많고 음성으로 통화하는 것도 왠지 부담스럽게 느껴지는 시절이죠.

하지만 제가 여러분처럼 중학교에 다닐 때는 집에 놓여 있는 유선 전화기가 가장 빠른 연락 수단이었고 그 전화기마저도 없는 집이 적지 않았습니다. 전화 요금을 아끼려고 전화기 앞에는 '용건만 간단히'라는 문구가 적혀 있던 시절이어서 급한 일이 아닌 안부 인사는 편지로 주고받는 것이 일반적이었습니다.

편지는 아주 느린 통신 수단입니다. 손으로 편지지에 글씨를 쓰고, 봉투에 넣어 우표를 붙이고, 이걸 우체통까지 가져가 넣으면 상대방에게 도착하기까지는 빨라도 사흘, 받은 이가 곧장 답장을 쓴다 해도 일주일은 걸려야 답장을 받을 수 있었으니 말이죠. 메신저로 연락하고 그 즉시 답장하지 않으면 속된 말로 '문자 씹었다'고 화내는 요즘 세태로 보았을 때는 속 터지는 방법입니다.

하지만 편지의 '느림'은 그 나름의 장점도 가지고 있습니다. 손으로 쓰는 글씨는 속도도 느리고 문장과 정보의 분량도 제한되어 있어서 생각을 거듭한 끝에, 그리고 생각하며 쓰게 되죠. 그만큼 머릿속으로 잘 정련한 내용을 담게 된다는 의미입니다. 『키다리 아저씨』에 나온 주디의 편지처럼 편지에 마음을 담기 위해 그림을 그려서 꾸미는 일도 많았고, 말린 꽃잎을 붙여 보내거나 향수를 뿌리는 방법도 있었습니다.

그렇게 공들여 쓴 편지를 우체통에 넣을 때, 그리고 답장이 오기를 기다리는 시간의 설렘도 컸죠. 편지를 보냈다는 사실을 잊을 즈음 학교에서 돌아와 책상 위에서 기다리고 있는 편지를 발견했을 때의 기쁨은 크리스마스 선물을 받을 때보다 더 컸습니다. 무엇보다 편지는 물리적 매체이기 때문에 '남아 있다'는 점이 중요하죠. 받은 편지들을 상자에 담아 소중히 보관하면서 생각날 때마다 다시 꺼내어 읽어보는 즐거움은 정말 각별했습니다.

가정 사정으로 여러 혼란을 겪으며 대학 입시를 위한 압박에 시달리던 고등학교 시절, 우연히 알게 된 대학생 누나가 있었습니다. 친누나가 없던 저는 혹시 가끔 편지를 보내도 되겠냐고 조심스럽게 물어봤는데 의외로 흔쾌히 그러라고 하더군요. 처음엔 정말 가끔 편지를 보내려고 했는데 그게 그렇게 되지 않더라고요. 편지를 쓰면 곧장 답장이 왔고, 늦지 않으려고 서둘러 다시 편지를 보내면 잘 받았다고 또 답장이 오는 주고받음이 마치 영원히 이어지는 탁구 랠리처럼 두 사람 사이를 오갔습니다.

매주, 매달 이어진 편지가 고등학교 3년간 수백 통이 되어 작은 상자 하나를 가득 채웠습니다. 어쩌면 제가 글쓰기를 좋아하게 된 것도 바로 그 편지들 덕분이 아니었나 싶어요. 돌이켜 생각해 보면 그 힘든 시절 누나의 편지들이 없었다면 제가 어떻게 버텼을까, 어떻게 살아남을 수 있었을까 아찔해지기도 합니다.

누군가 지금의 나를 만든 것이 무엇인지 묻는다면 제 혈관 속에 그 편지들이, 편지의 문장들이 가득 흐르고 있다고 답하곤 합니다. 그리고 어쩌면 그건 그 시절에 꼭 필요했던, 그 시절에만 절실할 수 있었던 삶의 요소였을지 모르겠다는 생각을 합니다.

대학에 진학해서 더 넓은 세상 속에 정신없이 바빠지자 어느 틈엔가 누나와의 연락은 끊기게 되었고 누나와 주고받았던 소중한 편지 상자를 밀봉해 창고에 넣어둔 채로 어느새 30년의 시간이 지나고 말았습니다.

이 글을 쓰면서 그 누나가 생각나서 여러 가지로 애쓴 끝에 어느 도시에서 교사로 지내는 누나와 연락이 닿았습니다. 책이 나오면 누나를 찾아가 선물하며 30년 전 방황하던 한 소년에게 누나의 편지가, 누나가 얼마나 큰 위안이 되었는지 꼭 전해야겠습니다. 정말로 고마웠다고 말해야겠습니다.

▶ 작가 소개

진 웹스터
Jean Webster, 1876~1916

미국의 소설가. 어머니는 유명 소설가 마크 트웨인의 조카였고 아버지는 마크 트웨인의 책을 내던 출판 동업자였다. 여성의 사회적 지위가 낮던 시절에 대학 교육을 받은 웹스터는 교도소, 보육원 등을 방문하며 불우한 사람들의 삶에 관심을 갖게 되었다. 이를 바탕으로 보육원 소녀 '주디'를 주인공으로 한 『키다리 아저씨』를 출간하여 큰 인기를 얻었다.

비에른스티에르네 비에른손
Bjørnstjerne Bjørnson

『해맞이 언덕의 소녀』

거칠고 불안한
사랑의 노래

줄거리

토르비욘은 전나무 숲으로 둘러싸인 농장 '그란리덴'에 사는 소년이다. 그란리덴의 반대편에는 언제나 해가 환히 비치는 솔바켄 농장이 위치해 있다. 농장의 외동딸 신뇌베는 예쁘고 착한 심성으로 마을 사람들의 애정을 듬뿍 받았다.

토르비욘과 신뇌베는 마을 교회에서 만나 사랑에 빠진다. 친구들이 신뇌베와 사귀는 토르비욘을 놀릴 때마다 그는 주먹다짐을 벌였고 그렇게 골칫거리 싸움꾼으로 마을에 소문이 나자 신뇌베의 부모님은 두 사람의 교제를 반대한다.

싸움질을 그만둬달라는 신뇌베의 부탁에 토르비욘은 성실하게 살아가고자 노력한다. 그러던 어느 날 동네 건달 크누트가 토르비욘에게 시비를 걸어오고 신뇌베와의 약속을 떠올리며 싸움을 피하던 그는 칼에 찔려 중태에 빠지고 만다. 생사의 기로에 선 토르비욘은 못난 자신을 잊어달라는 마지막 편지를 신뇌베에게 보낸다.

신뇌베는 토르비욘을 지극정성으로 간호하고 건강을 회복한 토르비욘은 크누트에게 찾아가 먼저 사과를 건넨다. 이 모습을 지켜본 신뇌베의 부모님은 토르비욘의 착한 심성에 감동하여 딸과의 결혼을 승낙한다.

사랑이라 불리는 어떤 것

아주 오래전 제가 다녔던 초등학교의 교정에는 작은 연못이 하나 있었습니다. 마법을 부리는 연못이었죠. '진짜 친구'를 만들어 주는 곳이었거든요.

별로 어려운 일도 아니었죠. 둘 혹은 셋이서 그 연못가에 있는 돌로 만든 벤치에 앉아 나는 우리 반에서 누굴 좋아하는지 말해 주는 것으로 충분했으니까요. 그러면 마치 빚을 진 사람처럼 그 친구도 누굴 좋아하는지 얘기해 줬습니다. 이렇게 비밀을 공유한다는 것은 서로에게 특별해진다는 뜻이었습니다.

돌이켜 생각해 보면 그건 그리 대단한 비밀도 아니었는데 말이죠. 학년이 바뀔 때마다 우린 필사적으로 '좋아할 누군가'를 찾았으니까요. 6년 동안 매해 그렇게 좋아하는 아이가 바뀌다 보니 나중엔 내가 누군가를 정말 좋아하긴 하는 것인지 확신이 없어질 지경이었습니다. 저는 '사랑'이라는 움푹 팬 구덩이에 사고를 당하듯이 빠졌다고 생각했는데, 그게 아니라 아무 데고 서 있는 자리에 구덩이를 파두고 거기에 걸리는 어떤 이를 '사랑'이라고 부르고 있는 것 같았습니다.

돌이켜보면 그 마지막 여름날의 석양 무렵도 그런 '구덩이'의 하나가 아니었던가 싶습니다. 대개 초등학교 운동장 구석에는 모래밭과 철봉이 있잖아요. 한낮의 뜨거운 열기가 식어가는 오후, 저는 책가방을 땅바닥에 내팽개쳐두고 낑낑거리며 철봉에 매달려 있었습니다. 다음 주에 체육 실기 시험으로 '거꾸로 오르기'를 해야 하는데 아무리 해도 요령을 모르겠어서 학교를 마치고도 집에 가지 않고 한 시간째 철봉과 씨름을 하는 중이었거든요.

발을 앞으로 걷어차보기도 하고 팔에 잔뜩 힘을 주기도 하고 온갖 애를 써봐도 수를 낼 수 없어서 손바닥에 잡힌 물집을 우울하게 내려다보고 있던 그때.

"야, 너 이거 안 돼?"

갑자기 바로 옆에서 들려온 목소리에 화들짝 놀라 고개를 돌려보니 우리 반 반장이 제가 잡고 있던 철봉보다 한 뼘쯤 높은 철봉 위에서 빙글빙글 웃고 있었습니다.

키가 작고 안경을 쓴 여자아이인데 늘 귀 바로 아래 바싹 자른 짧은 머리를 하고 있기 때문에 얼핏 보면 사내아이처럼 보이기도 했습니다. 못 하는 게 없어서 공부도 1등, 달리기도 1등, 남자아이들과 여자아이들 사이에서의 말싸움도 1등이었던 뭐랄까, '구름 위의 존재' 같은 친구였습니다.

그땐 남자아이와 여자아이들이 패를 갈라 많이도 다퉜습니다. 남자아이들은 여자아이들의 고무줄을 끊고, 계단 위에서 걸레를 떨어뜨리고, 칠판 지우개에 잔뜩 묻은 분필 가루를 여자아이들이 모인 쪽에 털며 끊임없이 괴롭힐 거리를 궁리해 냈지요. 그때마다 여자아이들은 지지 않고 물건을 맞받아 던지거나 남자아이들의 유치함과 어리석음을 비웃는 말들을 뱉어내고, 끝내 선생님께 일러서 남자아이들이 야단을 맞거나 벌을 서게 하곤 했습니다.

이 아이는 여자아이들의 대장 역할을 했고, 반장 선거에 져서 부반장을 맡았던 저는 남자아이들의 맨 앞에 서게 되어 둘이 으르렁거리는 일이 많았습니다. 그러니 예상치 않게 원수를 외나무다리에서 만난 것 같은 이 상황에 놀랄 수밖에요. 하지만 교실에서 으르렁거릴 때와 달리 시비를 건다거나 비웃는 느낌은 아니더군요.

"그렇게 발을 앞으로 차면서 철봉에 매달리기만 하니까 안 되지. 자, 내가 하는 거 잘 봐."

철봉에서 툭, 내려오더니 "자, 이렇게… 이렇게 하면 되잖아"라며 날렵하게 공중회전하며 가벼운 새처럼 철봉 위에 내려앉는 모습을 몇 번이나 보여주었습니다. 하지만 눈으로 보고 금세 따라 할 수 있는 일이라면 이렇게 손에 물집이 잡히도록 고생을 했겠습니까? 진화가 덜 된 침팬지처럼 여전히 버둥거리는 제 모습에 이 친구는 어지간히 답답했나 봐요.

"아이참, 그게 아니라니까. 자, 마음속으로 하나, 둘, 셋! 하고 세면서 셋! 할 때 이렇게… 팔을 당기고 동시에 발을 위로, 그래 위로 차면서 철봉 위로 팡! 하고 튀어 오르란 말야."

이 친구가 바짝 붙어서 보드라운 손으로 저의 두 팔과 다리를 흔들어가면서 이렇게, 이렇게 하라고 귓가에 말을 하는데 정신이 하나도 없더라고요. 그저 입 속으로 '응, 응…' 하면서 시키는 대로 팔다리를 휘젓다 보니, 어라, 어느 순간 몸이 철봉 위로 솟구쳐 오르는 게 느껴졌습니다.

"그래, 바로 그거야! 야, 너 잘하네" 하고 함박 웃는데 몇 달 동안이나 한 반이었지만 얘가 이렇게 환하게 웃는 얼굴은 처음 봤습니다. 그렇게 나란히 철봉을 잡고 한참이나 올라갔다 내려가기를 반복했습니다. 그리고 나니 이제 거꾸로 오르기는 어렵지 않게 해낼 수 있게 됐고 저도 절로 웃음이 나더군요. 둘이 똑같이 철봉 위에 배를 대고 마주 보며 웃고 있었습니다.

"자, 그럼 거꾸로 오르기는 됐으니까 다음은 휘돌기?" 하더니 배를 팅겨 철봉을 두 바퀴쯤 뱅글뱅글 돌고 탁, 착지를 하더라고요.

놀라서 입을 벌리고 보고 있으니까 바닥에 있던 책가방을 들어 먼지를 툭툭 털면서 "이건 시간 좀 걸리겠다. 안녕, 부반장!" 하더니 양쪽 어깨에 멘 책가방을 좌우로 탈탈거리며 뛰어가버렸습니다.

뜨거운 여름날, 짙고 붉은 석양이 운동장 담벼락 너머로 펼쳐진 어느 저녁 무렵의 일이었습니다.

소설로 민족의식을 고취한 비에른손

이 책을 읽고 계신 분들 가운데 아마 『해맞이 언덕의 소녀』를 읽어본 분들은 거의 없을 것 같네요. 그래서 여러분이 많이 낯설 어할 것 같아 책에 포함할까 말까 많이 고민했습니다만 오히려 이 번 기회에 많은 분들께 꼭 소개해 드리고 싶었습니다.

이 소설은 제 어린 시절의 책장을 가득 메우던 세계문학전집 의 '북유럽 편' 한 귀퉁이에 꽂혀 있었습니다. 당시 북유럽 편에는 요즘 마블 히어로 영화 시리즈로 유명한 토르와 로키가 등장하는 '북유럽 신화'가 제일 큰 비중을 차지하고 있었습니다. 망치를 들 고 치고받고 싸우는 박진감 넘치는 신화 이야기만 읽다가 우연히 책 뒤편에 수록된 이 소설을 발견했습니다.

일단 혼란스러운 제목 이야기부터 해야 할 것 같네요. 이 책의 저자는 노르웨이의 4대 거장 중 한 사람으로 꼽히는 '비에른스티 에르네 비에른손'으로, 1903년 노벨문학상을 수상했습니다.

지금의 노르웨이는 북유럽 복지 국가를 대표하는 부자 나라로 많은 사람의 부러움을 사고 있지만 비에른손이 살았던 1900년대 초반까지만 하더라도 다른 나라의 지배를 받는 식민지 국가였습 니다. 1800년대까지는 자그마치 400년간이나 덴마크의 지배를 받았고, 오랜 노력 끝에 1814년 의회를 구성하여 드디어 독립 국 가로 출발하나 했더니 이번엔 옆 나라인 스웨덴에 강제 합병되어 90년간이나 지배받았죠.

비에른손은 바로 이 시기에 노르웨이 사람들에게 민족의식을 불러일으키려고 노력하던 선구자였습니다. 그는 거리에서 연설하며 군중들의 열렬한 호응을 이끌어 내기도 하고 신문사의 언론 활동을 통해 노르웨이의 독립을 주장하기도 했습니다. 노르웨이의 국가인 〈예, 우리는 이 나라를 사랑합니다(Ja, vi elsker dette Landet)〉도 비에른손의 시를 바탕으로 만들어졌죠.

책 제목 얘기를 한다더니 엉뚱하게 작가 얘기만 한다고요? 잠깐만 기다려보세요. 이게 다 연결되는 얘기거든요. 사람들에게 민족과 국가에 대한 애정을 불러일으키는 방법으로 어떤 것이 있을까요? 우리 민족이 강해지면, 국가의 힘이 세지면 나에게 얼만큼의 이득이 생기는지를 설명하는 방법도 있겠지만 그건 '이해관계'지, '애정'과는 조금 다른 느낌일 겁니다.

그보다는 사람들이 가진 이 땅과 역사에 대한 기억, 아련한 추억과 감정들을 마치 강바닥을 헤집듯 끊임없이 퍼올리노라면 사람들의 마음이 뿌옇게 흐려지며 울분이 가득 차오르지 않겠습니까? 많은 나라에서 국민 의식을 끌어올리기 위해 민담과 민요를 활용하는 이유도 여기에 있습니다.

독일을 대표하는 그림 동화도 독일이 민족 국가로 발전하는 시기에 널리 보급되었고, 기러기들과 함께 스웨덴 국토를 종단하며 이곳저곳의 민담을 소개하고 아름다운 풍광을 자랑하는 『닐스의 모험』도 스웨덴의 근대 국가 형성에 큰 기여를 했죠.

비에른손이 자신의 첫 소설이었던 이 작품을 쓰며 염두에 두었던 것도 이 책을 읽는 노르웨이 사람들이 '고향 땅 노르웨이'의 자연을 흠뻑 즐기며 거기에 담긴 아름다운 정서에 푹 젖는 모습이었습니다. 그래서 등장인물의 이름들도 아주 향토적이죠.

솔바켄 가문의 소녀와 그란리덴 가문의 소년

여러분은 영국인이나 미국인들의 성(姓)을 보고 '어, 이건 나도 아는 단어인데?' 하고 생각한 적이 있을 겁니다. 카펜터, 테일러, 밀스… 따지고 보면 목수, 재봉사, 방앗간 주인 등 다 직업을 가리키는 명칭이잖아요. 아마 옛날엔 이게 당연한 일이었겠죠. 마을에 같은 직업을 가진 사람들이 여럿 있을 시절이 아니니까요. "아랫마을 방앗간 둘째 아들" 하면 동네 사람 누구나 "아, 그 녀석?" 하고 아는 거죠.

영어만 이런 게 아닙니다. 일본인의 성 가운데 흔한 다나카(田中), 나카무라(中村) 등은 한자를 따져보면 '밭 한가운데 사는 사람', '마을 한가운데 사는 사람' 등의 의미를 담고 있죠.

이 소설의 주인공인 '신뇌베 솔바켄'에서 '솔바켄' 역시 같은 방식으로 만들어진 성입니다. 소설 맨 처음에 이런 구절이 나옵니다.

노르웨이의 이 작은 마을은 너른 산골짜기 사이로 사방이 트여 있어서, 화창한 날이면 높다란 언덕이 햇살을 담뿍 안은 채 드문드문 솟아 있는 것을 볼 수 있다. 바위기슭이나 햇볕이 잘 들지 않는 곳에 사는 사람들은 그곳을 올려다보며 '솔바켄', 즉 해맞이 언덕이라 불렀다.

사실 이 책의 원제목은 이 여성 주인공의 이름인『신뇌베 솔바켄』입니다. 하지만 다른 나라에서 번역되어 출간되는 책 제목이 이러면 독자들은 도무지 무슨 내용인지 감을 잡기 어려울 것 아니겠습니까. 그래서 일본에서는 '솔바켄'이 담고 있는 이중적인 의미를 이용해 제목을 지었고, 그 영향으로 초기 출간물은『양지 언덕의 소녀』로 재번역되었습니다.

몇십 년 후 한국에서는 단행본『해맞이 언덕의 소녀』로 출간되었습니다. 그래서 우리나라에서는 이 소설을 읽어본 사람도 드물지만 읽어봤더라도 서로 다른 제목으로 기억하고 있고, 이 제목으

잡지에 실린『신뇌베 솔바켄』연재물의 1편(1857)

로 영문판을 찾아도 찾을 수 없는 혼란이 생긴 거죠.

소녀는 해가 반짝반짝 드는 밝은 언덕에 살고, 그 정확히 반대편에는 주인공 소년이 살고 있습니다. 골짜기를 사이에 두고 해 드는 곳의 정반대 편이니 여긴 당연히 응달이겠죠? 게다가 키가 높은 전나무가 빽빽한 숲이어서 더더욱 해가 들지 않는 어두운 곳이에요. 전나무 숲을 뜻하는 '그란리덴'은 이 농장의 이름이자 이 집안사람들의 성입니다.

이 집안은 성뿐 아니라 이름도 재미있습니다. 아버지는 세문트, 아들이 태어나면 토르비욘, 손자가 태어나면 다시 세문트, 이런 식으로 두 개의 이름을 번갈아 쓰는 겁니다. 게으른 방식이라고 생각할지도 모르겠지만 생각해 보면 슬픈 이야기이기도 합니다.

집안에 같은 이름을 가진 사람이 여러 명이면 아무래도 불편하지 않겠습니까. 이름이 달랑 두 개뿐이었다는 것은 삼대가 같이 사는 일이 거의 없을 만큼 평균 수명이 짧았다는 뜻이기도 합니다. 이 소설에도 할아버지는 등장하지 않죠.

그런데 이 두 개의 이름 가운데 토르비욘을 물려받는 아이는 늘 불행해진다는 집안 내력이 있었던가 봅니다. 그래서 그란리덴의 가장인 세문트는 아들 토르비욘이 태어나자 비뚤어지지 않게 잘 키워야겠다는 마음으로 아주 엄하게 키웁니다.

하지만 아들은 늘 야단만 치고 때로는 매질도 하는 아버지가 미웠고, 자신이 살고 있는 농장 그란리덴이 우울하게만 느껴졌죠. 그럴수록 고개를 들면 곧바로 보이는 해맞이 언덕이 궁금해졌습니다. 그곳에 사는 밝고 따뜻한 솔바켄 가문의 사람들, 그중에서

작가 비에른손의 생가를 그린 그림

도 아름다운 소녀 신뇌베에 대한 동경의 마음이 커졌습니다. 골짜기를 사이에 두고 양지와 음지, 여성과 남성, 사랑과 폭력, 행복과 고통의 극단적인 풍경이 펼쳐진 것이었습니다.

이 두 풍경의 중립 지대이자 화해의 공간인 골짜기 아랫마을에는 교회가 자리 잡고 있었습니다. 당시 유럽 사람들, 특히 북유럽 지역 사람들에게 개신교는 지역 공동체를 돈독하게 하고, 더 나아가 국가를 형성하는 정신적 지주의 역할을 했거든요. 절대 만날 일이 없을 것 같던 이 두 사람은 매주 일요일, 교회에서 만나 이야기를 나누고 함께하는 시간이 늘어나면서 자연스럽게 가까워집니다.

어리석은 자존심의 골짜기에서

석양이 아름다웠던 날, 철봉에서의 만남에도 불구하고 그 아이와 저의 관계는 별다른 진전이 없었습니다. 그도 그럴 것이 우리 반에는 이른바 '남자 대 여자의 전쟁'이 한창 불타오르고 있었거든요. 어쩌면 우리는 뭉게뭉게 피어오르는 이성에 대한 관심을 그만큼의 허세와 위악적인 행동으로 감추고 있던 것이 아닐까 싶습니다.

가을이 깊어가던 어느 날 아침, 저는 남자아이 중 유독 장난이 심했던 친구와 함께 우유 급식 당번을 맡았습니다. 아침에 차로 배달이 오는 우유 트럭에 가서 40갑 들이 초록색 우유 박스를 들어다가 학급 책상 사이를 돌아다니며 아침 자습 중인 아이들에게 하나씩 나누어주었습니다.

그런데 일교차가 심한 날씨에 냉장 배달된 우유갑 표면에 물기가 맺혀 있는 걸 보고 친구 녀석이 또 못된 장난을 생각해 냈습니다. 남자아이들에게는 책상머리에 곱게 놔주지만 여자아이들에게는 일부러 펼쳐놓은 책 위나 치마를 입은 무릎 위에 던져서 젖게 만들어 골탕을 먹이는 거죠. 그러고 나선 이렇게 말하는 겁니다.

"어이구, 실수했네…."

그런데 저는 차마 그런 장난은 못 치겠더라고요. 책이나 공책이 젖어버리면 자칫하면 아예 못 쓰게 될 수도 있으니까요. 그래서 그냥 아무 말 없이 우유를 나눠주는데 하필이면 제가 맡은 대열에 반장 아이가 앉아 있었습니다. 당연히 남자아이들은 과연 반장과 부반장의 이번 대결이 어떻게 펼쳐질 것인가 기대하면서 곁눈질하고 있었고요.

그래서 그냥 곱게 줄 수는 없겠다 싶어 성의 없어 보이게 책상 위에 툭 던져놓는다는 게 그만 힘이 좀 과했는지 우유갑은 데구루루 굴러 그 아이가 한가득 곱게 필기해 놓은 공책 위에 떨어져버렸습니다. 진짜 문제는 그다음에 제가 한 말이었습니다. 너무 당황한 나머지 이렇게 말해 버렸거든요.

"어이구, 실수했네…."

갑자기 반장의 눈빛이 산불처럼 활활 불타올랐습니다.

"야, 이게 뭐 하는 짓이야!"

그 순간 그 아이가 우유갑을 제 쪽으로 집어 던졌습니다. 그런데 그만 사태가 더 심각해져버렸습니다. 얘 딴에는 우유갑으로 제 몸통을 맞춰 우유 박스 안에 도로 집어넣으려고 했던 것 같은데 저는 서 있고 얘는 앉은 자세에서 갑자기 힘을 줘서 던지려니 물기 때문에 손이 미끄러졌는지 그만 우유갑이 제 얼굴을 강타했거든요.

'퍽!' 소리가 나면서 반 전체에 정적이 쫘악 깔렸습니다. 선생님은 무슨 서류 작업을 하시느라 바쁜지 아직 이쪽을 못 보셨지만 반 아이들은 전부 이다음 어떤 일이 벌어질지 소곤거리며 우리 두 사람을 쳐다보고 있었죠. 화를 내던 반장은 우유갑이 제 얼굴에 맞은 걸 보고 깜짝 놀라 "아니, 저… 미안… 그게 아니고…"를 입 안으로 웅얼거리며 두 손으로 입을 막았습니다.

마치 영원처럼 느껴졌던 그 짧은 순간, 저는 뭐라도 해야만 하는 압박에 떠밀려 아주 천천히 한쪽 모서리가 심하게 찌그러진 그 우유갑을 집어 들었습니다. 그리고 온몸에 꽂히는 반 아이들의 시선을 아프게 깨달으며, 아주 고통스러운 마음으로… 우유갑을 다시 그 아이의 얼굴에 던져버렸습니다.

열등감이라는 굴레

'헉!' 하는 여러분의 비명 소리가 여기까지 들리는 것 같네요. 맞아요, 정말 비열하고 못된 짓이었습니다. 처음 물에 젖은 우유갑을 공책 위에 던진 것도, 그걸 맞받아서 그 아이가 우유갑을 던진 것도 실수라고 볼 수 있었지만 어쭙잖은 자존심을 세우겠답시고 다시 우유갑을 집어 그 아이에게 던진 건 명백한 고의였으니까요.

아주 오랜 세월, 거의 40년의 시간이 흐른 지금도 그 장면을 생각하면 등줄기에 땀이 흐르고 부끄러워져요. 그리고 거듭 되묻곤 하죠. 왜 그랬을까, 도대체 내가 왜 그랬을까, 더구나 다른 사람도 아닌 바로 그 아이에게….

돌이켜 생각해 보면, 그건 아주 못나게 생긴 '열등감'이라는 괴물이 아니었을까 싶습니다. 모든 게 완벽했던 그 아이에게 가진 열등감도 있었겠지만 그보다는 다른 아이들, 특히 또래 남자아이들에게 인정받고 싶고, 그사이에 당당하게 끼고 싶다는 옹졸한 마음이 컸던 것 같습니다.

그 아이를 향한 나의 진짜 감정을 죽어도 들키고 싶지 않은 바보 같은 두려움, 나는 그렇게 말랑말랑하고 만만한 사람이 아니며 감정적으로 어떤 흔들림도 없는 강한 사람이라는 것을 증명하고 싶은 멍청한 열망의 범벅이었겠죠.

『해맞이 언덕의 소녀』에 나오는 주인공 토르비욘도 꼭 그때의 저처럼 바보 같은 짓을 거듭합니다. 신뇌베를 열렬히 좋아하면서도 자신은 그에 비하면 모자란 것투성이의 바보 같은 놈이어서 절대로 그녀와 어울리는 짝이 될 수 없다고 자책하지요. 그럼에도 마음을 열어주는 신뇌베에게 감사하며 열렬히 불타오르다가, 마을의 누군가가 그런 마음을 눈치채고 놀리면 참지 못하고 주먹을 휘둘러 싸움을 벌이고, 못된 행실을 야단치는 아버지에게 버럭버럭 소리를 지르며 반항하기도 하지요.

그러면 그럴수록 신뇌베의 부모님, 특히 어머니 카렌은 토르비욘을 못마땅하게 생각하고 두 사람을 떼어놓으려고 했습니다. 그렇게 벽이 생기면 토르비욘은 또 지레 '나란 놈이 뭐 그렇지…' 하면서 자포자기에 빠져 거친 행동으로 사고를 치는 악순환이 거듭되었죠.

그런 고통스러운 고리를 끊고자 신뇌베는 용기를 내었습니다. 그녀는 어렵게 만난 토르비욘에게 부끄러움을 무릅쓰고 마음을 담아 부탁합니다.

"그건 너에게 달렸어.… 내가 널 사랑하는 것처럼, 네가 나를 사랑한다면.… 아, 내가 술바켄에서 너를 볼 날을 얼마나 기다리는지 네가 알기나 해? 그런데 그러기는커녕 매일 이상한 소식들만 들려오고."

영화 〈신뇌베 솔바켄〉에 출연한 두 주인공의 모습

신뇌베의 진심에 감동한 토르비욘도 열등감의 굴레를 벗고 약속합니다.

"내가 다시 싸움질을 했다는 소릴 듣기까지는 아마 꽤 오랜 시간이 걸릴 거야."

하지만 이대로 잘 풀릴 것만 같던 두 사람의 사랑은 마을 건달인 크누트가 끊임없이 시비를 걸어오며 흔듭니다. 신뇌베와의 약속을 지키려고 싸움을 피하는 토르비욘에게 크누트는 이런 말까지 던져요.

"그 계집애가 너를 겁쟁이로 만들어 버린 것 같군. 내 말이 틀린가?"

분노한 토르비욘은 그만 약속도 잊고 크누트를 때려눕히지만 마지막 순간에 신뇌베와의 약속을 떠올리고 그냥 돌아섭니다. 그런데 그 틈을 노려 뒤에서 달려든 크누트가 토르비욘의 옆구리에 단검을 꽂아버렸죠.

병상에 누워 생사의 기로에 선 토르비욘에게 자신을 찌른 칼보다 더욱 아픈 것은 신뇌베와의 약속을 지키지 못했다는 것, 그녀에게 어울리는 올바른 사람이 되지 못했다는 자책감이었습니다.

결국 그는 못난 자신을 잊어달라는 이별의 편지를 신뇌베에게 보냅니다. 그동안 엄하게만 키웠던 아들이 칼에 찔려 사경을 헤매는 것을 본 아버지 세문트는 무서운 결심을 하고는 아들의 복수를 위해 마차를 몰아 농장 밖으로 달려나갑니다. 이들의 거칠고 불안한 사랑은 어떤 결말을 맞이할까요?

질풍노도의 바다 위에서

청소년기를 흔히 질풍노도의 시기라고 합니다만 정작 무서운 바람과 성난 파도 앞에서 그토록 벌벌 떨며 흔들리던 내 모습은 그 시기를 한참 지나치고 나서야 깨달을 수 있는 일인 것 같아요. 폭풍 속의 조각배에 탄 사람에게는 지금 당장 내 한 몸뚱이를 지탱해 줄 기둥을 찾는 것이 급하니까요.

우리가 젊은 날을 보내며 매해, 매번 누군가 좋아할 사람을 찾아냈던 것은 그만큼 나를 잡아줄 무언가를 갈구하는 불안하고 힘든 시간을 지나치고 있었다는 증거일지도 모르겠습니다. 이것도 사랑일까요? 물론이죠. 사람과 사람이 따뜻함과 안정을 전해줄 수 있는 관계를 맺는다는 것. 그게 사랑이 아니라면 도대체 어떤 이름을 붙일 수 있겠습니까.

저와 그 아이의 바보 같은 이야기 끝에 남은 작은 추억이 있습니다. 초등학교 생활이 모두 마무리된 이듬해 2월, 졸업식을 며칠 앞둔 방학이었습니다. 담임 선생님의 제안에 따라 학급 임원을 맡은 남녀 아이들 열 명 정도가 모여 졸업식 날 벽에 붙일 학급 신문을 만들기로 했죠.

여자아이들은 색종이와 사인펜을 사러 문방구에 다녀오기로 했습니다. 그 와중에 남자아이들만 남은 교실에 가방을 두고 가려니 또 무슨 못된 장난을 칠까 걱정되었는지 한 명은 남아서 가방을 지키기로 했습니다. 결국 반장이 남기로 했죠.

그런데 아무리 씩씩하다고 해도 남자아이들 대여섯 명이 우글거리는 교실에 혼자 있기는 영 어색했는지 잠시 후 슬며시 복도로 나가더라고요. 그걸 본 남자애들은 여자애들이 걱정한 대로 가방에 장난을 칠 궁리를 했는데 혹시 복도에 있는 반장이 문틈으로 이쪽을 보고 있을까 걱정이 됐는지 저보고 나가서 망을 보라고 하더군요. 저도 이런 바보 같은 장난에 좀 진저리가 난 참이어서 그러겠다고 하고 복도로 나갔습니다.

그 아이는 팔짱을 끼고 창문에 기대서 있었습니다. 지난번 우유갑 사건 이후로는 서로 눈도 마주치지 않으려고 했기 때문에 제가 나오는 것을 보고 조금 당황한 눈치더라고요. 저는 모르는 척 조금 거리를 두고 그 옆에 같은 자세로 기대서서 운동장을 바라보는 척했습니다.

쥐 죽은 듯 조용한 복도에 두 사람의 숨소리만 새근새근 들리는데 점점 숨이 막히는 느낌이더라고요. 곁눈질로 그 아이의 단발머리를 보고, 반짝거리는 안경을 보고, 하얀 뺨을 보고… 그러다가 저를 곁눈질하던 그 아이와 눈이 딱 마주쳐버리고 말았습니다.

그만 얼굴이 빨개져서 도저히 더 있을 수 없겠더라고요. 그래서 아무렇지도 않게 다시 교실로 들어가려고 문고리에 손을 대는 순간 그 아이의 목소리가 등 뒤에서 들려왔습니다.

"좀더… 여기 있으면 안 돼?"

문고리에 손을 뻗은 채 그대로 굳어버리고 말았습니다. 아마 숨 쉬는 것조차 잠시 잊었던 것 같아요. 이게 무슨 말이지? 뭐라고 말한 거지? 나는… 뭐라고 말해야 하지? 그렇게 우물쭈물하고 있는데 그 아이의 목소리가 또 한 번 들려왔습니다.

"그냥… 우리 친구가 되면 안 될까?"

두 가지 선택지가 있었죠. 고개를 돌려 그 아이에게 답하는 것과 교실 문을 열어버리는 것. 그때나 지금이나 바보 같았던 저는 어느 쪽도 택하지 못한 채 문고리를 잡고 하염없이 서 있었습니다. 문을 열어야 하나, 말아야 하나, 문을 열어야 하나, 말아야 하나….

▌ 작가 소개

비에른스티에르네 비에른손
Bjørnstjerne Bjørnson, 1832~1910

노르웨이를 대표하는 시인이자 소설가, 극작가. 노르웨이
는 물론이고 스칸디나비아 국가들 전반의 문학 사조에 큰
영향을 끼쳤다. 노르웨이 국가의 가사를 만들었고 민족
주의를 고취하는 작품들을 많이 썼다. 대표작으로 소설
『아르네』와 희곡 『파산』 등이 있다. 노르웨이인 최초로
1903년 노벨문학상을 수상했다.

허풍선이 남작의 모험

"MENDACE VERITAS —진짜 거짓말"

15소년 표류기

"아이들에게는 스스로의 힘으로 이겨나갈 용기와 지성이 있다."

서유기

"세상만사가 텅 비어 있음을 깨닫다."

오즈의 마법사

"나도 이제 두뇌, 심장, 용기가 생겼다!"

4장

끝없는 모험과
상상력의 세계

루돌프 에리히 라스페
Rudolf Erich Raspe

『허풍선이 남작의 모험』

진정한 '뻥'의 세계를 보여드립니다!

줄거리

독일 귀족 뮌히하우젠 남작은 집에 찾아온 손님들에게 자신이 예전에 겪었던 온갖 신기하고 믿기 힘든 모험담을 들려준다. 대부분의 이야기들은 얼핏 들으면 그럴듯하지만 실제로는 거의 불가능한 내용들로, 허풍의 정도는 점점 심해진다.

어느 날, 말을 타고 러시아 벌판의 눈보라 속을 전진하던 남작은 폭설에 잠시 쉬다 가기로 한다. 근처에 보이는 말뚝에 말을 묶고 자신은 그 옆의 수풀에 기대어 잠들었는데 다음 날 아침에 깨어나 보니 머리 위에서 말 울음소리가 들려왔다.

알고 보니 어젯밤에 말을 묶어둔 말뚝은 교회의 십자가였다. 너무 많은 눈이 와서 교회의 지붕 높이까지 눈이 쌓였고, 눈이 녹자 남작은 지상으로 내려왔지만 십자가에 묶인 말은 고통스럽게 몸부림치고 있었던 것이다. 남작은 명사수의 솜씨를 살려 한 방에 고삐를 끊었고 날렵한 말은 공중제비를 돌아 무사히 착지한다.

남작은 한 손으로 대포알을 막기도 하고 거대한 바다 괴물과 만나 전투를 벌이기도 하며 인어와 만나 대화한다. 나중에는 대포알을 타고 달나라에 가서 달 세계의 사람들과 대화를 나누고 그곳에서 사는 용과 싸우다가 지나가는 혜성을 잡아타고 지구로 돌아오기도 한다.

중학교 1학년, 한창 허세가 심할 나이

새로운 학년, 새로운 교실에서의 첫날. 눈에 보이지 않는 팽팽한 긴장감이 교실 가득 흐르는 것을 느껴본 적이 있으신가요? 더구나 아이 취급만 받던 초등학교 생활을 마치고 청소년에 편입되는 중학교에 올라간 첫날, 그 긴장과 혼란의 한가운데에 중학교 1학년 신입생으로 자리 잡고 앉았던 저는 나름 각오한 바가 있어 자못 비장한 심정이었습니다.

뒷자리 녀석들은 잡담하느라 바쁘고 옆자리 녀석은 휴대용 카세트 라디오에 연결한 헤드폰을 쓰고 음악을 들으며 멍하니 칠판만 쳐다보고 있었죠. 저는 천천히 몸을 기울여 가방에서 하얀 노트와 필통을 꺼내 들었습니다.

'그냥 노트'가 아니었습니다. 파란 줄 세 개와 가운데에 빨간 줄

하나, 격식을 갖추어 제대로 영어를 배운 이들만이 사용한다는 전문성 넘치는 영어 전용 '4선 노트'였습니다.

주변 철없는 코흘리개들의 시선을 의식하며 천천히 노트 표지를 열어젖혔습니다. 더이상 연필이 아닌 '볼펜'을 꺼내어 아무렇지도 않다는 듯 대문자로 A, B, C, D를 써가기 시작했습니다. 오오… 콧대 높아 보이던 옆자리 짝의 시선이 조금씩 조금씩 이리로 몰리는 게 느껴지더군요.

'훗, 당황스럽겠지. 나는 자유자재로 대문자를 쓸 수 있단다. 교실에 멍하니 앉아 있는 너희들과는 다르지. 아직 끝난 게 아니다, 더 대단한 것을 보여주지!'

저는 공책을 넘겨 이번엔 소문자로 알파벳을 쓰기 시작했습니다. 이제 옆자리 친구의 표정은 경악으로 바뀌어가고 있었습니다.

'놀랍겠지, 좌절스럽기도 할 게다. 누군가는 이렇게 앞서가고 있다는 것. 하지만 이게 너와 나의 차이고 시작점이다. 움하하… 움하하…'라고 폭발한 속웃음이 어쩔 수 없는 입가의 떨림으로 밀려 나올 즈음 이 녀석은 뭔가 말하려던 걸 그만두고 한숨을 푹 쉬며 자기도 가방에서 뭔가를 꺼냈습니다. 『맨투맨 기본영어』라는 그 당시 명성이 자자한 영어 교재였습니다.

"어, 너도 그거 봤냐? 나도 학원에서 두어 번 떼쳤는데 내용이 좀 뻔해서 지겹더라고…."

그 순간 뒷자리 녀석도 맨투맨을 꺼내 들었습니다.

"난 과외 오는 형이 어차피 나중엔 성문종합 봐야 된다고 지금부터 이걸로 보라고 하던데?"

다른 녀석은 초록색 표지의 『성문 기초영문법』을 꺼내 들었습니다.

"리스닝은 어떻게 하고 있어? 난 『정철 중학영어』 듣고 있는데 좀 유치한 것 같아서…."

그러고 보니 옆자리 녀석이 듣고 있던 것은 그냥 노래가 아닌 영문법 테이프인 모양이었습니다. 집안 사정상 과외는커녕 학원 근처에도 가보지 못했던 저에게는 도저히 이해할 수 없는 대화가 펼쳐지고 있었습니다.

"야, 그런데 넌 아까부터 뭐 하고 있나? 설마 알파벳? 이런 거 써오는 숙제 있었어? 초등학생도 아니고 무슨 이런 숙제를…."

그럴듯한, 하지만 절대로 그럴 리 없는 이야기들

어휴, 그때를 생각하니 몇십 년이 지난 지금도 등줄기에 땀이 흐르네요. 그러게 괜한 허세를 부리면 언젠간 저렇게 큰 낭패를 보게 된다니까요. 그걸 알면서도 사람이란 늘 허영에 사로잡힌 존재인가 봅니다. 틈만 나면 자기 자랑을 하고 이야기를 부풀려 허풍 떨고 싶은 욕망을 참는 것이 어렵습니다. 하지만 그런 허풍도 일정한 수준을 넘어서버리면 오히려 재미있는 이야기가 되고 예술이 될 수 있는 모양입니다.

이번에 들려드릴 이야기는 바로 이런 허풍 섞인 이야기로는 세계 최고 수준이라고 할 수 있는 『허풍선이 남작의 모험』입니다.

제가 어렸을 때 정말 좋아했던 유쾌한 책이어서 꼭 여러분께 소개드리고 싶었습니다.

이 소설의 주인공인 뮌히하우젠 남작은 지금의 독일 땅인 하노버 왕국에서 나고 자란 귀족입니다. 당시 귀족들이 으레 그랬던 것처럼 그 역시 군인 신분으로 러시아, 튀르키예와의 전쟁에 참전하여 파란만장한 삶을 보내고 은퇴해 고향에 돌아온 사람입니다.

당시 귀족들의 중요한 사교 수단 중 하나는 저택에 모여 거창한 식사를 즐긴 뒤 달고 맛있는 후식을 먹으며 이런저런 이야기를 나누는 것이었습니다. 이 자리에서 뮌히하우젠 남작은 손님들에게 재미 삼아 자신의 소싯적 이야기를 한 토막 한 토막 들려줍니다. 그런데 이 이야기들이 말 그대로 상상을 초월하는 엄청난 '뻥'들입니다.

그림을 보면서 하나씩 말씀드려볼까요? 아프리카에서 사자를 사냥하러 나섰던 남작은 총알이 빗나가는 통에 사자에게 쫓기고 맙니다. 걸음아 날 살려라 달아나다 보니 아니, 이번엔 정면에 집채만 한 악어가 입을 딱 벌리고 기다리는 게 아니겠어요?

남작을 덮치려는 사자가 공중으로 날아오르는 순간 남작은 잽싸게 몸을 납작 엎드립니다. 글쎄 그랬더니 사자가 악어의 거대한 입에 들어박혀버렸다는 겁니다. 이에 더해 악어는 목구멍에 낀 사자때문에 질식해 버려 남작은 일석이조의 사냥에 성공한 셈이었죠.

'야이, 무슨 말도 안 되는…'이라고 어이없어하는 분들이 보이는데 벌써 당황하시면 안 됩니다. 이건 이 책에 실린 온갖 이야기 가운데 제일 약한 편이거든요.

남작이 피하는 바람에 악어의 입속으로 뛰어든 사자

또다른 이야기로는 남작이 러시아에 갔을 때 털이 무척 아름다운 여우를 발견했대요. 여우 가죽은 여성들의 목도리나 사냥용 외투로 쓰이는 값비싼 원료여서 최대한 손상을 주지 않고 가죽을 얻을 방법을 생각하다가 총에 총알 대신 못을 넣었대요. 그러고는 못을 쏴서 나무둥치에 여우 꼬리를 박아넣었대요. 움직이는 여우의 꼬리에 못을 정확히 박아넣은 것은 말이 안 되지만 더 황당한 건 그다음입니다.

여우의 이마에 칼집을 내고 채찍으로 때리려고 겁을 줬더니 여우가 "컹!" 하면서 가죽만 남기고 뛰쳐나가서 아무런 손상 없는

여우를 나무에 박아놓고 채찍질 시늉을 하는 남작

깨끗한 가죽을 얻었다나요. 가만 생각해 보면 좀 잔인한 이야기이지만 얼핏 생각하면 또 그럴듯해서 헛웃음만 나오네요.

이 책에서 가장 유명한 에피소드는 아무래도 튀르키예와의 전쟁 이야기가 아닐까 싶습니다. 튀르키예군과 대치하는 상황에서 적진을 정찰할 방법이 없어 애태우던 남작은 아군이 대포를 쏘는 순간 대포알에 올라타 적진으로 용감하게 날아갑니다. 공중에서 적의 동태를 모두 파악한 뒤, 튀르키예군의 대응 사격으로 날아오는 대포알을 잡아타고 아군 진지로 무사히 돌아옵니다.

책 전체가 다 이런 내용으로 이루어져 있습니다. 오죽하면 영문판 제목은『뮌히하우젠 남작의 모험』인데 국내에 번역될 때『허풍선이 남작의 모험』으로 번역되었겠어요. '허풍선'에서 '선(扇)'은 '부채'라는 뜻입니다. 즉, '헛바람만 잔뜩 불어대는 부채 같은 거짓 말쟁이'라는 뜻인 거죠.

그래서 정신의학에서는 다른 사람들의 관심을 끌기 위해 거짓말을 하거나 일부러 온갖 사고를 일으키는 증세를 가리켜 '뮌하우젠 증후군'이라는 명칭을 붙였을 정도입니다. 그런데 더 놀라운 게 뭔지 아세요? 이 뮌히하우젠 남작이 실존 인물이라는 점입니다.

점차 과장되고 부풀려진 거짓의 강도

뮌히하우젠 남작은 1720년에 태어나 1792년까지 독일에 살았던 실존 인물이자 귀족입니다. 작위를 포함한 풀 네임은 '히에로니무스 카를 프리드리히 프라이헤르 폰 뮌히하우젠 남작'이죠. 사실 귀족이긴 하지만 '공후백자남', 즉 '공작-후작-백작-자작-남작'으로 이어지는 귀족의 작위 체계에서 남작은 가장 끄트머리입니다. 기사 바로 위니까 사실상 말단 귀족이라고 할 수 있죠.

그래서 뮌히하우젠 남작도 귀족들 사이에서 그리 주목받는 존재는 아니었던 모양입니다. 다만 워낙 말솜씨가 좋고 농담도 잘하는 성격이었습니다. 그래서 앞서 말씀드린 것처럼 식사를 마치고 후식 시간마다 유머와 위트를 섞은 자신의 전쟁 경험담을 청산유수로 풀어냈습니다.

소설 속 이야기처럼 말도 안 되는 허풍은 아니었지만 아주 재밌었기 때문에 손님들의 반응은 무척 좋았고, 그래서 세력 있는 귀족들의 파티에 이야기 손님으로 자주 불려갔다고 합니다. 하급 귀족이 사교계에서 살아남는 한 방편이기도 했고, 당시 유럽에서는 상류층 자제들이 필수 소양으로 이곳저곳을 여행하는 '그랜드투어'가 유행하기도 했으니 일부러 여행 이야기를 들으려고 남작을 찾아오는 사람들도 많았습니다.

이렇게 파티장의 한구석에서 남작의 이야기를 귀동냥하던 사람 중에 루돌프 에리히 라스페라는 인물이 있었어요. 나름 괴팅겐대학을 졸업한 작가이자 과학자였으나 생계가 궁했던 것인지 원래 덕이 부족한 사람이었던 건지 절도에다가 사기를 여러 번 저질러 수배자 신세가 되었고, 결국 1775년 영국으로 도망갔습니다.

그렇게 도망간 곳이니 어디 살아갈 방법이 만만했겠어요? 그래도 명색이 작가이니 글을 써서 돈을 벌어볼까 싶은데 대중에게 팔릴 만한 재밌는 이야기의 소재로 떠오르는 게 있어야지요. 그러다 무릎을 탁, 친 거죠. '아, 그 파티에서 뮌히하우젠 남작이 했던 그런 얘기를 쓰면 되겠구나. 남작이 독일 사교계에서 유명한 인물이니 그의 얘기라면 아마 분명히 독일에서 잘 팔리겠다' 싶었습니다. 그런데 아무리 그래도 두 눈 시퍼렇게 멀쩡히 살아 있는 사람의 실명을 쓰는 건 좀 그렇잖아요.

그래서 1781년 독일의 유머 잡지에 처음 연재한 글의 제목이 영어로 번역하면 'M-h-s-nsche Stories'였는데 이게 뭐 눈 가리고 아웅이지 누가 봐도 '뮌히하우젠의 이야기'잖아요. 수배 건도 있고 실존 인물의 이름을 들이댄 것도 께름칙해서 라스페는 이름을 숨기고 연재해 나갑니다.

이 연재가 독일에서 인기를 얻자 사기꾼이었던 기질이 드러
난 건지 라스페는 점점 배짱이 커져서 아예 자신이 살고 있는 영
국에서 남작의 실명을 사용한 단행본을 내기로 합니다. 이 책의
제목이 『뮌히하우젠 남작의 멋진 여행과 러시아 전투에 관한 이
야기(*Baron Munchausen's Narrative of his Marvellous Travels and
Campaigns in Russia*)』였습니다. 제 발이 저려 책 제목도 길어졌나
봐요.

특이하게도 이 책은 독일 귀족을 주인공으로 쓴 독일 작가의 작
품인데도 영문판이 먼저 발간되었어요. 문제는 이 책이 영국에서
상당한 인기를 얻었다는 점입니다. 유럽 전역에 입소문이 퍼지자
대륙의 여러 나라에서 번역 출간되기 시작했지요. 아이러니하게
도 라스페가 도망 나온 독일에서 나고 자란 낭만파 시인 뷔르거가
1786년에 영문판을 독일어로 번역하여 독일에 소개하게 됩니다.

엄연히 말하면 라스페가 뮌히하우젠 남작의 이름만 빌렸을 뿐
이지 그 안에 담긴 내용은 독일과 유럽에서 전해 내려오던 민담과
허풍에 가까운 유머들을 모아넣은 것이었거든요. 뷔르거 또한 번
역 과정에서 나름대로 에피소드들을 다듬고 좀더 과장하며 재밌
다 싶은 이야기들을 추가하여 허풍의 강도를 높였습니다.

아닌 밤중에 홍두깨를 맞은 사람은 멀쩡히 살아 있던 뮌히하우
젠 남작이었습니다. 자신에게 상의하거나 허락을 받지도 않고 실
명을 사용한 책을 내다니요. 더구나 누가 들어도 말도 안 되는 거
짓말을 천연덕스럽게 줄줄 늘어놓는 내용이었으니까요.

이 책이 유럽 전역에서 베스트셀러가 된 탓에 만나는 사람마다 "자네 참 재밌는 사람이야" "그런데 좀 과하긴 과하더군" "자네 그렇게 안 봤는데…"라고 한소리씩 하니 미칠 지경이 아니었겠습니까.

예순여섯, 귀로 들어오는 얘기가 다 순순히 여겨진다는 '이순(耳順)'의 나이에 절대로 순순히 들을 수 없는 이 허풍 가득한 소설의 실체를 알아차린 남작은 분노하여 소송을 걸려고 했지만 정작 원저자가 누군지 알 수도 없는 상황이었습니다. 뷔르거는 번역만 했다고 발뺌하니 책임을 물을 수도 없는 노릇이었죠.

저도 어릴 땐 뷔르거가 저자인 줄 알았습니다. 원저자가 라스페였다는 것은 후대에 와서 알려진 사실입니다. 결국 남작은 더이상 사교계에서 이야기꾼 노릇을 하지 않겠다고 선언하고 은둔 생활에 들어가 쓸쓸히 여생을 마쳤습니다.

삽화가 '귀스타브 도레'의 유산

실제 주인공의 안타까운 사연과는 별개로 시간이 지날수록 소설의 인기는 더욱 커져 갔습니다. 오히려 그 인기가 더욱 높아졌습니다. 정작 원저자인 라스페는 인세도, 명예도 얻지 못했지만 번역자인 뷔르거는 상당한 돈을 벌었다고 합니다.

더 나아가 각국에 이 책이 번역되며 그 내용은 마치 현대의 구전 설화처럼 끊임없이 변형되고 확장되어 갑니다. '여우 가죽 벗기기'의 이야기 또한 아동 도서로 출판되며 일부 내용이 바뀝니다. 남작이 채찍을 휘두르는 장면이 없어진 것이죠. 대신 남작은 아주 맛있는 고기를 여우의 코 앞에 들이밉니다. 먹고 싶어 버둥거리던 여우가 "컹!" 하고 짖으며 가죽을 벗고 고기를 향해 뛰쳐나가는 것으로 변형되었습니다.

이 가운데 현재 우리 삶과 가장 직접적으로 연관된 변형은 미국에서 이루어집니다. 원작에서는 말을 타고 달리던 남작이 늪에 빠지자 자신의 머리카락을 오른손으로 움켜쥐고 위로 끌어올려 늪을 탈출했다는 물리적으로 불가능한 이야기가 나옵니다. 미국에서는 이 이야기가 장화 끈(bootstrap)을 끌어당겨 점프를 높이는

스스로 공중부양을 시전하는 남작

방식으로 변형됩니다.

더 나아가 이 이야기는 엉뚱하게도 1953년 최초의 컴퓨터가 개발되는 과정에 영향을 줍니다. 당시 컴퓨터는 전원을 끄면 메모리 상의 모든 운영 체제 정보가 날아가는 한계를 지니고 있었습니다. 따라서 엔지니어들은 전원을 켜는 순간 무조건 디스크상의 운영 체제를 읽어 들이는 명령을 컴퓨터에 자체적으로 탑재하게 해서 이 문제를 해결했습니다.

스스로 명령어를 줘서 컴퓨터를 깨어나게 하는 이 과정이 '장화 끈 당기기' 이야기와 비슷하다고 해서 '부트스트랩'이라는 이름이 붙었는데 이것이 오늘날 우리가 매일 컴퓨터를 켤 때마다 반복하는 '부팅'이 된 것입니다.

저는 1862년 귀스타브 도레의 판화 일러스트본을 복각한 책을 소장하고 있습니다. 프랑스의 삽화가이자 판화가, 조각가인 귀스타브 도레는 예술가 중에는 드물게 부와 명예를 모두 잡은 사람입니다. 정규 미술 교육은 전혀 받지 않았지만 이미 11세부터 삽화를 그리기 시작했고 이재에도 밝았습니다. 일단 시장에서 능력을 인정받자 곧바로 여러 사람을 모아 목판조각가팀을 꾸렸습니다. 자신은 일러스트만 빠르게 그리고 판각 등의 작업은 공장제로 돌린 것이죠.

평생 1만 점 이상의 판화를 만들고, 200권 이상의 책에 삽화를 그렸는데 이 숫자도 적게 측정된 것이어서 한창때는 그의 삽화가 담긴 책이 8일에 한 권씩 출간될 정도였다고 합니다. 그래서 16세에는 이미 프랑스에서 가장 돈을 많이 버는 작가가 되었죠. 더 나아가 예술가로서 인정받고자 프랑스를 떠나 런던으로 이주해 미술가로서의 경력도 훌륭하게 쌓아나갔습니다.

초판본 삽화를 직접 그린 라스페는 뮌히하우젠 남작을 젊고 날씬하게 묘사했던 반면, 이후 다른 작가들의 손을 거쳐 남작의 모습은 얼굴에 칼자국이 있는 퇴역군인의 모습으로 그려지기도 했습니다.

현재 통용되는 남작의 이미지는 도레의 삽화에서 굳어진 것입니다. 나이 들었지만 강단 있어 보이는 체격, 멋진 카이저수염과 매부리코, 약간 오만하면서도 항상 호기심 가득한 표정의 남작의 모습이 이야기와 너무 잘 맞아떨어졌기 때문에 이후 등장한 전 세계의 모든 삽화는 모두 도레의 삽화에 영향받을 수밖에 없었습니다.

『돈키호테』의 삽화도 마찬가지입니다. 우리가 현재 알고 있는 돈키호테와 산초 판사의 모습 역시 도레의 판화에서 비롯하여 원형으로 굳어진 모습이죠. 누가 뭐래도 도레의 진짜 능력은 역시 삽화 분야에서 발휘되었습니다.

이 책에 수록된 도레의 삽화 중 가장 유명한 그림은 첫 페이지에 담긴 남작의 흉상입니다. 도레는 상상 속 남작의 모습을 이 흉상에 분명하게 드러내며 원작에 없는 설명 하나를 흉상 아래에 라틴어로 슬쩍 적어놓았는데, 이 짧은 문구야말로 『허풍선이 남작의 모험』을 가장 잘 설명하는 말이 아닌가 싶네요.

'MENDACE VERITAS — 진짜 거짓말'

귀스타브 도레가 그린 남작의 흉상

아참, 맨 앞에 썼던 중학교 1학년 때 사건의 뒷부분을 말씀드리지 않았네요. 첫인상의 기 싸움에서 밀리면 중학교 생활이 전부 엉망이 될 위기에 처한 저는 "이거 숙제였냐?"고 묻는 친구에게 어떻게 답해야 하나 필사적으로 머리를 굴렸습니다.

'어떻게 대답하지, 어떻게…' 고민하다가 대문자, 소문자 말고 뭔가 대단한 것을 퍼뜩 떠올렸습니다. 그리고 태연하게 대답했죠.

"그냥 뭐, 심심해서…. 필기체나 연습해 볼까 하고. 해외 펜팔이나 그런 거 하려면 필기체 읽고 쓰는 건 기본이잖아."

"우와, 너 필기체 쓸 줄 알아? 그런 건 도대체 어디서 배웠냐?"

"후훗, 배우긴 뭐, 영어를 자주 접하다 보면 그냥 아는 거지. 너 이름이 뭐냐? 내가 필기체로 써줄까? 이게 대문자 I하고 소문자 i하고 필기체로 쓰면 비슷해서 헷갈리거든…."

그래서 무사히 위기를 탈출했다는 얘기.

『허풍선이 남작의 모험』을 읽은 덕분에 허세를 부리려면 끝까지 부려야 한다는 교훈을 얻었던 게 아닐까요? 하지만 이 일을 통해 앞으로는 절대 괜한 허세를 부리지 말아야겠다는 '진짜 교훈'을 얻 게 되었답니다.

▶ 작가 소개

루돌프 에리히 라스페
Rudolf Erich Raspe, 1736~1794

독일 하노버에서 태어난 작가이자 과학자이다. 괴팅겐
과 라이프치히에서 법학을 공부하고 괴팅겐 대학 도서
관에서 일하다 카셀 대학의 교수가 되었다. 여러 건의 사
기를 저질러서 학계에서 퇴출되고 영국으로 도피했으나
1794년 성홍열에 걸려 아일랜드에서 사망했다. 저서로
는 『유화 그림의 기원에 대한 에세이』 『허풍선이 남작의
모험』 등이 있다.

줄 가브리엘 베른
Jules Gabriel Verne

『15소년 표류기』

모험과 도전,
아이들만의 세상

1860년 뉴질랜드의 오클랜드에 있는 사립학교인 체어맨 스쿨에 다니던 열네 명의 학생들이 여름 방학을 맞아 집에 돌아온다. 이들은 학생 한 명의 부모가 소유하던 대형 요트를 타고 뉴질랜드 연안을 돌며 항해와 낚시를 즐기는 휴양 여행을 가려고 한다.

그런데 출항 예정일 새벽, 선장과 선원들은 육지에 술을 마시러 가고 학생들과 견습 선원 모코가 남아 잠든 배의 밧줄이 풀려 점점 먼바다로 밀려나가게 된다. 견습 선원을 포함한 열다섯 명의 소년은 항구로 돌아가려고 애쓰지만 폭풍우에 휘말려 그럴수록 더더욱 먼바다로 떠내려가게 되고, 결국 무인도에 표류하고 만다.

난생처음 접하는 무인도의 척박한 환경에서 소년들은 순조롭게 섬 생활에 적응하는 듯했다. 그러나 영국 출신 소년들과 프랑스 출신 소년들이 서로 패를 갈라 나뉘고, 풀린 닻줄에 대한 의문까지 겹쳐 그들은 커다란 갈등에 직면하게 된다.

설상가상으로 선상반란을 일으킨 악당 선원들이 섬을 공격해 오는 사태까지 벌어지자 소년들은 위기에 처한다. 그럼에도 함께 용기와 지혜를 모아 고비를 무사히 넘기고 근처를 지나던 배에 구조되어 2년 만에 꿈에 그리던 집으로 되돌아오게 된다.

아이들에 대한 기대가 가득찬 시대

사람들의 상상력을 자극하는 표류기 중 가장 오래되고 유명한 것은 『로빈슨 크루소』가 아닐까 싶습니다. 성경 다음으로 많이 팔렸다는 설까지 있는 이 베스트셀러의 영향으로 많은 아류작들이 세상에 나왔습니다.

『15소년 표류기』를 쓴 작가 쥘 베른은 서문에서부터 이 책이 『로빈슨 크루소』의 청소년 버전임을 직접 밝히고 있습니다. 하지만 베른이 단순히 팔릴 만한 책을 써서 돈을 많이 벌겠다는 얄팍한 계획으로 이 책을 쓴 것은 아닙니다. 여기엔 작가와 작품이 놓여 있는 시대적인 상황이 크게 작용했습니다.

1455년 『구텐베르크 성경』을 시작으로 활판 인쇄의 시대에 들어서자 소수의 사람들만 접할 수 있는 값비싼 물건이던 책은 점차 일반 대중에게 지식과 오락을 제공하는 수단으로 확장되어 갔습니다. 빅토리아기(1837년~1901년)에 이르러서는 산업 혁명을 통해 선진국으로 발돋움한 영국을 비롯하여 유럽 여러 나라들이 번영의 절정을 맞이했습니다. 이 시기에는 옷을 잘 차려입은 신사와 숙녀, 그리고 그들을 '다른 존재'로 만들어주는 '교양'에 대한 관심이 더욱 높아져 서재 꾸미기가 크게 유행했습니다.

그런 인식의 변화에 따라 미성숙한 존재로 무시당하던 '아이들'에 대한 관심이 높아졌습니다. 아이들을 천사로 묘사하는 유행이 생기기도 하고 아이들을 위한 옷, 장난감을 만들고 아이들을 대상으로 한 책이 베스트셀러로 등장합니다. 『이상한 나라의 앨리스』 『작은 아씨들』 『톰 소여의 모험』 『피터 팬』이 연달아 전 세계적인 히트작으로 거듭난 것도 이런 시대적 배경에 힘입은 것입니다.

하루하루 승승장구의 기세로 발전해 나가던 서구 사회의 진보에 대한 희망, 그런 미래의 꿈을 구현할 새싹들인 아이들에게 거는 관심과 기대가 가득했죠. 그 결과 각국에서 아이들을 위한 잡지들을 앞다퉈 출간했습니다.

쥘 베른의 이 소설도 1888년 1월부터 12월에 걸쳐 프랑스 청소년 잡지인 《교육과 레크리에이션(*Magasin d'education et de recreation*)》에 24부작으로 연재되었습니다. 이 소설은 큰 인기를 얻으며 1888년 10월부터 영국의 《소년 신문(*Boy's Own Paper*)》에도 중복 연재되었습니다.

연재 당시의 제목은 '태평양 표류기'였습니다. 뉴질랜드에서 출발한 배가 남태평양을 가로질러 칠레 해안에 위치한 하노버섬에

두 권을 한 권으로 축약해 발간한 『태평양 표류기』

도착하고 여러 모험을 하는 것으로 묘사되거든요. 태평양 전체를 가로지른 셈이니 이런 제목이 붙은 것인데 정작 이 연재물을 모아 단행본으로 펴냈을 때는 『2년간의 방학(*Two Year's Vacation*)』이라는 좀 지루한 제목으로 바뀝니다.

  추측해 보자면 연재물의 인기가 워낙 좋아 연재 중간인 6월에 한 번, 12월에 또 한 번 이렇게 두 권의 책으로 나왔기 때문에 두 권이 한 세트라는 점을 강조하고자 이런 이름을 붙인 게 아닌가 싶습니다. 정작 내용을 줄여 한 권으로 합친 축약본에는 다시 『태평양 표류기』라는 이름을 써서 서구권에서도 책의 원제목을 헷갈려하는 편입니다.

연재물이 단행본으로 바뀌는 과정에서 제목만 변한 것이 아닙니다. 내용도 줄어들었고 무엇보다도 인쇄 비용이 많이 드는 삽화가 거의 다 빠져버렸습니다. 잡지에 연재될 때는 편당 최소 두세 점씩, 전체 분량을 따졌을 때 50~60개나 되는 정밀 삽화가 그려져 있었는데 단행본으로 출간되며 모두 빼버린 것입니다.

그래서 전체 삽화를 볼 방법을 백방으로 수소문하다가 운 좋게 《소년 신문》의 보존판 영인본을 고서 경매 사이트에서 구할 수 있었습니다.

이 책은 비교적 이른 시기인 1896년에 『15소년』이라는 제목으로 일본에 번역 출간되었습니다. 이후 여러 번 다시 번역되며 『태평양 표류기』라는 단행본 제목과 뒤섞여 『15소년 표류기』라는 이름으로 정착하게 되었죠. 우리나라에서 이 작품을 처음 소개할 때 일어판을 중역한 경우가 많아서 'Sleuth'라는 배의 이름을 '슬라우기'로 표기하거나 '도니펀'을 '드니팬'이라고 하며 발음을 와전하곤 했습니다.

철저한 조사를 바탕으로 한 과학 소설

쥘 베른은 '미래! 과학! 희망!'을 외치는 당시의 시대 정신에 가장 부합한 작가가 아니었나 싶습니다. 자고 나면 기차가 등장하고, 고개를 잠깐 돌리면 무선 통신이 등장하고, 신문에서는 매일같이 새로운 대륙과 신기한 동물들이 발견되었다는 소식이 전해졌습니다.

미지의 세계로 들어가는 일에는 언제나 두려움과 의구심이 함께하게 마련이지만 과학과 합리성의 힘으로 무장해 지구상의 모든 일을 이용하고 정복하고자 했던 19세기 사람들에게 이 모든 새로움은 모험과 도전의 대상일 뿐이었지요.

이런 시절의 한가운데를 관통하며 살았던 쥘 베른이 과학의 힘과 인류의 진보에 열광한 것은 어쩌면 당연한 일이었습니다. 문학가를 꿈꾸었던 베른은 기존의 순문학이 이런 시대의 흐름을 충분히 반영하지 못하고 있다는 데 불만을 가졌습니다. 그의 열정은 교육 개혁에 관심을 가졌던 출판가 피에르쥘 에첼을 만나며 폭발하게 됩니다.

에첼은 기존의 종교계가 주류를 이루는 고루한 교육 대신 과학, 역사 분야의 지식을 강조하는 교육을 통해 어린이들이 자유로운 시민으로 성장할 수 있도록 도와야 한다고 믿었습니다. 그리고 이를 실현하기 위해 《교육과 레크리에이션》이라는 격주간 잡지를 펴냈습니다. 바로 『15소년 표류기』가 연재된 그 잡지죠.

잡지가 창간되고 나서 베른이 에첼에게 건넨 첫 작품이 『기구를 타고 5주간』이었다는 점은 상징적입니다. 눈부시게 발전을 거듭하던 당시에 미래의 교통수단으로 부각된 것이 공중을 이용한 교통이었고 아직 비행기가 그 형태를 드러내기 전이어서 열기구에 주목하는 사람들이 많았죠. 열기구는 구현 가능한 가까운 미래의 여행 수단으로서 사람들에게 큰 관심을 끌었고 그의 첫 소설역시 성공을 거두었습니다.

주로 청소년 교육 잡지에 연재한 글을 묶어 만든 베른의 책들은 대부분 교육적 목적을 반영하고 있습니다. 세계적으로 성공한 『해저 2만 리』는 해저 지형과 해양 생물에 대한 도감에 가까울 정도였으니까요. 베른은 집필에 앞서 과학적 사실에 대한 사전 조사를 철저히 했습니다. 다행히 자신은 백과사전이 있는 시대에 태어나서 소설을 쓸 수 있었다고 말할 정도였죠.

과학과 진보에 대한 그의 확신을 가장 강하게 드러낸 소설은 그의 대표작이라고 할 수 있는 『80일간의 세계일주』입니다. '80일'이라는 시간은 당시 존재하던 여러 여행 팸플릿과 기차 및 배 시간표를 그가 직접 수집하고 짜맞춰 얻은 수치였습니다. 여기에 경도선 반대 방향으로 여행하면 하루를 벌 수 있다는 과학적 사실을 떠올린 그는 카페에서 즉시 소설을 써 내려갔습니다.

『15소년 표류기』도 베른의 낙관적인 미래관을 바탕으로 쓰인 소설입니다. 단행본 서문에서 그는 "아이들이 어려운 환경에 놓이더라도 이를 스스로의 힘으로 이겨나갈 용기와 지성이 있다는 걸 보여주기 위해 이 책을 썼다"고 밝힐 정도였으니까요.

아이들의 우정에 반영된 시대의 그늘

미래는 정말 한없이 밝고 희망적인 걸까요? 아니, 미래가 아니라 바로 이 소설의 시점, 작가가 만들어낸 가상의 시공간조차도 과연 낙관적이고 아름다운 세계라고 볼 수 있는 걸까요?

보트를 타고 폭풍우와 싸우는 아이들

사실 이 소설은 시작 부분에서부터 이미 비현실의 조각들이 드러나 있습니다. 아이들이 대형 요트를 타고 6주간이나 방학 여행을 떠날 수 있는 고급 사립학교라니 벌써 평범한 수준은 아득히 뛰어넘지 않았습니까?

일반인들은 구경조차 할 수 없었던 사립학교 안의 모습을 상상하는 '학교 소설'의 장르는 영국의 럭비 고등학교에 다니는 부유한 아이들의 이야기를 다룬 『톰 브라운의 학교생활』을 비롯하여 이미 1800년대 후반에 꽤 유행하고 있었으니 설정상 그럴 수 있는 문제라 칩시다.

진짜 문제는 이 소설이 묘사하는 아이들의 우정과 모험이 결국 당시 유럽인들이 골몰해 있던 제국주의의 논리와 구조를 따르고 있다는 점입니다.

난파한 배에서 간신히 탈출한 아이들은 섬에 도착하여 어느 정도 자리를 잡고 가장 먼저 이 섬을 식민지로 선언합니다. 미국인 한 명, 프랑스인 두 명, 영국인 열한 명으로 구성된 국적을 고려하여 섬의 지명을 정하며 세 개의 곶을 각각 '미국 곶' '프랑스 곶' '영국 곶'으로 명명하는 외교적 수완, 일명 '나눠 먹기'도 보여줍니다.

소년들이 우두머리를 뽑으며 '치프(chief)'라는 명칭을 사용하는 것도 이곳이 제국주의 본국과 연결된 '지부'에 해당한다는 인식을 염두에 두고 있는 듯합니다.

가장 충격적인 점은 이 '치프'를 뽑을 때 학교에서 배운 문명인의 양식인 투표의 형식을 빌리면서도 흑인 견습 선원 모코에게는 투표권을 주지 않는 꼼꼼한 차별 의식입니다. 오른쪽 삽화에서 소년들은 부유하고 자신감 넘치는 모습인 반면 하단 중앙의 모코는 초라한 행색이죠.

이 부분을 깊이 곱씹어 보면 왜 불어 혹은 영어 단행본 제목으로 『15소년 표류기』는 고려의 대상조차 되지 않았는지 알 수 있습니다. 저자에게 모코는 '소년들'에 동등하게 포함될 수 있는 존재가 아니었던 것입니다.

8세에서 14세에 불과한 아이들이 배에서 내리자마자 거리낌 없이 마구 총을 쏴대며 사냥하고 주변 지역을 정복해 나가는 모습은 소설 『어둠을 뚫고(Through the Darkness)』의 시각과 완벽하게 일치하는 느낌입니다. 《소년 신문》에 『15소년 표류기』와 비슷한

「15소년 표류기」의 등장인물을 담은 삽화

무렵 연재되던 소설로, 영국의 아프리카 앙골라 정복을 영웅담으로 미화한 소설이었죠.

심지어 소설 후반부에 아이들이 직접 사람을 겨누어 총을 쏘고 살인을 저지르는 장면조차도 어떤 도덕적 고민 없는 통쾌한 승리의 과정으로 묘사됩니다. 아프리카 정복에 파견된 영국군처럼 정글캡과 장화, 탄띠와 소총을 무장한 삽화 속 아이들이 중학교 2~3학년의 나이라는 걸 생각하면 무서운 느낌마저 듭니다. 이쯤 되면 소설 속 나이 든 하녀 케이트를 제외하고 여성 인물이 전혀 없는 심각한 성 불균형 문제는 사소해 보일 정도입니다.

『어둠을 뚫고』와 『15소년 표류기』 속
사냥복을 입은 등장인물들의 비슷한 차림새

　아이들 사이의 갈등 또한 영국과 프랑스라는 제국주의 국가 간의 대결을 재현하는 방식으로 이루어집니다. 영국 아이들은 수적으로 많지만 누구 한 명 주도권을 잡지 못해 세력이 나뉩니다. 반면 작가가 프랑스인이라는 점이 강하게 작용한 것인지 프랑스 아이 중 한 명인 브리앙이 리더십을 발휘합니다. 브리앙을 중심으로 아이들이 다시 뭉쳐 악당들을 물리치고 섬을 벗어나는 것으로 이야기는 마무리됩니다.

　이런 결말은 '무인도에 표류한 아이들'이라는 유사한 설정을 지니고 노벨문학상을 수상한 윌리엄 골딩의 『파리 대왕』과 여러모로 비교됩니다. 『파리 대왕』에서 아이들이 광기에 사로잡혀 서로를 죽이는 비극적인 결말은 『15소년 표류기』와 정반대의 지점에서 있다고 할 수 있습니다.

현실의 모순에 눈감고 대책 없는 낙관주의를 보여준 『15소년 표류기』의 결말이 이른바 '벨 에포크[1] (아름다운 시절)'이라는 시대상에서 벗어나지 못한 것처럼 『파리 대왕』의 결말 역시 제1, 2차 세계 대전의 비극, 그리고 냉전과 핵 파멸의 공포에 사로잡힌 시대의 모습을 반영한 것이라고 할 수 있습니다.

그렇다면 지금 우리는 어떤 시대에 살고 있는 것일까요? 팬데믹으로 인한 아우성과 환경 위기, 커져만 가는 빈부 격차와 얼핏 얼핏 기미를 비치는 전쟁의 가능성에 흠칫 놀라는 하루하루를 살아가고 있는 2023년에 『15소년 표류기』를 쓴다면 우린 어떤 결말로 이야기를 마무리하게 될까요?

▶ 용어 해설

1. 벨 에포크

프랑스어로 '아름다운 시대'라는 의미로 프랑스의 정치적 격동기가 끝난 이후부터 1914년 1차 세계대전이 시작되기 전까지의 19세기 말~20세기 초의 기간을 이른다. 에펠탑이 세워지고 미술과 문학이 발전하는 등 예술과 문화가 번창한 시기.

▶ 작가 소개

쥘 가브리엘 베른
Jules Gabriel Verne, 1828~1905

프랑스 출신 소설가이자 시인, 극작가. 출판업자인 피에르쥘 헤첼과 협력하여 청소년 잡지와 다양한 모험소설을 써서 유명해졌다. 공상 소설의 아버지로 불리며 후대의 작가와 영화감독들에게 영감을 주었다. 뛰어난 상상력이 돋보이는 『해저 2만 리』 『80일간의 세계일주』 등 수많은 인기소설을 썼다.

오승은

吳承恩

『서유기』

책을 찾아
떠나는 여행

돌에서 태어난 원숭이 손오공은 원숭이들의 우두머리가 되어 도술까지 배우고 천상을 발칵 뒤집어놓는 소동을 벌인다. 그 죄로 손오공은 오행산 아래에 500년간 갇혀 있었다.

당나라 황제는 삼장법사에게 불교의 본산인 천축국에 가서 중생들을 구제하기 위한 불경을 가져다 달라고 부탁한다. 먼 길을 떠나던 삼장법사는 부처님의 가호로 손오공을 구출하고, 사오정, 저팔계, 용이 변신한 말까지 일행으로 얻는다.

그들이 가야 하는 천축국까지의 길은 멀고 험한 길이었다. 삼장법사의 고기를 먹으면 불로장생할 수 있다는 말을 들은 요괴들이 나타나 삼장법사 일행을 가로막고 방해한다. 그때마다 손오공은 마음대로 늘릴 수 있는 무기인 여의봉, 단숨에 십만 팔천 리를 날아갈 수 있는 구름인 근두운을 동원하여 요괴들을 물리친다.

고난과 모험을 이겨내고 천축국에 다다른 일행은 고대하던 불경을 받아 의기양양하게 당나라로 돌아간다. 그러나 그것은 사실 글자라고는 단 하나도 적혀 있지 않은 백지 불경이었음을 깨닫는다.

『드래곤볼』과 〈날아라 슈퍼보드〉의 모티브

제가 여러분께 소개하는 책 가운데 가장 다양한 파생작을 만들어 낸 게 바로 『서유기』가 아닌가 싶습니다. 전 세계적으로 성행한 『드래곤볼』이라는 일본 만화책과 애니메이션 〈드래곤볼〉에 모티브를 제공했고, 우리나라에서는 애니메이션 〈날아라 슈퍼보드〉로 만들어지기도 했죠. 홍콩과 중국에서는 드라마나 영화로 끊임없이 제작되고 있습니다.

하지만 아이러니하게도 이 내용을 모르는 사람은 별로 없지만 책을 제대로 읽은 사람을 찾기는 매우 어렵기도 합니다. 워낙 방대한 이야기이다 보니 분량이 엄청나거든요. 우리나라에 몇 차례 발간되었던 완역본 또한 열 권이나 되는 분량이었습니다.

게다가 명나라 때 쓰인 오래된 한문 소설이다 보니 우리말로 아무리 풀어서 번역을 해봐도 문장이나 표현이 어색한 문제도 있었습니다. 그래서 대개 우리가 접하는 『서유기』는 재미있는 에피소드를 뽑아 축약하고 문장을 현대식으로 수정한 편집본이거나 삼장법사, 손오공, 저팔계, 사오정 같은 주요한 캐릭터만 끌어다가 창작한 작품인 경우가 많습니다.

제가 청소년기에 처음 접했던 『서유기』도 편집과 윤문을 거쳐 한 권으로 압축한 책이었습니다. 바위가 알을 낳고, 그 알에서 태어난 돌원숭이라니 정말 특이한 설정 아닌가요? 게다가 이 돌원숭이는 신선에게 도술까지 배워 절대로 죽지 않는 불사의 몸이 되고, 72가지나 되는 온갖 술법도 부릴 수 있게 됩니다.

벼룩만큼 작아지기도 하고 산만큼 커지기도 하고, 돌덩어리로 변했다가 아리따운 아가씨로 변하는 등 손오공의 도술은 정말 흥미진진했습니다. 가장 부러웠던 건 자신의 털을 뽑아 입김을 훅 불면 수십, 수백의 손오공이 짠! 하고 등장하는 분신술이었습니다. '나도 저렇게 분신을 만들어서 대신 학교에 보내고 난 집에서 늦잠이나 실컷 자면 얼마나 좋을까' 하는 생각을 몇 번이나 했던 지요.

하지만 도술보다 더 멋진 것은 손오공의 특수 장비들이었습니다. 일단 손오공의 필살 무기인 '여의봉'입니다. '여의(如意)'는 '마음대로'라는 뜻입니다. 주인이 마음먹은 대로 길어졌다 짧아졌다 하기 때문에 가지고 다닐 땐 성냥개비만 하게 줄여서 귓속에 넣어 다닐 수도 있고, 싸울 땐 꺼내서 하늘에 닿을 만큼 크게 만들 수도 있는 마법의 무기죠.

여의봉보다 더 멋진 건 손오공의 전용 자가용인 '근두운'이죠. 언제 어디서든 손오공이 부르기만 하면 즉각 대령해서 아무리 먼 곳도 순식간에 데려다주는 '타고 날아다닐 수 있는 구름'이라니 상상만 해도 가슴이 두근대지 않습니까?

심지어 삼장법사가 손오공의 머리에 씌운 황금색 고리조차 멋져 보였습니다. '머리를 조이는 고리'라는 뜻으로 '긴고주', 혹은 '금속으로 만든 고리'라는 뜻으로 '금고환'이라고 부르는 이 장비는 손오공이 말을 듣지 않거나 말썽을 부리면 삼장법사가 주문을 외워 머리를 조이게 만드는 족쇄와 같은 것이지요. 그러나 한 손

일본 에도시대에 그린 삼장법사와 손오공의 모습

에 여의봉을 들고 근두운을 타고 당당하게 하늘을 나는 손오공의 머리에 얹혀 있으니 왕관처럼 보이기도 했습니다.

'서쪽으로 여행을 떠나는 이야기'라는 뜻의 『서유기』인데도 정작 제가 가장 좋아한 부분은 여행을 떠나기도 전의 이야기들이었습니다. 삼장법사를 만나기 500년 전에 근두운과 여의봉을 손에 넣은 손오공이 바닷속 용궁, 죽은 자들이 가는 저승, 하늘을 다스리는 옥황상제의 궁전을 돌아다니며 닥치는 대로 모든 것을 때려부수고 술과 음식을 퍼먹으며 제멋대로 말썽을 부리는 장면들이었습니다.

어쩌면 저는 쉴 새 없이 머리를 조여오는 긴고주처럼 답답하고 힘들게만 느껴졌던 학교와 국가, 대단하게 거들먹거리는 높은 사람들이 이미 정해놓은 틀에 지쳤던 것 같습니다. 그래서 강력한 도술을 앞세워 마구 무너뜨리고 망신을 주는 손오공에게서 대리만족을 느꼈던 것일지도 모릅니다. 어린 시절의 저에게 손오공은 요즘 인기 있는 영화 시리즈 속의 아이언맨이나 슈퍼맨과 같은 '히어로'였던 거죠.

뻔뻔한 손오공부터 사고 치는 저팔계까지

『서유기』는 명나라 때 오승은이 쓴 소설입니다. 그런데 '쓴'이라는 표현은 조금 부정확한 것일 수 있습니다. 왜냐하면 이미 세간에 널리 알려져 있던 이야기를 오승은이 모아서 정리한 것에 가까우니까요. 역사 공부를 조금 해볼까요?

국가의 이름을 중심으로 중국 역사를 간단히 보면 하나라, 상나라, 주나라 그리고 춘추시대와 전국시대, 중국을 처음으로 통일한 시황제의 진나라와 뒤를 이은 한, 수, 당, 송, 원, 명, 청나라로 정리할 수 있습니다.

이 가운데 송나라는 문화 경제적으로 대단히 발전하여 중국 문화의 전성기로 꼽히는 시기였습니다. 당시에는 시장을 오가는 사람들에게 과거 역사 속의 영웅 이야기나 신기한 이야기를 들려주며 돈을 벌던 이야기꾼들이 있었습니다. 중국의 4대 기서로 불리는『삼국지』『수호지』『금병매』『서유기』모두 이야기꾼들을 통해 사람들에게 널리 알려지고 다듬어지고, 부풀려진 이야기죠.

좀 더 시간이 지난 원나라, 명나라 때에 이르러 구전된 이야기들을 정리해 책으로 펴내는 사람들이 생겨났습니다. 다시 말하면『서유기』는 오승은이 '정리해서 쓴' 책이라고 할 수 있습니다.

돌에서 태어난 원숭이와 도술을 부리는 요괴들이 가득 등장하는『서유기』는 허구의 이야기 같지만, 놀랍게도 삼장법사가 경전을 찾아 천축국, 즉 인도까지 여행을 다녀온 것은 실제 있었던 이야기입니다. 그럼『서유기』에 등장하는 인물들의 이야기를 조금 해볼까요?

삼장법사는 당나라 때 실존했던 스님인데 본명은 '진위'이고 법명이 '현장'이어서『서유기』를 읽다 보면 삼장법사를 '진현장'이라고 부르는 구절이 자주 나옵니다. '삼장'은 이름이 아니고 현장의 지위를 높여 부르는 경칭입니다. 불교의 정수를 모아놓은 세 개의 경전이 경장, 율장, 논장인데 이 모든 경전에 통달한 사람을 가리켜 '삼장'이라고 부르는 거죠. 똑똑한 사람에게 '박사님'이라고 부르는 것과 비슷하다고 할까요.

손오공에 대한 설은 엇갈리는데 인도의 서사시 『라마야나』에 나오는 원숭이 신 '하누만'의 이야기가 전해진 것이라는 의견이 있습니다. 구름을 타고 하늘을 나는 것이나 도술을 부려서 몸을 마음대로 늘렸다 줄였다 하는 점도 비슷하고 하누만 역시 왕을 수행하는 부하로 예술 작품에 묘사되거든요. 하지만 인도 신화가 중국에까지 영향을 주었다는 이야기에는 무리가 있다는 지적도 있습니다. 중국 설화에도 원숭이에 관한 옛이야기는 많거든요.

인간과 닮은 외모를 하고 있지만 방정맞고 뻔뻔한 데다 탐욕스러워 이를 통제하고자 머리에 금테 모자를 씌웠다는 설화도 있습니다. 손오공의 모습과 많이 겹쳐 보이죠? 나뭇가지 사이를 뛰어다니는 원숭이의 모습에서 '하늘을 나는 원숭이'라는 이미지를 만들기는 쉬웠을 것 같습니다.

저팔계는 원래 은하수를 지키는 해군 사령관과 같은 지위에 있었는데 음식을 탐내다가 지상으로 쫓겨나 돼지의 모습을 하게 되었습니다. 욕심은 엄청 많은데 게으르고 겁도 많아서 실제로 전투가 벌어지면 별로 도움이 안 되는, 따지고 보면 '보통 사람'의 모습에 가장 가까운 캐릭터라고나 할까요.

사오정은 천계의 대장군이었다가 실수로 귀한 그릇을 깨는 바람에 지상으로 쫓겨나 요괴가 되긴 했지만 기본적으로 성실하고 부지런한 캐릭터입니다. 각자 개성이 강한 삼장법사 일행을 어우

노인으로 변장한 요괴를 때려잡는 손오공과 이를 말리는 삼장법사

러지게 하는 묵묵한 일꾼으로, 접착제와 같은 역할을 하죠. 왠지 비서가 떠오르지 않나요?

『서유기』 관련 연구에 의하면 실제로 『서유기』 초기 저작의 사오정은 삼장법사를 직접 모시는 비서 역할을 해서 서열상 손오공 다음의 순위이고 저팔계가 제일 막내였다고 합니다. 작품의 맨 끝 부분에서 저팔계는 '사자'라는 직위를 받는데 사오정은 그보다 훨씬 높은 '나한'의 직위를 받습니다.

그런데 저잣거리에서 이야기꾼이 구경꾼들을 상대로 신명 나게 이야기를 펼치려고 하니 『서유기』의 진짜 주인공인 삼장법사나 그를 뒷받침하는 사오정은 영 이야깃거리도 없고 따분한 겁니다. 역시 사방팔방 두들기고 다니며 온갖 도술로 세상을 뒤집어놓는 손오공이 최고였죠.

그런데 손오공을 강조하다 보니 그 정반대의 위치에서 '앞뒤 잴것 없이 배고프면 그냥 직진 스타일'인 저팔계가 점점 더 부각되는 상황이 발생합니다. 싸움은 쥐뿔도 못 하면서 손오공한테 맨날 툴툴거리고 틈만 나면 뒤에서 헐뜯고 괜한 욕심 부리다가 사고나 치고 이런 개성 넘치는 캐릭터가 모두 저팔계의 차지가 되면서 저팔계가 두 번째로 승진했다는 이야기.

하지만 진짜 놀라운 것은 온갖 괴물과 요괴들로 위험이 도사리는 한없이 먼 길을 진현장이 실제로 다녀왔다는 사실 아닐까요? 그런 위험한 여행을 다녀왔다는 사실 자체가 당시 사람들에게는 믿을 수 없을 만큼 신기한 판타지였기 때문에 『서유기』라는 전설이 시작되었을 테고요. 그렇다면 이 목숨을 건 여행은 도대체 어떤 이유에서 시작된 것일까요?

당 태종의 도움을 받아 천축으로 떠난 삼장법사

당나라의 전성기를 이끌었던 태종은 꿈에서 저승에 다녀온 뒤 불교의 가르침에 깊은 관심이 생겨 당시 장안의 유명한 승려였던 삼장법사를 찾아가 설법을 부탁합니다. 삼장법사가 높은 대에 올라가 수많은 사람 앞에서 불교의 진리에 관한 강연을 하고 있는데 병든

스님으로 변신한 관음보살이 대를 두드리며 이렇게 말을 겁니다.

"이보게 스님! 그따위 소승(小乘) 법문으로는 죽은 이의 원혼을 건져서 승천하게 할 수 없다는 것을 모르는가? … 저 법사의 강론은 소승불교의 법문이라, 망자(亡子)를 하늘에 오르게 할 수 없습니다. 저에게는 부처님의 대승(大乘) 법문이 있어, 망자들을 고통에서 해탈시켜 끝없는 수명을 누리게 할 수 있습니다."

이 말을 들은 삼장법사와 당 태종이 놀라며 어떻게 대승불법을 구할 수 있냐고 물으니 관음보살은 본래의 모습으로 변신해 하늘로 사라지며 십만 팔천 리 떨어진 서천 천축국의 대뇌음사에 찾아가면 대승불법의 오묘한 책을 구할 수 있다는 말을 전해줍니다.

이게 다 무슨 얘기인가 싶겠지만 이 이야기 속에는 당시 삼장법사와 당나라가 처해 있던 상황이 담겨 있습니다. 중국에 불교가 전래된 것은 한나라 때의 일인데 수나라를 거쳐 당나라에 이르면서 불교는 중국인들에게 가장 보편적인 종교로 자리 잡게 되죠. 이렇게 불교의 인기와 수요가 커지자 삼장법사는 불교가 전해진 본고장 인도에 가서 제대로 공부하고, 입에서 입으로 전해지는 내용이 아닌 불교 원전을 직접 눈으로 보고 중국에 가져와 널리 알리고 싶다는 열망을 갖게 된 것입니다.

문제는 당시 당나라에서 인도로 가려면 '하서회랑'이라는 좁고 긴 통로를 지나야 했는데 서쪽에서 오랑캐가 쳐들어올지 모른다는 보안상의 이유로 당나라는 이 통로를 봉쇄하고 개인 차원에서 오가는 것을 금지하고 있었습니다. 그러니 인도에 가고 싶어 하는 사람은 많았지만 실제로 가기 위해서는 국가의 허가와 지원이 있어야 했죠. 이때 당 태종이 직접 지명해 지원해 준 사람이 삼장법사였던 것입니다.

당 태종은 단순히 하서회랑 통과를 허락하는 일에 머무르지 않고 가는 데 3년, 공부하는 데 4년, 다시 돌아오는 데 3년, 이렇게 꼬박 10년이나 걸리는 길고 먼 여정의 비용과 인력을 지원해 줍니다. 나아가 10년 후 삼장법사가 귀국하자 직접 나가 맞이하고 그를 위한 절까지 지어 불경 번역 및 여행기 편찬 사업을 국가적 차원에서 주도합니다. 이렇게 해서 나온 책이 진현장의 『대당서역기』였고, 이를 바탕으로 민간에서 생겨난 설화가 『서유기』의 모태였던 거죠.

개인적 종교에서 국가적 종교로

그럼 왜 당 태종은 이렇게 막대한 비용을 들여 삼장법사를 도운 걸까요? 그 실마리는 위에 말씀드린 관음보살의 이야기 속에 있습니다. 이야기 중에 나온 '소승교법' 즉 '상좌부 불교'는 개인의 수련과 구제를 중시하는 불교의 흐름입니다. 불교의 내용을 공부하고 명상과 수련을 통해 자신만의 깨우침을 얻는 것이 중요하다는 교리죠. 스스로 생각하고 깨닫는 게 중요하기 때문에 고정된 내용을 담고 있는 경전을 읽고 외는 일보다는 스스로 성찰하는 방식의 참선[1]을 주된 방법으로 삼습니다.

참선은 스스로 불교 철학의 내용을 고민하고 생각을 발전시켜 나갈 수 있는 지식인이나 귀족들에게 매력적인 선법입니다. 그러나 불교의 내용을 전혀 모르는 일반인들에게는 불교를 널리 알릴 수 없다는 한계를 지닙니다.

국가의 틀을 갖춘 당나라가 본격적으로 발전해 나가던 시기에 태종은 백성들의 마음을 통일하고 공동체를 튼튼하게 할 정신적 지주가 필요하다고 생각했습니다. 이에 불교가 적합하다고 판단했습니다. 따라서 중생의 교화를 목적으로 하는 '대승불교'를 도입하여 불교가 개인의 참선에서 머무를 것이 아니라 많은 사람에게 전파되어 제도적인 종교로 자리 잡기를 바랐습니다.

설법하는 삼장법사를 툭툭 치면서 "대승불교를 하려면 경전이 필요하다"고 말하는 관음보살의 모습은 상좌부 불교에서 대승불교로, 개인적 종교에서 국가적 종교로 변모하는 당나라 시기의 역사적 현실을 반영하고 있습니다.

아무리 그렇다고 해도 굳이 10년의 세월을 들여 인도까지 가서 경전을 가져오는 번거로운 일을 할 필요가 있냐고요? 그냥 똑똑한 승려들을 모아서 책을 만들면 되는 거 아니었냐고요? 아주 날카로운 지적입니다.

사실 학문과 인쇄술 모두 당시 세계 최고 수준을 자랑했던 당나라에서 경전을 만들어내기란 그리 어려운 일이 아니었을 겁니다. 하지만 이렇게 생각해 보자고요. 아까 당 태종이 국가의 통치를 튼튼하게 하는 수단으로 대승불교의 도입을 강력하게 지원했다고 했죠? 결국 이건 중앙 집권을 강화하겠다는 뜻일 텐데 각 지역에서 부과 권력을 누리고 있던 지역의 토호들, 기존의 귀족들에게는 별로 달갑지 않은 일이었을 겁니다. 그래서 이들은 기존의 상좌부 불교를 옹호하며 변화에 저항합니다.

삼장법사가 가는 곳마다 일행을 괴롭히는 요괴들은 이렇게 개혁에 반발하는 지역 세력들을 상징한다고 볼 수도 있고, "삼장법사의 고기를 먹으면 큰 힘을 얻을 수 있다"며 덤벼드는 요괴들의 외침은 개혁을 좌초시켜 주류 세력에 진입하려는 시도를 보여준다는 해석도 있을 정도죠.

이런 반발을 억누르기 위해서는 정부 차원에서 만들어낸 경전이 아니라 불교의 본토인 천축의 권위, 그곳에서 직접 가져온 경전을 통한 '목소리'로서의 권위, 그리고 10년이라는 엄청난 세월 동안 목숨을 걸고 그곳에 다녀온 험난한 모험 자체의 권위가 필요했던 겁니다.

『서유기』 끝부분의 에피소드를 보면 천신만고 끝에 도착한 천축의 뇌음사에서 삼장법사 일행이 처음 받은 경전은 글자가 하나도 없는 백지 경전이었습니다. 속았다고 생각한 삼장 일행이 되돌아가서 강력하게 항의하자 다시 글자가 있는 경전으로 바꾸어주지만 이 에피소드는 애초에 경전의 내용 자체가 중요한 것이 아니라는 점을 암시하는 듯합니다. 따지고 보면 진현장의 『대당서역기』는 '책을 찾아 떠나는 여행'이라는 외형과 달리 실제로는 '권위를 찾아 떠나는 여행'이었다고 할 수도 있을 것 같습니다.

죽음의 공포와 싸우며

어린 시절의 저로 하여금 『서유기』를 열 번, 스무 번 거듭해서 읽게 한 요인은 끝도 없이 이어지는 요괴들과의 싸움도 아니었고 이토록 복잡한 역사 속 여행의 뒷이야기도 아니었습니다. 거기엔 시공간의 차이를 뛰어넘는, 보다 보편적인 갈망이 숨어 있었습니다. 다시 『서유기』의 앞부분으로 돌아가볼까요.

돌에서 태어난 원숭이는 '수렴동'이라는 멋진 보금자리를 찾아내고 수많은 원숭이들의 왕이 되어 매일매일 잔치를 벌이고 즐겁게 살아갑니다. 그러던 어느 날 잔치 도중에 원숭이 왕이 눈물을 흘리자 부하들은 이렇게 즐거운 나날을 보내고 있는데 무슨 걱정이냐고 묻습니다. 원숭이 왕은 이렇게 답하죠.

"내 비록 이런 즐거움을 누리고 있기는 해도, 앞날을 생각하니 서글프지 않을 수 없구나. 지금은 인간 세상의 제왕에게 간섭받지 않고, 짐승들의 위협에 복종당할 두려움도 없지만, 장차 나이 먹고 늙어서 기력이 쇠약해지는 날이면 저승의 염라대왕이 우리 목숨을 빼앗아가게 될 것이다. 한번 죽게 되면 이 세상에 태어났던 보람도 없을 것이 아니냐?"

손오공은 죽음을 두려워하고 있었던 겁니다. 돌에서 태어난 특별한 원숭이였기 때문에 수백 년이나 되는 수명을 가졌고 불교 신앙에 따라 죽더라도 다시 태어나는 윤회를 믿었지만요. 지금처럼 좋은 모습이 아닌 다른 그릇된 모습으로 세상에 오래 머물 수 없게 될 것을 두려워했습니다.

결국 이런 이유로 손오공은 왕의 자리를 버리고 불로장생의 비법을 배우고자 신선을 찾아 수십 년을 헤매었으니 『서유기』의 이 기나긴 이야기도 결국은 죽음의 공포에서 비롯된 것이라고 할 수 있을 겁니다.

초등학교 3학년 즈음 죽음에 대해 깊이 생각한 적이 있습니다. 어느 날 밤, 자려고 이불을 덮고 누웠는데 어두컴컴한 천장을 보면서 갑자기 '내가 죽으면 어떻게 될까?' 하는 생각이 들더군요. 생각할수록 막막해졌습니다. '숨을 거두는 순간 아프겠지? 힘들겠지?' 하는 생각에서 더 나아가 내가 없어진다는 것, 영원히 흘러가는 시간 속에 묻혀버린다는 것, 이런 생각을 하고 있는 '나'라는 존재 자체가 없어진다는 거잖아요.

고등학생이 되어 『바비도』라는 소설을 읽고 다시 한번 죽음에 대해 깊이 생각했습니다. 소설 속 주인공 바비도는 평범한 재봉직공이자 교회 신자였는데, 교회 사제들은 어려운 라틴어로 된 성경의 해석을 독점하고 온갖 잇속을 차리곤 했습니다. 바비도를 비롯하여 진정한 신앙을 갈망하는 사람들이 모여 영어로 번역된 성경을 몰래 읽었고, 이들은 이단으로 규정되어 처벌받을 위기에 처합니다. 바비도는 끝까지 신념을 지키지만 재판 전날 밤 혼자 등불 앞에 앉아 내일 화형당할 것을 생각하니 갑자기 두려움이 닥친 것입니다.

"…선택의 자유는 있을 수 없었다. 죽음이냐, 굴복이냐, 두 갈래 길밖에는 없다. 죽음…! 소름이 끼친다. 등불에 비친 손을 어루만지고, 다시 손으로 얼굴을 만져 보았다. 이 손, 이 얼굴이 타서 재가 되어 버린다! 이렇게 생각하고 있는 내 자체가 없어진다! 아무것도 없이, 생각이라는 것도 없어진다!"

그는 공포에 떨었다.

『바비도』의 이 구절을 읽고 얼마나 놀랐던지요. 나랑 같은 생각을 하는 사람이 또 있다는 사실에 반갑고, 그리고 다시 한번 무서워졌지요.

불교와 도교를 수련한 수보리조사를 만나 장생불사의 술법을 배운 손오공은 다시 수렴동으로 돌아와 왕이 되며 이제 자신은 영원히 살 수 있을 거라고만 생각했습니다. 그러던 어느 날, 깜박 낮잠을 자는 사이에 그만 저승사자들에게 영혼을 붙들려 '유명계', 그러니까 저승에 끌려가게 됩니다.

웬만한 이야기의 주인공들이라면 울며불며 살려달라고 애걸했겠지만 손오공은 코웃음을 치며 여의봉을 꺼내서 저승사자들을 흠씬 두들겨 팹니다. 아예 염라대왕이 사는 궁전에 쳐들어가서 수명이 적힌 장부를 가져오라고 큰소리를 치죠. 판관이 벌벌 떨면서 장부를 가져오자 손오공은 이렇게 말합니다.

"나도 내 나이가 얼마인지 모르는데 누가 알 게 뭐냐? 여봐라, 붓과 먹을 가져오너라!"

판관이 냉큼 대령하자, 손오공은 붓에 시꺼먼 먹물을 듬뿍 찍더니, 자기 이름 석 자는 물론이요 원숭이 부류에 속하는 이름이 적힌 것이라면 북북 뭉개어 깡그리 지워버리고 말았다. 그리고 명부를 툭 내던져 주면서 이렇게 말했다.

"이제부터는 그대들의 간섭을 받을 까닭이 없으렷다?"

죽음을 두려워하며 벌벌 떠는 나약함이 아니라, 생사를 주관하는 신들의 일을 '간섭'이라고 호통치며 장부 자체를 먹으로 칠해 자신의 수명을 스스로 연장하는 손오공의 패기가 정말 통쾌하지 않습니까?

여행의 진정한 의미

과연 생물학적 차원에서 목숨을 유지하게 되었다고 해서 정말로 손오공이 바라던 바를 다 이루었다고 할 수 있을까요? 이렇게 생각해 봅시다. 현대 사회에서 인간의 수명은 대략 최대 백 살 내외로 볼 수 있을 겁니다. 그 열 배인 천 살을 살 수 있게 해주는 대신 사방이 막힌 철로 된 상자 안에서 살아야 한다면 이 사람은 생명 연장의 꿈을 이룬 행복한 사람이라고 할 수 있을까요?

그건 살아 있으나 죽은 것과 다를 바 없는, 아니 어쩌면 죽은 것보다도 못한 무의미한 시간에 지나지 않을 겁니다. 인간이 '살아간다'는 것은 단순히 숨을 유지하는 것 이상으로 꿈꾸고 추구하는

296

방향과 과정의 결정체로서 '의미'가 필요한 것입니다.

천둥벌거숭이처럼 날뛰는 손오공을 제압하기 위해 내려온 석가여래 부처님이 "네 마음대로 날뛰어 도망가보거라" 하여, 손오공이 제아무리 근두운을 타고 한없이 날아가도 부처님 손바닥을 벗어날 수 없지요.

이 이야기는 그저 제멋대로 살아가는 손오공의 삶이 알고 보면 한 줌밖에 되지 않는 좁은 틀에 갇힌 덧없는 몸부림에 지나지 않는다는 것을 깨닫게 해주려는 부처님의 배려인 듯합니다. 진정한 손오공의 삶은 오행산 밑에 500년간이나 깔려 있다가 삼장법사를 만나 '천축국에 가서 불경을 가져온다'는 삶의 목표가 생겼을 때 비로소 시작되었다고 할 수 있습니다.

우리는 흔히 삶의 목적이 결과에 있다고 생각하곤 합니다. 더 좋은 대학, 더 좋은 직장, 더 많은 돈과 명예를 손에 넣는 결과만 이룰 수 있다면 그것이 곧바로 삶의 의미와 행복이 될 거라고 생각하는 거죠. 하지만 잘 생각해 보면 결과와 의미는 같은 말이 아닙니다. 내가 평생 열심히 일하고 돈을 모아 장만한 집과 도박을 하다가 우연히 큰돈을 벌어 하루아침에 얻게 된 집이 과연 같은 의미를 지닐 수 있을까요?

삼장법사가 손오공에게 "천축국에 가서 불경을 가져오너라"라고 말하자마자 "네네" 하고는 근두운을 불러 타고 눈 깜짝할 사이에 십만 팔천 리를 날아가 불경을 싣고 왔다면 그 불경은 10년의 세월 동안 천신만고 끝에 짊어지고 돌아온 불경과 같은 것이라고 할 수 있을까요?

여의봉을 들고 근두운에 올라타 앞길을 내다보는 손오공

　삼장법사 일행이 가져온 불경의 의미는 불경에 담긴 글자가 아니라 그 불경을 얻는 데 치른 험난한 고통과 지난한 세월이라는 과정 그 자체에서 생겨난 것이라고 봐도 좋을 겁니다. 천축국에 도착한 삼장법사 일행에게 글자가 하나도 없는 백지 경전이 쥐어진 이유가 바로 여기에 있지 않을까 싶습니다. 책에 담긴 내용 자체가 중요한 게 아니고 이들은 이미 대승불법의 진리를 온몸으로 구현한 것이나 마찬가지였으니까요.
　중고등학교의 힘든 시절을 지나오면서 학생으로서 공부하고,

학원에 가고, 시험을 보고, 수업을 듣고… 이렇게 끝없이 이어지는 과정들이 무의미하고 답답하다는 생각을 하곤 했습니다. 빨리 빨리 결과로 뛰어넘을 수 있다면 얼마나 좋을까 생각했죠.

그런데 이렇게 결과만을 앞에 두고 생각하면 과정은 모두 결과를 위한 수단이 되어버리고 말 겁니다. 중학교는 고등학교를 위해, 고등학교는 대학교를 위해, 대학교는 취직을 위해, 취직은 경제적 안정과 노후 준비를 위해…. 이렇게 '~ 위해 ~ 위해'를 반복하며 현재를 유예하다 보면 그 끝에는 뭐가 있을까요? 마지막에 우리를 기다리는 것은 예외 없는 죽음뿐이지 않은가요?

자그마치 열 권이라는 방대한 분량을 자랑하는 『서유기』에서의 긴 여정이 우리에게 전하는 이야기는 '경전'이라는 결과가 아닌, 그 열 권 내내 펼쳐지는 위기와 극복의 과정입니다. 그 자체로 삶의 본질이라는 깨달음을 얻을 수 있죠.

'손오공'이라는 이름에 담긴 뜻을 아시나요? 원숭이 손(孫), 깨달을 오(悟), 빌 공(空), 즉 '세상만사가 텅 비어 있음을 깨달은 원숭이'라는 뜻이랍니다.

1. 참선

불교의 수행법 중 하나로 어지러운 마음을 가라앉히고 `고요히 마음을 닦아 바른 지혜를 얻는 방식을 따른다.

오승은

吳承恩, 1500~1582

중국 명나라 시기의 소설가로 상인이었던 아버지가 들려 준 신기한 이야기들을 들으며 자라났다. 벼슬 생활을 하 다가 탐관오리라는 모함을 당해 고향으로 돌아오게 되었 다. 당나라 현장법사가 천축에 가서 불경을 가져온 이야 기인 『대당서역기』에 민간 설화를 덧붙여 『서유기』를 썼 는데 이 책은 중국의 '4대 기서'로 꼽힐 만큼 유명한 작품 이 되었다.

라이먼 프랭크 바움
Lyman Frank Baum

『오즈의 마법사』

마법으로 연
20세기의 환상

줄거리

캔자스의 농장에서 강아지 토토와 함께 사는 소녀 도로시는 갑작스럽게 몰려온 토네이도에 정신을 잃는다. 정신을 차리고 보니 통째로 날아간 집은 캔자스가 아닌 '오즈'라는 곳에 추락했는데 나쁜 짓을 일삼던 동쪽 마녀가 그 집에 깔려버려 도로시는 마을 사람들을 구하게 되었다. 착한 북쪽 마녀는 도로시에게 오즈의 마법사를 찾아가 집으로 돌아가는 방법을 알아보라고 일러준다.

도로시와 토토는 마법사가 사는 에메랄드시로 향하며 여러 친구들을 만난다. 똑똑하지만 진정한 생각을 할 수 있는 뇌를 갖고 싶은 허수아비, 힘이 세고 용감하지만 진짜 심장을 갖고 싶은 양철나무꾼, 백수의 왕이지만 겁이 많은 탓에 용기를 얻고 싶은 사자와 함께하게 된다.

마법사는 나쁜 서쪽 마녀를 물리치고 와야 돌아갈 방법을 알려주겠다고 조건을 내건다. 다시 여행을 떠난 도로시 일행은 겨우 서쪽 마녀를 물리치고 돌아오지만, 실은 마법사가 사기꾼 마술사였다는 사실을 알게 된다.

그럼에도 허수아비는 겨로 만든 뇌, 양철나무꾼은 명주실로 만든 심장, 사자는 용기를 준다는 가짜 물약을 얻고 소원을 성취한다. 도로시 역시 남쪽 마녀 글린다를 만나 마법 구두의 뒤축을 세 번 치는 방법으로 무사히 캔자스로 돌아온다.

매일 밤, 머리맡에서 시작된 이야기

『오즈의 마법사』를 쓴 라이먼 프랭크 바움은 미국 역사상 가장 큰 시련이라고 일컬어지는 남북 전쟁의 직전인 1856년에 뉴욕주의 매디슨 카운티에서 태어났습니다. 전쟁을 전후로 보낸 어린 시절은 넉넉지 않았지만 워낙 공상하길 좋아하고 이야기를 잘 지어내는 낙천적인 성격이었습니다.

그러나 군인이 되려고 겨우 12세의 나이에 군사 학교에 입학했을 땐 이런 몽상가적 기질 때문에 수시로 야단맞고 벌을 받았습니다. 결국 2년 만에 심리적 압박으로 인한 심장 이상 증세로 퇴교당합니다.

고향으로 돌아온 바움은 이야기를 좋아하는 성격을 살려 소설과 극본을 쓰고 이것을 연극으로 만들어 상연하는 극장을 운영하게 됩니다. 그런데 조금씩 자리를 잡는 듯하던 극장은 공연 도중 석유 랜턴에서 옮겨붙은 불로 전부 타버리고 말았죠.

평소 바움을 괴롭히던 악몽 중 하나는 꿈을 꿀 때마다 자신을 뒤쫓는 허수아비가 나타나는 환상이었다고 합니다. 허수아비가 목을 조르기 직전에야 간신히 깨어나기를 반복했는데 이 큰불이 있고 나서는 허수아비가 더이상 꿈에 나오지 않았다고 합니다. 이 환상이 나중에 『오즈의 마법사』에서 불을 무서워하는 허수아비 캐릭터로 등장하게 됩니다.

결혼까지 한 바움은 생계의 터전이 불타버리자 실의에 빠졌습니다. 그러던 중 당시 서부 지역으로 가면 돈 벌 기회가 넘쳐나고 풍요로운 삶이 보장된다는 이야기에 혹해서 아내와 함께 사우스다코타의 애버딘으로 이사합니다.

이곳에서 바움은 잡화점을 열었지만 돈을 갚지 않는 외상 손님들 때문에 망해버리고 맙니다. 당시 어떻게든 손님들의 시선을 끌어보려고 가게의 유리 진열장 안에 양동이, 파이프, 주전자, 접시, 도끼 같은 잡동사니들을 사람 모양으로 조립해 세워두었는데 이것이 소설 속 '양철 나무꾼'의 원형입니다.

가게가 망하자 바움은 다시 글 쓰는 솜씨를 살려 지역 신문사의 편집자로 일해 보지만 이 신문사 역시 망합니다. 설상가상으로 사우스다코타 지역을 휩쓴 기록적인 가뭄과 이에 맞물린 경제 침체로 그는 사막 같은 현실을 마주합니다. 『오즈의 마법사』 첫 부분에 등장하는 황량하고 절망적인 캔자스의 이야기는 바로 이 사우스다코타에서의 경험을 반영한 것입니다.

생계가 막연해진 바움은 다시 시카고로 이사해 잡지 편집자, 신문 기자, 배우, 외판원 등의 직업을 전전하며 닥치는 대로 일하기 시작했습니다. 당연히 자신만의 작품을 쏠 시간을 내긴 쉽지 않았는데, 아이들이 잠자리에 들기 전에 머리맡에 앉아 쇼맨다운 과장을 섞어 생각나는 대로 재밌는 이야기들을 들려주는 일만은 매일 잊지 않았습니다.

아이들의 옆에서 함께 듣고 있던 아내는 어느 날 이 이야기들을 소설로 써보면 어떻겠냐고 제안합니다. 바움은 마침 구전 동화인 '거위 아줌마 이야기'를 좀더 아이들이 재밌어할 만한 우스운 이야기로 각색한 『아빠 거위(Father Goose)』를 발표하여 성공을 거둔 참이었습니다. 전업 작가의 길로 나설 기반을 마련한 그는 다른 부업들을 걷어치우고 본격적으로 소설의 구상에 들어갔습니다.

절대로 실패하면 안 되는 기회였기 때문에 바움은 어떻게 하면 아이들을 사로잡을 이야기를 만들 수 있을지 깊이 고민했습니다. 그렇게 얻은 방향성은 두 가지였습니다.

하나는 '거위 아줌마 이야기'나 그림 동화처럼 유럽풍의 이야기 소재인 마녀와 마법사, 요정 등을 등장시키되, 20세기에 들어서는 초입인 1900년에 펴내는 소설답게 현대적인 요소, 특히 미국적인 요소를 뒤섞자는 것이었습니다.

그래서 '캔자스의 농촌'이라는 대단히 미국적인 무대와 '마법의 왕국 오즈'라는 두 개의 이질적인 배경이 공존하게 되었습니다. 그 사이를 미국 내륙에서만 발생하는 회오리바람 '토네이도'가 연결했습니다.

다른 하나는 1865년 출간되어 당시까지 최고의 아동 소설로 성행하던 『이상한 나라의 앨리스』의 성공 공식을 철저히 따른다는 것이었습니다. 따지고 보면 『이상한 나라의 앨리스』도 현실 세계와 마법 세계라는 두 이질적인 공간이 토끼굴로 이어지는 구조를 따르고 있죠.

하지만 바움이 더 중요하게 본 이 소설의 성공 원인은 아이들이 '앨리스'라는 여주인공에 자신을 투영해 동일시하는 점이었습니다. 그래서 앨리스와 마찬가지로 여자아이를 주인공으로 내세우기로 마음먹습니다.

바움에게는 아들만 네 명이 있었기 때문에 아내는 친정 여동생이 낳은 여자아이를 무척 예뻐한 나머지 거의 매일 보러 가다시피 했습니다. 그러나 그만 이 아이가 5개월 만에 병으로 사망합니다. 실의에 빠진 아내를 위로하기 위해 조카의 이름인 '도로시'를 소설 속 주인공의 이름으로 사용하고 이 책을 아내에게 헌정합니다.

작품의 가장 중요한 모티브가 되는 '오즈(Oz)'라는 이름이 어디서 왔는지에 대해서는 연구자마다 주장이 분분합니다. 다만 작가 인터뷰에 의하면 본인이 가지고 있던 파일 보관용 서랍장의 칸별 자료 분류표에 'O-Z'라고 써 있는 것에서 착안했다고 합니다. 이 말이 맞겠지만 조금 더 추측해 보자면 바움이 서랍의 이름에 꽂힌 데는 나름의 이유가 있을 듯합니다.

소설 속에서 '오즈'는 에메랄드 시티의 또다른 이름입니다. 그래서 이 나라의 지배자는 남자일 경우 '오즈', 여자의 경우 '오즈마'라는 이름을 대대로 썼습니다. 그런데 어느 날 미국 오마하의 서커

「오즈의 마법사」 초판본 표지(1900)

스단에서 마술사로 일하던 오스카 조로아스터가 열기구를 타고 오즈로 표류해 옵니다.

오스카 조로아스터, 줄여서 '오즈'라고 불렀기 때문에 열기구를 타고 내려온 그를 보고 도시 사람들이 이름이 뭐냐고 물었을 때 그는 "내 이름은 오즈요"라고 대답합니다. 사람들은 그를 하늘에서 내려온 지배자라고 생각했고, 오즈는 자연스럽게 가짜 대마법사 노릇을 하게 된 것이지요.

소설 속에 자세히 설명되지는 않지만 여기서 이 캐릭터가 '조로아스터'라는 이상한 이름을 갖고 있는 이유를 잠시 추측해 보자면 다음과 같습니다. 당시에는 서커스마다 운세를 봐주는 마법사가 반드시 있었습니다. 머리에 터번을 두른 이 마법사를 아랍풍의 이름으로 부르다 보니 통상 '마법사 조로아스터'라고 간판을 붙이는 경우가 많았기 때문에 여기서 이름을 차용한 것으로 보입니다.

즉, 거꾸로 말하자면 조로아스터라는 성을 가진 인물을 만들어야겠는데 뒷글자가 'Z'로 끝나는 단어가 무엇이 있을까 궁리하던 바움의 눈에 때마침 파일 서랍의 분류표가 들어왔을 가능성이 높아 보입니다.

미국을 배경으로 한 유럽풍 판타지 소설의 열풍

이렇게 바움이 평생의 경험과 상상력을 쏟아부어 써낸 오즈의 마법사 시리즈 첫 번째 책인 『오즈의 위대한 마법사』는 드디어 1900년 5월 17일, 세상에 모습을 드러냈습니다.

놀랍게도 이 책은 출간 즉시 폭발적인 반응을 얻었습니다. 아니, 정확히 말하자면 출간하기도 전에 사전 주문으로 1만 부가 팔렸고 출간과 동시에 찍어낸 2판 1만 5천 부도 다섯 달이 되기 전에 매진되어버렸습니다. 신이 난 바움은 동생에게 편지를 쓰며 "출판사 사장이 이 추세면 25만 부까지 팔릴지도 모른다고 말했다"고 자랑할 정도였습니다.

하지만 그 예상은 완전히 틀렸습니다. 1956년 통계만으로도 300만 부가 넘는 책이 팔렸으니까요. 2023년 현재 시점에서는 이미 저작권도 소멸되어버린 데다가 전 세계에 워낙 많은 언어로 번역되고 판매되어 전체 판매 부수를 헤아리는 것이 불가능할 지경이 되었습니다.

『오즈의 마법사』가 이렇게 예상을 훨씬 뛰어넘는 뜨거운 반응을 얻은 데는 몇 가지 이유가 있습니다. 첫째는 1800년대 후반에서 1900년대 초반에 이르는 시기가 바로 아동 도서의 황금기였다는 점입니다.

영국이 '대영제국'으로 전 세계에 강력한 영향력을 행사하던 이 시기를 영미권에서는 영국 여왕과 왕의 이름을 따서 '빅토리아-에드워드기'라고 부르는데, 영국에서는 그 막강한 부와 힘을 바탕으로 문화에 대한 관심과 소비가 증가했습니다.

산타클로스, 크리스마스 트리, 양말 속의 선물과 같은 크리스마스의 화려한 문화나 요즘 우리나라에서 소위 '앤티크'라고 부르는 사치스러운 가구들 대부분이 이 시대에 생겨났습니다. 뿐만 아니라 신문, 잡지, 소설 등 문자 매체가 주요 문화 산업으로 부상하던 시기이기도 합니다.

이런 경제적 여유와 문화 수준의 향상은 아동에 대한 관심으로 이어져 이 시기에는 『작은 아씨들』『톰 소여의 모험』『피터 팬』『보물섬』『셜록 홈스』『닐스의 모험』 등 우리가 명작 동화라고 부르는 작품의 대부분이 쏟아져 나왔습니다.

문제는 이 가운데 미국을 대표할 만한 작가나 작품이 없었다는 점입니다. 『작은 아씨들』은 미국 내에서는 아주 유명했지만 남북전쟁기 미국 가정의 모습을 다룬 '소녀 소설'로 분류되어 그 인기가 미국 내에 한정되어 있었습니다.

오늘날 가장 미국적인 색깔을 잘 드러냈다고 평가받는 마크 트웨인의 『톰소여의 모험』이나 『허클베리 핀의 모험』은 저속한 표현과 노골적인 묘사로 평가 절하당하다가 미국이 세계 유일의 강대국으로 올라선 1950년대 이후에 와서야 재평가되었습니다. 그러니 오마하와 캔자스, 옥수수밭 같은 미국적인 배경을 그대로 담아 만들어낸 유럽풍의 판타지 아동 소설 『오즈의 마법사』에 미국인들이 열광한 것도 당연한 일입니다.

『오즈의 마법사』 100주년을 기념해 미 의회 도서관에서 오즈 전시회를 열었고, 의회도서관은 공식적으로 이 책을 '미국에서 가장 위대하고 가장 사랑받은 국산 동화'라고 선언했습니다. '국산(homegrown)'이라는 표현은 신생국으로서 문화적, 역사적 열등감에 늘 시달리던 미국의 특성에 『오즈의 마법사』가 특별한 지위를 가졌던 점을 보여줍니다.

뮤지컬부터 영화까지, 흥행 신화를 쓰다

또다른 인기 지점으로는 『이상한 나라의 앨리스』를 철저히 연구한 바움의 전략이 잘 들어맞았다는 점입니다. 바움은 플롯의 구성과 주인공의 설정에서 앨리스의 사례를 참고하였고, 앨리스의 초판본 삽화를 맡았던 존 테니얼의 독특한 그림이 주는 매력에도 주목했습니다.

그래서 『오즈의 마법사』는 삽화를 그린 윌리엄 월레스 덴슬로와의 공동 작업으로 진행되었습니다. 사실상 둘이 함께 캐릭터를

바움과 덴슬로의 공동 판권을 표시한 판권지(1899)

만들었고 스토리의 진행과 함께 거의 매 페이지에 그림을 넣었기 때문에 이 책의 저작권에는 바움과 덴슬로의 이름이 나란히 등재되어 있습니다. 덴슬로는 이 사실을 명확히 하기 위해 판권지마저 본인이 직접 그려 책의 맨 뒷부분에 삽입해 두었습니다.

바움은 여기서 한 걸음 더 나아가 당시로서는 매우 비쌌던 컬러 인쇄를 책 전체에 적용하는 모험을 합니다. 이 시도는 제대로 적중해서 사람들은 그림을 통해 캐릭터들을 쉽게 상상해 낼 수 있었습니다. 특히 아이들이 무척 좋아해서 선물용으로 각광받는 책이 되었습니다.

등장과 동시에 워낙 큰 인기를 얻은 책이었기 때문에 이후 파생 상품들도 많이 나왔습니다. 덴슬로가 그려낸 작품 이미지가 매우 명확했기 때문에 당시로서는 드물었던 캐릭터 상품들도 많이 나왔고 책이 발간된 이듬해인 1902년에는 뮤지컬로 만들어져 브로드웨이 무대에서 큰 성공을 거두었습니다. 바로 이 뮤지컬 버전을 영상으로 옮긴 것이 지금에 와서는 책보다 더 유명해져버린 1939년판 영화 〈오즈의 마법사〉입니다.

이미 책도 뮤지컬도 크게 흥행해서 이건 누가 만들든 일단 영화화로 나오면 대성공할 것이 분명한 프로젝트였습니다. MGM 영화사는 당시로서는 어마어마한 금액인 280만 불의 제작비를 투입해 최고의 배우를 섭외하고 무대와 특수 효과를 제작하는 데 예산을 쏟아붓습니다.

그 결과 제작비의 열 배가 넘는 수익을 얻었을 뿐 아니라 아역 배우인 주디 갈랜드는 세계적인 스타로 발돋움했고 수록곡인 〈Over the Rainbow〉는 영원한 명곡으로 남게 되었습니다. 하지만 이 과정에서 아직 미성년이었던 주디 갈랜드는 물론 여러 출연 배우들에게 지금에 와서는 상상할 수 없는 인권 침해가 이루어진 것은 안타깝고 씁쓸한 일입니다.

환상의 뒷면까지도 아름다운 세상을 바라며

어린 시절에도, 그리고 이 글을 쓰기 위해 다시 한번 『오즈의 마법사』를 읽으면서도 내내 느꼈던 미묘한 위화감이 있습니다. 이 소설에는 처음부터 끝까지 환상과 거짓의 경계가 마구 뒤섞여 있습니다.

안데르센 동화 중에 『벌거벗은 임금님』이라는 작품이 있습니다. 다들 아시겠지만 이 동화 속 '착한 사람들의 눈에만 보인다는 옷'은 사실 존재하지 않지요. 하지만 착하지 않은 사람으로 지적받을까 봐 두려운 신하들과 백성들이 "멋있다, 멋있다"라고 거짓을 말하자 벌거벗은 왕에게는 그 옷이 실제로 존재하는 환상이 되었습니다.

철없는 아이 하나가 "아무것도 입지 않은 임금님이네!"라고 말했지만 왕은 행진을 멈추지 않았습니다. 왕과 사람들이 꾸준히 환상을 가지고 살아간다면, 그래도 그것을 거짓이라고 할 수 있을까요?

소설 속에 등장하는 대부분의 환상은 거짓입니다. 에메랄드 도시조차도 녹색 선글라스를 쓰게 해서 만들어낸 환상이고 대마법사 오즈는 서커스에서 쓰던 눈속임 마술로 사람들을 겁주던 평범한 사람, 좀더 나쁘게 말하자면 사기꾼이었습니다.

오즈는 자신을 위협하던 나쁜 마녀를 처치하기 위해 어렵게 자신을 찾아온 도로시 일행에게 마녀를 물리치고 오면 소원을 이루어주겠노라고 거짓말을 합니다.

여러 차례 죽을 고비를 넘겨가며 천신만고 끝에 나쁜 마녀를 무찌른 도로시, 허수아비, 양철 나무꾼, 사자는 다시 오즈를 찾아가지만 결국 강아지 토토의 활약으로 오즈는 마법사가 아니었다는 사실을 알고서 허탈해합니다. 하지만 오즈는 마법을 쓰지 않더라도 소원을 이루어줄 수 있다며 여러 처방을 내려 일행을 만족시킵니다.

모험을 함께한 도로시와 친구들

그런데 그 내용들이 좀 께름칙합니다. 두뇌를 얻고 싶어 하는 허수아비에게 오즈는 "어차피 두뇌는 필요 없을 텐데 정 원한다면…"이라고 말하며 톱밥을 넣은 주머니를 머리에 넣어줍니다. '마음(heart)'을 갖고 싶어 한 양철 나무꾼에게는 양철 조각으로 만든 '심장(heart)'을 넣어줍니다. 단어가 가진 중의적인 뜻을 이용한 장난에 가깝죠.

그래도 상징적인 의미라도 있는 이 둘의 처방에 비하면 사자는 대놓고 사기를 당한 느낌입니다. '용기가 생기는 물약'이라는 가짜 약을 먹고 나서 "나도 이제 용기가 생겼다!"며 만족했으니 전형적인 플라시보 효과, 즉 가짜 약 사기를 당한 셈이 아닌가요?

그럼 도로시와 친구들의 모험은 의미 없는 헛수고였을까요? 그랬다면 이 책은 이토록 오랫동안 많은 사람들에게 사랑받지 못했을 것입니다.

중요한 건 톱밥 두뇌, 양철 심장, 가짜 물약과 같은 물건 그 자체가 아니라, 그것들이 오랜 고난과 역경을 통해 최종적으로 '얻어진' 것들이라는 점입니다.

어떤 것을 '실체'로 만드는 것은 대상 자체의 대단함보다는 거기에 이르는 동안 기울인 애정과 노력입니다. 그렇기 때문에 100년이 넘는 시간 동안 그토록 많은 사람들이 오즈의 마법에 마음을 빼앗긴 것이 아닐까 합니다.

하지만 여전히 앙금처럼 가라앉는 미묘한 씁쓸함을 완전히 지워버릴 수 없습니다. 영화 〈오즈의 마법사〉는 현재 저작권이 만료되어 인터넷에서 무료로 볼 수 있습니다. 이 글을 쓰기 위해 영화를 다시 한번 보는 일은 의외로 상당히 괴로웠습니다. 화려하기 짝이 없는 무대와 분장들을 보고 있노라면 왠지 저 무대 뒤에 초라하게 덧대어져 있을 판자때기와 오색찬란한 분장에 뒤덮인 배우들의 땀에 젖은 피부가 함께 떠올랐습니다.

장면이 주는 환상이 화려하면 화려할수록 그 반대편에 있을 거짓이 더 손에 잡힐 듯이 느껴졌습니다. 주디 갈랜드가 밝게 웃으며 춤을 출수록 살을 빼라고 그녀에게 억지로 담배를 피우게 하고 폭행을 서슴지 않았던 감독의 모습이 떠올랐습니다.

마녀의 화려한 마법 장면을 볼 때면 녹색 피부를 만들려고 중금속인 구리에 오일을 섞어 발랐다가 피부에 색소가 침착되어 고생하고 심지어 불꽃이 튀어 화상을 입었다는 배우의 이야기가, 눈이 내리는 장면에서는 저 눈이 알루미늄을 갈아 만든 것이어서 배우들이 호흡 곤란으로 쓰러졌다는 이야기가 떠올랐습니다.

저는 우리가, 우리의 시대가, 우리가 살고 있는 이 사회가 '거짓이 아닌 환상'을 만들어낼 수 있을 만큼 충분히 커지고, 깊어지고, 성숙했다고 믿습니다. 원래 그런 것이라고, 시간과 돈을 절약하려면 어쩔 수 없는 일이라고 쉽게 넘어가지 않고 환상의 뒷면까지도 최선을 다해 아름다워야 한다는 원칙이 존중받는 세상이었으면 좋겠습니다.

인간과 생명에 대한 존중이 한 걸음 더 앞으로 나아가는 것이야말로 다른 어느 것과도 비교할 수 없는 우리 시대의 '마법'이 아닐까요?

)) 작가 소개

라이먼 프랭크 바움
Lyman Frank Baum, 1856~1919

미국 뉴욕에서 태어났으며 신문 및 잡지 기자, 배우 등 다양한 직업을 전전했다. 『아빠 거위』를 써서 작가로서의 기반을 다졌고 두 번째 소설인 『오즈의 마법사』를 발표하며 큰 성공을 거두었다. 이후 총 14편의 오즈 시리즈를 냈으며 이외에도 약 60권가량의 어린이를 위한 소설들을 썼다.

|참고문헌|

• 단행본

김성한 저, 『김성한 단편집』, 지식을만드는지식, 2017

나선희 저, 『게르사전 탕카와 서유기』, 학고방, 2021

나선희 저, 『서유기』, 살림, 2005

대니얼 디포 저, 류경희 역, 『로빈슨 크루소』, 열린책들, 2011

데이비드 로버츠 저, 신인수 역, 『서프러제트』, 대교북스주니어, 2021

러디어드 키플링 저, 햇살과나무꾼 역, 『정글 이야기』, 시공주니어, 2005

리처드 바크 저, 공경희 역, 『갈매기의 꿈』, 나무옆의자, 2018

마크 트웨인 저, 마이클 패트릭 히언 엮음, 박중서 역, 『주석 달린 허클베리 핀』, 현대문학, 2010

메리 셸리 저, 구자언 역, 『프랑켄슈타인』, 더클래식, 2014

비에른스티에르네 비에른손 저, 고우리 역, 『해맞이 언덕의 소녀』, 을파소, 2009

오승은 저, 임홍빈 역, 『서유기1』, 문학과지성사, 2010

위다 저, 햇살과 나무꾼 역, 『플랜더스의 개』, 시공주니어, 2015

이나미 리쓰코 저, 장원철 역, 『중국 5대 소설 삼국지연의·서유기 편』, AK커뮤니케이션즈, 2019

크리스토프 킬리앙 저, 강만원 역, 『어린 왕자 백과사전』, 평단, 2016

크리스티아네 취른트 저, 조우호 역, 『책―사람이 읽어야 할 모든 것』. 들녘, 2003

파멜라 린든 트래버스 저, 우순교 역, 『우산 타고 날아온 메리 포핀스』, 시공주니어, 2003

프랭크 바움 저, 김영진 역, 『오즈의 마법사』, 비룡소, 2012

헤르만 헤세 저, 이미영 역, 『데미안』, 코너스톤, 2016

휴 로프팅 저, 장석봉 역, 『둘리틀 박사 이야기』, 궁리, 2017

Antoine De Saint-exupery, 『*The Little Prince*』, Harcourt, Brace and Compay, New York, 1943

Hourly History. 『*Mark Twain: A Life From Beginning to End (Biographies of American Authors)*』, 2018

Jean Webster, 『*Daddy-Long-Legs by Jean Webster: The Original Illustrated Works and Complete Biography of the Beloved American Author*』

• 정기간행물 및 논문

송현희. 2007. "영어동화의 성역할 분석 연구". 한남대학교 사회문화대학원 석사학위논문.

오승아. 2011. "월트 디즈니의 〈메리 포핀스〉: 완벽한 보모의 허구와 현대 미국가족". 문학과영상 제12권 제2호. 431-455.

이수경, 이우학. 2014. "메리 포핀스: 원작과 영화에 나타난 마녀의 형상 연구". 외국학연구 제30호. 287-305.

"Solving the mystery of Rudyard Kipling's son". BBC News Magazine. 2016.1.18.

• 사진 출처

〈보급품을 아이에게 나눠주는 미군〉, 1950, 국가기록원 제공

나의 열여섯 살을 지켜준 책들

초판 1쇄 발행 2023년 5월 30일
초판 3쇄 발행 2024년 5월 20일

지은이 | 곽한영
펴낸이 | 송영석

주간 | 이혜진
편집장 | 박신애 **기획편집** | 최예은 · 조아혜 · 정엄지
디자인 | 박윤정 · 유보람
마케팅 | 김유종 · 한승민
관리 | 송우석 · 전지연 · 채경민

펴낸곳 | (株)해냄출판사
등록번호 | 제10-229호
등록일자 | 1988년 5월 11일(설립일자 | 1983년 6월 24일)

04042 서울시 마포구 잔다리로 30 해냄빌딩 5 · 6층
대표전화 | 326-1600 **팩스** | 326-1624
홈페이지 | www.hainaim.com

ISBN 979-11-6714-061-6